ALLA SCOPERTA DELLA FAMIGLIA

(titolo originale: Finding Family)

Salty Key Inn - libro 4

Judith Keim

Wild Quail Publishing

Traduzione di Isabella Nanni

LIBRI DI JUDITH KEIM

LA SERIE DELLE DONNE HARTWELL:

L'albero che parla – 1

Chiacchiere dolci – 2

Chiacchiere dirette – 3

Chiacchiere infantili – 4

Le donne Hartwell – Cofanetto

LA SERIE DEGLI HOTEL DELLA CASA SULLA SPIAGGIA:

Prima colazione all'Hotel The Beach House - 1

Pranzo al Beach House Hotel - 2

Cena al Beach House Hotel - 3

Natale al Beach House Hotel - 4

Margarita al Beach House Hotel - 5

Dolce al Beach House Hotel - 6

IL GRUPPO DEI VENERDÌ GRASSI:

Venerdì grasso - 1

I sabati di Sassy - 2

Domeniche segrete - 3

LA SERIE DI SALTY KEY INN:

Trovarmi - 1

Trovare la mia strada - 2

Trovare l'amore - 3

Trovare la famiglia - 4

La serie Salty Key Inn - Cofanetto

LIBRI DEL SEASHELL COTTAGE:

Una stella di Natale

Cambiamento di cuore

Un'estate di sorprese

Un viaggio in auto da ricordare
Le ragazze della spiaggia

LA SERIE DELLA LOCANDA DI CHANDLER HILL:
Andare a casa - 1
Tornare a casa - 2
Finalmente a casa - 3
La serie Chandler Hill Inn - Cofanetto

LA SERIE DELLA LOCANDA DELLA SALVIA DEL DESERTO:
I fiori del deserto - Rosa - 1
I fiori del deserto - Giglio - 2
I fiori del deserto - Salice - 3
I fiori del deserto - Vischio e agrifoglio - 4

LE ANIME SORELLE AL CEDAR MOUNTAIN LODGE:
Sorelle di Natale - Antologia
Baci di Natale
Castelli di Natale
Storie di Natale - Antologia Soul Sisters
Gioia di Natale

LA SERIE DELLA LOCANDA DI SANDERLING COVE:
Onde di speranza - 1
Auguri di sabbia - 2
Baci salati - 3

ALTRI LIBRI:
L'ABC della convivenza con un bassotto
C'era una volta un'amicizia - Antologia

Vincere alla grande - una piccola storia d'amore per tutte le età
Speranze per le vacanze
I biglietti vincenti - (2023)

Per maggiori informazioni: www.judithkeim.com

Questo libro è un'opera di fantasia. Nomi, personaggi, luoghi, istituzioni pubbliche o private, società, città ed eventi sono frutto dell'immaginazione dell'autore o sono utilizzati in modo fittizio. Qualsiasi somiglianza con eventi, luoghi o persone reali, vivi o morti, è puramente casuale.

Nessuna parte di questo libro può essere riprodotta o veicolata in qualsiasi forma o con qualsiasi mezzo elettronico o meccanico, compresi i sistemi di archiviazione e recupero dati, senza l'autorizzazione scritta dell'autore, ad eccezione di citazioni di brevi passaggi a scopo di recensione. Questo libro non può essere rivenduto o distribuito a soggetti terzi. Per richiedere le autorizzazioni contattare direttamente l'autore via posta elettronica:

wildquail.pub@gmail.com
www.judithkeim.com

Wild Quail Publishing
PO Box 171332
Boise, ID 83717-1332

ISBN#: 978-1-962452-78-6

Dedica

For all of my readers in Italy.

CAPITOLO 1
SHEENA

Sheena Sullivan Morelli si trovava fuori dal Gavin, il nuovo ristorante del Salty Key Inn sulla costa del Golfo della Florida, ed era di umore festoso come le lucine avvolte intorno ai tronchi delle palme che ingentilivano il profilo dell'edificio. Si era vestita elegante per quella sera insolitamente calda di metà dicembre e la brezza tropicale del golfo le accarezzava la pelle.

Tra gli ibiscus piantati lungo il perimetro del ristorante, le luci scintillavano come le stelle nel cielo color inchiostro e donavano un senso di pace all'area. Aiutava anche il fatto che Petey, il fastidioso pavone che Rocky Gatto aveva salvato e portato in albergo, aveva deciso di non disturbare la festa e se ne stava tranquillo in riva alla baia.

«Facciamo in modo che questa sia una serata da ricordare!» disse Sheena, rivolgendo alle sorelle minori, Darcy e Regan, un sorriso incoraggiante.

Battezzato Gavin in memoria dello zio, il ristorante avrebbe auspicabilmente portato entrate sufficienti per essere considerato un successo nel rispetto dei termini del testamento. A meno di un mese dall'incontro finale con l'avvocato di Gavin a Boston, stavano facendo del loro meglio per dimostrargli che erano riuscite a vincere la sfida di trasformare il suo hotel fatiscente in un'attività redditizia entro un anno. Vincere significava ereditare l'ingente patrimonio dello zio Gavin insieme all'hotel. Ma soprattutto, avrebbe determinato il modo in cui avrebbero trascorso il resto della loro vita.

Sheena spazzò via una briciola immaginaria dal suo vestito di lino blu e studiò le sorelle. Darcy indossava un tubino verde che faceva risaltare i suoi riccioli rossi. E Regan, bella come sempre, anche con la cicatrice sul viso che non riusciva a nascondere del tutto, aveva scelto un abito viola e fluente che si intonava ai suoi occhi straordinari. Era buffo, pensò Sheena, che non avesse conosciuto veramente le sue sorelle finché non erano state costrette a vivere e lavorare insieme all'hotel. E quando Regan e Brian Harwood, ora suo fidanzato, avevano avuto un grave incidente in moto qualche mese prima, spaventando tutti, erano diventate ancora più unite.

«Spero che a tutti piaccia quello che vedono» disse Regan. «Io e Mo abbiamo fatto del nostro meglio per decorare gli interni con il budget che avevamo a disposizione.»

«Non preoccuparti. È fantastico» disse Darcy, dandole una gomitata scherzosa.

«Il ristorante è stupendo» disse Sheena, «e il cibo è ottimo. Siamo state fortunate ad avere Graham Howard come chef.» Si voltò e vide un flusso di persone venire su dal parcheggio, che si stava riempiendo rapidamente.

«Ci siamo! Fate del vostro meglio» disse Sheena a bassa voce, spingendo Darcy e Regan ad alzare gli occhi al cielo per l'atteggiamento da sorella maggiore che Sheena non poteva evitare.

A questa inaugurazione avevano invitato i commissari della contea, i membri dei consigli comunali delle città vicine, altri funzionari governativi, giornalisti, proprietari e gestori di altri hotel della zona e persino il governatore della Florida. Era stata una mossa audace da parte loro, ma aveva già dato i suoi frutti in termini di pubblicità, anche se il governatore e alcuni commissari della contea avevano gentilmente rifiutato l'invito. Il fatto che Darcy si fosse occupata di una rubrica per un giornale locale le aveva aiutate. Conosceva bene i trucchi per generare pubblicità e aveva invitato diversi autori di rubriche mondane, blog di viaggio e riviste locali.

Sheena si trovò ben presto impegnata a salutare gli ospiti e a condurli all'interno a gustare i drink e le deliziose pietanze imbandite al bar e su un lungo buffet nella sala da pranzo.

La boiserie in legno scuro alle pareti della sala da pranzo principale faceva da ricco sfondo alle applique in ottone e cristallo che diffondevano una luce soffusa lungo i bordi della stanza. Al soffitto era appesi lampadari di cristallo che emanavano una luce calda. Tovaglie di lino bianco coprivano i piani dei tavoli, sui quali erano sistemati calici da vino e argenteria scintillanti che riflettevano la luce dei lampadari e delle applique. Candele a batteria tremolanti erano posizionate in mezzo al raffinato verde natalizio che aggiungeva un profumo di pino all'aroma appetitoso degli antipasti serviti dal personale.

Al piano superiore, l'ampia sala da ricevimenti ospitava un altro bar e altre pietanze da assaggiare, invogliando le persone a girare tutto il ristorante. Il brusio delle conversazioni aumentava il senso di eccitazione. La folla era un piacevole miscuglio di persone che, si sperava, sarebbero state fonte di futuri affari.

Kenneth Cochran, meglio conosciuto come Casey, si era diplomato alla Cornell Hotel School ed era il direttore del ristorante. Alto e magro, aveva un talento naturale per il suo lavoro, con il suo immancabile sorriso e gli attenti occhi azzurri. Quella sera sembrava essere ovunque a supervisionare il personale e a salutare le persone. Sheena lo osservava soddisfatta mentre gli ospiti rispondevano alle sue attenzioni. Se lei e le sue sorelle avessero vinto la sfida, speravano di assumere Casey come direttore dell'hotel per aiutare Sheena, che sarebbe rimasta un supervisore attivo della proprietà.

Sheena alzò lo sguardo quando apparve suo marito, Tony, con i loro due figli. Le lacrime le punsero gli occhi quando notò l'impegno che Michael, diciotto anni, e Meaghan, quindici anni, avevano messo nel prepararsi per l'occasione. Dopo essersi inizialmente opposti al suo progetto di venire in Florida, ora avevano abbracciato la loro nuova vita ed erano orgogliosi di quello che lei stava facendo.

«Ciao, mamma» disse Michael. I suoi occhi castani, così simili a quelli di Tony, scintillavano. «Posso prendere un po' di cibo?»

Lei rise della tipica fame adolescenziale di un giovane ancora in crescita. «Certo. Buon appetito.»

«Sei bella, mamma» disse Meaghan. «Grazie per avermi fatto indossare la tua collana. Sta benissimo con il mio nuovo vestito da festa.» Fece una giravolta davanti a Sheena. I suoi capelli, ramati come quelli di Sheena, le ricadevano sulle spalle e facevano risaltare il nocciola dei suoi occhi.

«Anche tu sei bella, tesoro» disse Sheena. La sua bambina stava diventando una bellissima giovane donna.

Tony le rivolse un sorriso che le scaldò il cuore. Il suo sorriso era stato uno dei motivi per cui si erano sposati per via dell'inaspettato concepimento di Michael, tanti anni prima. E sebbene si fossero sempre amati, il loro rapporto era diventato ancora più forte durante il periodo trascorso in Florida.

La baciò. «Ci vediamo dopo. Vado a mescolarmi un po' alla folla. Brian e io speriamo di concludere qualche nuovo affare.»

Lei gli rivolse un sorriso sincero. Dopo Brian Harwood e Regan avevano avuto un incidente in moto, Tony aveva accettato di diventare socio dell'impresa edile di Brian e si era ormai ambientato nella sua nuova vita in Florida. Mentre

Tony si allontanava, Sheena notò Blackie Gatto che le veniva incontro.

Blackie era il consulente finanziario dello zio Gavin e un grande sostenitore di lei e delle sue sorelle mentre cercavano di fare ciò che lo zio desiderava, trasformando quello che era stato un piccolo e fatiscente hotel a conduzione familiare nel resort di lusso a servizio completo che lo zio aveva immaginato.

«Benvenuto da Gavin» gli disse Sheena, dandogli un rapido abbraccio. «Sono felice che tu sia riuscito a venire.»

«Non me lo perderei per nulla al mondo» rispose lui, sollevandole la mano e baciandola con un gesto galante. Indicò l'ambiente intorno a loro con un gesto del braccio. «Credo che Gavin sarebbe molto contento di tutto questo.»

«Speriamo che porti nuovi affari e ricavi sufficienti per completare la nostra sfida qui al Salty Key Inn.»

Lui annuì e posò lo sguardo su di lei. «Lo spero anch'io. Il rovescio della medaglia di prendere in prestito i soldi dal patrimonio di Gavin per completare il ristorante potrebbe risultare in una situazione difficile per te e per le tue sorelle se fallite.»

A Sheena si strinse lo stomaco, ma non voleva che Blackie vedesse quanto era preoccupata. Per il bene delle sue sorelle e della sua famiglia, doveva restare ottimista. Con poche settimane a disposizione per portare a termine tutto ciò che restava da fare, l'insicurezza avrebbe potuto rovinarle.

«Probabilmente non dovrei avvertirti, ma questa sera apparirà un ospite speciale» disse Blackie con fare misterioso.

«Cosa? Chi?» chiese Sheena e si voltò quando Tony li raggiunse.

«Come stai, Blackie?» disse Tony.

Sheena sorrise mentre si stringevano la mano. Un tempo Tony aveva pensato che tra lei e Blackie ci fosse qualcosa. Con il suo caratteraccio italiano, aveva persino urlato a Blackie di stare lontano da lei. Ora potevano riderne tutti insieme.

«Ho sentito che hai comprato una quota della società di Brian» disse Blackie a Tony. «Un buon investimento, secondo me. Voi due potete sfondare nel settore delle costruzioni in questa parte dello Stato.»

«Grazie» disse Tony. «Brian si sta ancora riprendendo dalle ferite riportate in un incidente in moto, ma ogni giorno è in grado di essere più operativo sul campo.»

«È bello tenere tutto in famiglia» disse Blackie. Con la mano salutò un signore tra la folla. «Be', credo sia meglio che vada a salutare un po' di gente.»

Dopo che se ne fu andato, Tony cinse Sheena con un braccio. «Sei bellissima, signora Morelli.»

Lei gli sorrise. «Grazie. Quando sei entrato nel ristorante con i ragazzi, non riuscivo a credere a quanto sembrassero cresciuti.»

«Ancora un paio d'anni e saremo soli.» Tony le rivolse un sorriso sexy che fece brillare i suoi occhi castano scuro. «Sarà fantastico. Davvero fantastico.»

Sheena rise di cuore. Le piaceva che Tony la trovasse ancora così desiderabile.

Darcy si avvicinò tenendo Austin Blakely per la mano. Ora erano fidanzati e Sheena li trovava una coppia adorabile. E ben assortita. Darcy tendeva a essere un po' impetuosa e Austin, sebbene non fosse affatto noioso, esercitava un effetto calmante.

«Come va?» chiese Darcy.

«Stiamo parlando del futuro» disse Sheena. «I ragazzi se ne andranno prima che ce ne accorgiamo.»

Tony sorrise. «Sarà davvero bello stare da soli. E a voi due come vanno le cose?»

«Vedendo tutti i preparativi per questa festa, comincio a

essere un po' nervosa per il mio matrimonio» rispose Darcy. «Spero di riuscire a fare tutto come desidero.»

«A me interessa solo dire "lo voglio". Non ho bisogno di tutti i fronzoli che vi sono associati» disse Austin nel suo solito modo bonario.

«Ehi!» disse Sheena. «Contiamo sul fatto che voi due fissiate lo standard dei ricevimenti di nozze qui all'hotel. È la ragione principale per cui stiamo puntando al business dei matrimoni.»

«E il matrimonio di Regan?» le chiese Darcy. «Lei e Brian si sposeranno qui? Gliel'ho chiesto, ma dice di non saperlo.»

Sheena rise. «Ci penserà più avanti. Credo che il suo fidanzamento con Brian sia ancora una sorpresa per nostra sorella.»

Alla vista del direttore di un albergo vicino, Sheena si scusò e andò a salutarlo. Avevano bisogno che quanti più amici possibile contribuissero al successo del ristorante. In verità, probabilmente avrebbero dovuto aspettare a costruire il Gavin. Ora poteva solo sperare che si rivelasse un rischio che era valso la pena correre.

CAPITOLO 2
REGAN

Regan si mescolò alla folla, dicendosi che sarebbe stato un buon allenamento per quando avrebbe iniziato a girare come portavoce della catena di ristoranti di Arthur Weatherman. Dopo l'incidente con Brian, era certa che Arthur avrebbe ritirato la sua offerta, ma lui e sua moglie, Margretta, l'avevano sorpresa mantenendo il loro accordo. Sarebbe sempre stata grata a entrambi per averla aiutata a capire che la sua bellezza scaturiva dalle sue azioni e da come si sentiva come persona. Crescendo, era stata considerata la bellona di famiglia, e la stupida.

Essere qui in Florida, lavorare all'hotel, era stato l'inizio di una vita completamente nuova che aveva giurato di non lasciare mai. Il suo sguardo cercò Brian Harwood. Era dall'altra parte della stanza, appoggiato al suo bastone, che parlava tranquillamente con un gruppo di persone. Nonostante le sue ferite, sembrava ancora il ragazzo immagine del turismo della Florida, con quei suoi capelli castani schiariti dal sole e il corpo abbronzato. L'amore che provava per lui le esplose dentro. Di tutte le cose belle che le erano capitate, trovare l'amore con Brian era la migliore.

Come se lui sapesse cosa stava pensando, la guardò e le fece un sorriso che la scaldò tutta.

«Ho sentito che vi siete fidanzati. Congratulazioni!» disse una voce alle sue spalle.

Regan si girò di scatto. «Nicole! Sono così felice che tu sia venuta!» Diede un abbraccio veloce alla vecchia compagna di stanza di Darcy, Nicole Coleman. Era favolosa con indosso un tubino rosso che le metteva in risalto i capelli biondi. «Hai già visto Darcy?»

«No. Sono appena entrata.» Gli occhi azzurri di Nicole si illuminarono. «Dov'è?»

Regan la indicò tra la folla. «Sarà felicissima di vederti.»

«Mi è dispiaciuto sapere dell'incidente, ma mi sembri in gran forma, Regan.» Nicole le sollevò la mano e studiò l'anello di diamanti che le brillava al dito. «Sono così felice per te. E anche per Brian. Ho avuto modo di parlargli quando sono venuta a trovarlo a settembre. È un bravo ragazzo e voi due state benissimo insieme.»

«Grazie. Lo penso anch'io» disse Regan. A volte si sorprendeva ancora quando le persone le dicevano quanto lei e Brian stessero bene insieme. Per molto tempo era stata sicura che Brian le avrebbe creato solo problemi.

Quando Nicole se ne andò a cercare Darcy, Regan la osservò allontanarsi. La vita a volte sembrava essere una sorpresa dopo l'altra. In questo caso, era contenta che Nicole avesse improvvisamente deciso di lasciare il lavoro a Boston, di vendere il suo nuovo appartamento e di trasferirsi in Florida. Sospettava che avesse tutto a che fare con Graham Howard. Era una cosa positiva per il Gavin, perché Nicole aveva promesso di aiutarli con la pubblicità del ristorante e avevano bisogno di tutto l'aiuto possibile.

«Ciao, Regan» disse una voce bassa e soave.

Regan si voltò e si trovò al proprio fianco Arthur e Margretta Weatherman. Sentì formarsi sul viso un sorriso, ancora storto per via delle ferite riportate nell'incidente.

«Ciao, Arthur! Margretta! Sono felice che siate venuti alla nostra inaugurazione.» Tese la mano ed entrambi gliela strinsero a turno.

«Sono contento di essere qui» disse Arthur guardandosi

intorno. «Mi piace quello che avete fatto qui. Tu e Mo fate un buon lavoro insieme.»

«Non vediamo l'ora che tu e il tuo socio iniziate a lavorare ai nostri ristoranti» disse Margretta.

«Grazie» disse Regan. Lei e Mo avevano fatto un'offerta per la ristrutturazione di sei ristoranti a conduzione familiare dei Weatherman, tutti facenti parte della loro catena Florida's Finest Restaurants. Il sorriso svanì dal volto di Regan, che improvvisamente si trovò a sforzarsi di trattenere le lacrime. «Voglio ringraziarvi ancora una volta per avermi permesso di essere la vostra portavoce. Come potete vedere, la cicatrice sotto il mento e sulla mascella ora fa parte di me, insieme a un labbro che non si sa se potrà guarire completamente dal danno ai nervi.»

Margretta, una bruna alta e bella, afferrò la mano di Regan. «Ne abbiamo parlato molto prima di decidere e siamo felicissimi che ci rappresenterai tu. Sei una donna stupenda così come sei. È importante che le ragazze capiscano che non devono essere perfette. Nessuno di noi lo è.»

«È per questo che ho accettato di farlo» disse Regan. «All'inizio mi spaventava, ma ora mi sento a mio agio.»

«Ci metteremo in contatto per programmare il calendario delle riprese. Probabilmente la prossima settimana. Abbiamo bisogno di te per iniziare bene il nuovo anno» disse Margretta.

«Ho sentito che dobbiamo congratularci per il tuo fidanzamento» disse Arthur. «Conosco Brian da tempo. È un brav'uomo. Sono felice per entrambi.» Lanciò un'occhiata in giro per la stanza. «Ah, vedo Blackie. È meglio che vada a salutarlo.»

«Grazie ancora» disse Regan. «Godetevi il rinfresco. Graham ha fatto un ottimo lavoro.»

Dopo che si furono allontanati, Regan decise di dare un'occhiata al buffet. Mentre attraversava la sala da pranzo principale, vide Mo che parlava con un signore che le sembrava vagamente familiare. Si affrettò a raggiungerli.

«Mo! Sono così felice che tu sia venuto!» Lo abbracciò e si rivolse al suo compagno. «Quasi non ti riconoscevo, Kenton! Sono felice che anche tu ti sia unito a noi.» Kenton Standish, un uomo robusto dai capelli color sabbia e dai lineamenti fini, indossava occhiali colorati dalla montatura spessa che nascondevano i suoi occhi azzurri. Il semplice blazer blu e il dolcevita verde celavano il petto muscoloso che faceva sospirare le donne che seguivano il suo programma televisivo. Sullo schermo interpretava un eroico combattente scozzese. In realtà, era una persona gentile e affabile che stava insieme a Mo. Di solito facevano molta attenzione a non farsi notare, quindi Regan sapeva che la loro presenza in mezzo a quella folla era un omaggio a lei e alle sue sorelle.

«Sei favolosa» disse Mo, guardandola con un'espressione piena di affetto e ammirazione. «Ti sta benissimo quel vestito.»

«Grazie. Anche tu sei piuttosto elegante» disse Regan, ammirando il blazer grigio a quadri sottili e la cravatta rossa che indossava. «Hai parlato con Arthur e Margretta?»

«Sì» disse Mo. «Sono molto entusiasti di ciò che abbiamo progettato. Non vedo l'ora di far partire il nostro lavoro.» Sorrise a Kenton. «E poi inizieremo a lavorare alla casa di Kenton.»

Regan sorrise a entrambi. «Sarà molto divertente. Ho già in mente qualche idea.»

Mo sorrise. «Anch'io. Bianco e nero... come Kenton e me...»

«... con colori vivaci» disse Regan.

Mo rise. «Esattamente.»

A Regan piaceva molto la sintonia con cui collaboravano. Da quando aveva conosciuto Mo e aveva lavorato con lui ad alcuni progetti, tutto il suo mondo si era animato di colori e di texture, facendo emergere il suo lato artistico.

«Ho saputo che tu e Brian vi siete fidanzati» disse Kenton. «Congratulazioni.»

Si voltarono tutti quando Brian si avvicinò.

«Eccolo qui» disse Regan, raggiante di fronte all'uomo che aveva finalmente conquistato la sua fiducia e il suo cuore.

Brian sorrise e le mise un braccio intorno alle spalle. «Ciao, Mo! È bello vederti. Grazie per i libri che mi hai mandato. È frustrante stare a letto, quindi è stato bello avere qualcosa da leggere.»

«Brian, voglio presentarti Kenton» disse Mo. «Kenton, questo è Brian Harwood.»

Brian e Kenton si strinsero la mano.

«So che lavori nel settore edile» disse Kenton. «Mi chiedevo se uno di questi giorni potessi parlarti di qualche lavoro da fare a casa mia. Vorrei rinnovare la cucina e fare qualche altra cosa.»

«Grazie. Tony Morelli, il mio nuovo socio, e io saremmo lieti di incontrarti.» Porse a Kenton un biglietto da visita. «Chiama uno di noi due e fisseremo un appuntamento. Ora, se non vi dispiace, porterò Regan a conoscere alcuni miei vecchi amici.»

«Non ci dispiace affatto» rispose Mo. «Anzi, siamo qui solo per congratularci con voi e poi andremo a casa di Cyndi e Tom per una festa natalizia.»

«Divertitevi e salutateli da parte di tutti noi» disse Regan. La sorella di Kenton, Cyndi Jackson, e suo marito, Tom, erano stati i primi ospiti ufficiali dell'hotel approfittando dello speciale piano di sconti per militari. Da allora gli avevano dato un aiuto fondamentale mandandogli nuovi clienti.

Mentre Brian la guidava tra la folla, Regan guardò i suoi amici e la sua famiglia, chiedendosi cosa le avrebbero riservato le settimane a venire. Le ultime settimane erano state piene di sorprese, compreso il suo fidanzamento.

CAPITOLO 3
DARCY

Darcy si guardò intorno e non vide solo persone nel ristorante affollato: vide volti dietro i quali si nascondevano storie. Scrivere articoli per la rubrica di un giornale per diversi mesi l'aveva portata a vedere le persone in un modo completamente nuovo. Tutti avevano delle storie, alcune belle, altre brutte. Con l'incoraggiamento di Austin, le stava persino mettendo insieme per farne un libro. Non aveva detto né a lui né a nessun altro che aveva intenzione di presentare la sua idea a un editore di New York. In segreto, sperava di presentare il suo successo ad Austin come un regalo di Natale speciale.

«Eccoti!» disse una voce alle sue spalle.

Darcy si voltò e vide Nicole che le veniva incontro. Aprì le braccia alla sua vecchia coinquilina e l'abbracciò forte. «Sono contenta che alla fine tu abbia deciso di lasciare Boston e di venire in Florida.»

Nicole le sorrise. «Non appena ho scoperto che la mia cosiddetta promozione al lavoro era finta e che Rick si vedeva con un'altra, ho deciso di cambiare aria come hai fatto tu.»

«E?» disse Darcy, conoscendo la risposta.

Sul volto di Nicole spuntò un sorriso. «E Graham mi ha incoraggiata a venire. Dopo i nostri due appuntamenti di settembre, ho deciso che valeva la pena conoscerlo meglio. E, Darcy, voglio aiutare te e le tue sorelle con il marketing o in qualsiasi altro modo.»

Darcy sorrise davanti alla sua serietà. «Grazie. Mancano

solo poche settimane per sapere se abbiamo vinto la sfida di mio zio. E poi ho il mio matrimony.»

Nicole si guardò intorno poi tornò a voltarsi verso di lei. «Ci sono molte cose belle di questo ristorante che possiamo pubblicizzare facilmente. Avete reclamizzato la possibilità di fare feste natalizie qui, vero?»

«Sì, ma dato che siamo nuovi, è stato difficile avere prenotazioni.»

«Ne parleremo domani» la rassicurò Nicole. «Devo tornare in cucina a salutare Graham e poi probabilmente dovrò togliermi di mezzo.»

Darcy rise con lei. Graham era un ottimo giovane chef che prendeva sul serio il suo lavoro.

Quando Nicole se ne andò, le si avvicinò Austin. «Ciao, tesoro. Come stai?»

«Bene, ma, Austin, spero che io e le mie sorelle abbiamo fatto la cosa giusta a chiedere un prestito per aprire questo ristorante. Mi rendo conto di quanto sia stato coraggioso. Abbiamo solo poche settimane per farcela.»

Austin le mise un braccio intorno alle spalle. «Il ristorante è bellissimo e il cibo è delizioso. Che cosa vuoi di più?»

«Prenotazioni» rispose prontamente Darcy.

«Brava la mia ragazza. Dritta al sodo» disse lui ridendo. «Be', mescoliamoci alla folla e vediamo cosa possiamo fare per averne di più.»

Con Austin al suo fianco, Darcy si sentiva in grado di fare qualsiasi cosa.

CAPITOLO 4
SHEENA

Quando Sheena vide Archibald Wilson varcare la soglia del ristorante, le cedettero le ginocchia. Blackie aveva parlato di un ospite speciale, ma lei non aveva idea che si trattasse di Archibald. A titolo di cortesia, avevano invitato l'avvocato di Boston di Gavin all'inaugurazione, ma non avrebbero mai sospettato che avrebbe partecipato.

Si affrettò ad andargli incontro. «Benvenuto, signor Wilson! Siamo molto contenti di averla qui.» Era una bugia. Se non gli fosse piaciuto quello che vedeva, erano spacciate. Non solo avrebbero perso la sfida, ma avrebbero anche dovuto restituire i duecentocinquantamila dollari che avevano preso in prestito.

Un uomo alto, con i capelli bianchi e dall'aspetto distinto, fece un cenno di cortesia con la testa. «Mi ha fatto molto piacere essere invitato. Ora, che ne dite di mostrarmi cos'avete combinato voi tre sorelle Sullivan con questo ristorante?» I suoi occhi azzurri scintillarono. «A Gavin piacerebbe molto come lo avete chiamato.»

«Volevamo fare qualcosa per rendergli onore» disse Sheena.

Mentre passavano tra la folla, Sheena incrociò lo sguardo di Darcy. Alla vista di Archibald, il volto di sua sorella sbiancò, poi si affrettò a raggiungerli.

«Signor Wilson, come sta? Non ci aspettavamo che facesse tutta quella strada, ma sono felice che sia venuto» concluse con una nota positiva.

«Perché non gli fai fare un giro mentre io vado a chiamare Regan?» suggerì Sheena, rivolgendole un sorriso che nascondeva la sua paura.

Aveva un disperato bisogno di trovare una toilette e di mettersi un impacco freddo sulla fronte perché le stava venendo un forte mal di testa. Nel suo ruolo di responsabile finanziario del gruppo, aveva fatto pressione sulle sorelle perché accettassero l'idea che, se volevano aprire il ristorante prima di Natale, dovevano chiedere un prestito. Ora sembrava una decisione pericolosa.

Mentre si dirigeva in bagno, fece cenno a Regan di avvicinarsi. «Vai a cercare Darcy. È con Archibald Wilson. Arriverò il prima possibile.»

Regan spalancò gli occhi. «Archibald Wilson è qui? Oh mio Dio! Che cosa facciamo?»

Sheena le mise una mano sulla spalla. «Lo faremo divertire. Assicuratevi che gli diano un drink e un sacco di cibo delizioso.»

Regan si affrettò a proseguire il suo cammino.

Mentre Sheena entrava in bagno, pensò distrattamente che Tony aveva fatto un ottimo lavoro a trovare impianti idraulici interessanti a buon prezzo. I rubinetti a forma di pesce si adattavano alla stanza con i top in marmo color crema e il pavimento di piastrelle blu scuro.

Dopo aver bagnato uno degli asciugamani di spugna con acqua fredda, Sheena lo strizzò e si premette il panno sulla testa, dicendosi di calmarsi. Ultimamente era così stanca, così emotiva. Sapeva che a metà gennaio la sfida sarebbe terminata, ma non era un buon motivo per perdere lo slancio che le aveva portate fin lì.

Fece un respiro profondo e si raddrizzò. Era il momento di comportarsi da persona calma e fredda come avrebbe voluto essere.

Sheena trovò le sue sorelle sedute a un tavolo intente a conversare con Archibald. Quando si avvicinò, lui alzò lo sguardo e le sorrise.

«Si accomodi» disse lui, indicando la sedia vuota accanto a sé, poi la studiò. «Non sono qui per giudicare quello che state facendo. Non lo farò finché non vedrò tutti i dati a gennaio. Li lascerò parlare da soli; sono qui per divertirmi. A tuo zio piacerebbe.»

«Dove alloggia?» chiese Sheena. «Potremmo riuscire a spostare una delle nostre prenotazioni in un altro posto.» Per attirare la gente, avevano dato camere gratuite ad alcuni dei VIP più importanti.

Archibald agitò la mano per declinare l'offerta. «Non sarà necessario. Resterò con Blackie.»

Sheena strinse le labbra. Blackie avrebbe potuto dirglielo, aveva detto di volerlo fare, ma poi si era allontanato senza darle questa importantissima informazione.

«Posso portarti un bicchiere di vino?» le chiese Darcy, alzandosi in piedi.

Sheena si sentì lo stomaco rivoltarsi al pensiero. «No, grazie.»

«Io prenderò un altro drink» disse Archibald, poi sollevò un piatto vuoto. «E un altro po' del cibo che viene servito. È delizioso.»

Darcy sorrise. «Glielo porto volentieri. Torno subito.»

Dopo che Darcy fu tornata al tavolo e Archibald ebbe bevuto un altro drink e assaggiato altri piatti di Graham, le intrattenne con storie di Boston.

Quando Sheena non poté più evitarlo, si alzò in piedi. «Grazie per essere venuto, Archibald. Devo occuparmi degli altri ospiti. Ma non se ne vada senza avermi salutato.»

Sheena andò subito a cercare Blackie che le sorrise quando

gli si avvicinò.

«Blackie, posso palate un momento?» chiese lei, ricevendo gli sguardi accigliati delle tre donne che lo circondavano.

«Scusatemi, signore» disse lui.

Sheena lo condusse in un angolo tranquillo e lo affrontò. «Blackie, il nostro ospite speciale era Archibald Wilson? Avresti dovuto dirmelo.»

«Ah, non preoccuparti. È qui per divertirsi.»

«Sembra che lo stia facendo, ma cosa significherà per la nostra sfida?»

«Niente» disse Blackie con fermezza. «È un tipo simpatico, ma un po' pignolo. Dovrete aspettare fino a gennaio per scoprirlo. Il fatto che si svaghi un po' qui non influirà affatto sul risultato.»

Le spalle di Sheena si afflosciarono. «Ok. Immagino che sia solo un gioco di attesa.»

Lui semplicemente scrollò le spalle. «Vorrei poterti aiutare, ma non posso. Non dobbiamo assolutamente parlarne mentre sta da me. È un accordo che abbiamo preso prima del suo arrivo.»

Sforzandosi di non piangere per la frustrazione, Sheena si limitò ad annuire.

La mattina dopo, Sheena si incontrò con le sorelle nella cucina della suite che lei e la sua famiglia stavano utilizzando temporaneamente. Temporaneamente a meno che non riuscissero a vincere la sfida dello zio, cioè. In quel caso, avrebbero vissuto lì o per strada. Lei e Tony avevano preso tutti i soldi che avevano messo da parte per una nuova casa e li avevano investiti nella società di Brian, facendolo diventare socio.

Anche il denaro che lei e le sue sorelle avevano preso in

prestito per finanziare il completamento del ristorante era un'altra preoccupazione. Sheena si sentiva stanca al solo pensiero delle conseguenze di un eventuale fallimento.

«Che ne pensi, Sheena? È andata bene la festa al ristorante ieri sera?» chiese Darcy. «Come ho detto ad Austin, dobbiamo avere delle prenotazioni per far andare avanti le cose.»

«Arthur Weatherman e sua moglie hanno prenotato la sala da pranzo privata al piano superiore per Capodanno» disse Regan con orgoglio. «Me lo ha detto Casey.»

«Sono persone così gentili» commentò Sheena. «Si sa qualcosa sulle prenotazioni di altri gruppi?»

Darcy e Regan scossero la testa insieme.

«La nuova giornalista della cronaca mondana del *West Coast News* ha promesso di dedicarci molto spazio nel prossimo numero» riferì Darcy. «E l'editore del *Florida Coast Magazine* ha intenzione di inserire tutte le fotografie scattate a varie persone nella loro sezione mondana, insieme a un trafiletto sul ristorante. La travel blogger di *Places to Visit* era al bar a parlare e a divertirsi con gli ospiti.»

Sheena fece un cenno di approvazione alla sorella. «Ottimo lavoro, Darcy. Che ne dici del *Tampa Tribune*?»

«Ho parlato con il loro fotografo» disse Regan. «Stava scattando molte foto.»

«E la giornalista ha detto che ci avrebbe lasciato un po' di spazio» aggiunse Darcy.

«Sally si sta occupando della reception?» chiese Sheena, trattenendo uno sbadiglio. Al cenno di assenso di Regan, si alzò in piedi. «È l'ora della nostra riunione al Gavin.»

Uscì con le sorelle dalla palazzina delle suite e si fermò con loro un momento a studiare il ristorante dall'altra parte del parcheggio. Il semplice esterno in stucco nascondeva l'eleganza degli interni rivestiti in legno, la moquette di lusso e le finiture di pregio. Per allinearsi ai colori vivaci e stravaganti e agli schemi decorativi degli edifici commerciali e delle case dei quartieri circostanti, le finiture in legno all'esterno erano dipinte di turchese e un fenicottero rosa in legno intagliato faceva la guardia fuori dall'ingresso. Se Gavin fosse stato lì a vederlo, Sheena era certa che avrebbe approvato.

«Grazie a Dio la casa rosa non c'è più» disse Darcy. «Non potevo credere che avremmo dovuto vivere insieme per un anno in quel posto.»

«E con un solo bagno all'antica» disse Regan scuotendo la testa.

«Mi sono spaventata a morte quando i bambini sono stati coinvolti nell'incendio che ha distrutto l'edificio. Grazie al cielo, sono stati risparmiati, anche se la casa si è rivelata una perdita totale.» Un brivido attraversò la spalla di Sheena, facendole venire i brividi lungo la schiena. Nella sua mente vedeva ancora le fiamme che uscivano dalle finestre della casa e le grida con cui chiamava i suoi figli.

Entrate nel ristorante, trovarono Casey, Graham e Nicole seduti a un tavolo ad aspettarle.

«Buongiorno» disse Sheena.

«Siete tutte belle e raggianti» disse Casey, facendole un sorriso. Spinse indietro una ciocca di capelli castani che gli ricadeva sulla fronte. «Che ne dite di un caffè appena fatto per svegliarvi?»

Sheena sorrise felice. «Ottimo. Mi farebbe bene un'altra tazza.»

Dopo aver servito il caffè a tutti, Casey si schiarì la voce. «Il ricevimento è stato molto apprezzato. Diverse persone hanno prenotato per le feste di Natale e altre hanno detto che lo faranno.»

«Bene» disse Darcy. «Dobbiamo dimostrare che stiamo almeno andando nella direzione giusta, se vogliamo che

Archibald Wilson concordi che abbiamo vinto la sfida.»

«Io e te possiamo lavorare a una campagna pubblicitaria online» disse Nicole.

«Ho mandato una presentazione ai clienti di Mo» disse Regan. «Alcuni di loro ci hanno detto che sarebbero venuti a vedere il ristorante.»

Nicole si annotò quell'informazione e sorrise. «Ogni cosa per quanto piccola è di aiuto.»

«Com'è andata con il personale?» Sheena chiese a Casey.

«Abbastanza bene. Qualche disguido, ma non grave. Tuttavia, quando ci prenoteranno per dei ricevimenti, dovremo aggiungere del personale di servizio. Quindi, andando avanti, è probabile che le spese aumentino.»

«Il personale di cucina ha bisogno di un po' più di coordinamento e di pratica per diventare una squadra, ma nel complesso siamo andati bene» disse Graham. «Possiamo definirla un'esperienza istruttiva.»

«Il tuo cibo era delizioso» disse Regan. «Lo hanno detto tutti.»

«E ora abbiamo una nuova hostess» disse Casey, rivolgendosi a Nicole e sorridendo.

«Nicole?» chiese Sheena, sorpresa.

Nicole fece un piccolo inchino. «Al vostro servizio. Casey e Graham mi hanno convinto a farlo e ho intenzione di provare.»

«E la tua attività di marketing?» chiese Darcy.

«Ho intenzione di fare qualche lavoro di consulenza di marketing per conto mio e vedere come va» rispose Nicole. «La mia liquidazione mi basterà per un po'.»

«Molto bene.» Sheena studiò Graham, Casey e Nicole, le tre persone che erano essenziali per il successo del lancio del ristorante e per la sua gestione. «Dopo Capodanno e dopo il nostro incontro con il signor Wilson, speriamo di poter apportare qualche modifica ai vostri stipendi. Per il momento, consideratevi parte della famiglia che vuole far funzionare tutto questo.»

Risero tutti di gusto. Sheena sperava che durasse. Le avevano detto che i ristoranti erano complicati per tanti motivi, tra cui la gestione del personale.

Sheena stava lavorando ai dati finanziari del ristorante quando ricevette una telefonata da Michael.

«Ciao, Mike! Come va?»

«Ho bisogno di parlarti, mamma» disse lui con voce turbata. «Dove sei?»

«Sono a casa a controllare i dati finanziari. Perché?»

«Possiamo vederci sul lungomare? Lì avremo più privacy.»

Sheena si sentì stringere lo stomaco per la preoccupazione. «Cosa c'è che non va?»

«Ci vediamo lì» disse Michael. Riattaccò, lasciandola a chiedersi cosa potesse esserci di così terribile. Le era sembrato che stesse piangendo.

Attraversò in fretta il parco dell'hotel dirigendosi verso la baia e si sedette su una delle sedie di legno nell'area erbosa accanto all'acqua. Le vennero mille pensieri in testa. *Che cos'era successo? Suo figlio era forte. Non piangeva spesso.*

Non dovette aspettare a lungo prima che lui si presentasse all'hotel. Da lontano, poté vedere Michael che attraversava il prato e si dirigeva verso di lei, con la testa bassa e le spalle afflosciate.

Le si fermò il cuore per poi accelerare tanto da star male. Conosceva suo figlio ed era in difficoltà. Si alzò per salutarlo.

Il volto di Michael era pallido.

«Michael, Michael, cosa c'è che non va, tesoro?» disse lei, prendendolo tra le braccia e stringendolo a sé.

Le sue spalle tremarono, poi si staccò e la guardò con le guance rigate dalle lacrime. «È Kaylee. Dice di essere incinta.»

Sheena si sentì sbiancare in viso e cercò di ritrovare l'equilibrio. «È sicura?»

«Più o meno. Un test ha dato esito positivo. Un altro negativo. Sta aspettando i risultati di un altro test» rispose lui afflosciandosi.

Sheena inspirò profondamente. «Da quando?»

«Solo poche settimane, credo» le rispose lui. «Non so come sia potuto accadere. Sono stato così attento.»

Sheena lo prese per il braccio. «Sediamoci. Non c'è nessun altro nelle vicinanze, così possiamo parlare.»

Lo condusse verso una delle sedie prendisole che avevano sistemato sul prato accanto alla riva della baia e vi si lasciò cadere, con il battito cardiaco accelerato dallo sgomento.

Michael si accasciò sulla sedia accanto alla sua. «Cosa devo fare?» Si passò le mani tra i riccioli scuri, così simili a quelli di Tony.

«Prima di tutto, non abbiamo la certezza che sia incinta. Fino ad allora, non ci faremo prendere dal panico» disse Sheena, mentendo spudoratamente. Era così sconvolta che le girava la testa.

«Cosa dirà papà?» chiese Michael con una vocina che riportò i pensieri di Sheena al momento in cui aveva dovuto dare la notizia a Tony della presenza inaspettata di Michael. Tony era stato meraviglioso allora, ma lei sapeva che non sarebbe stato contento di tutto questo.

«Probabilmente si arrabbierà» disse Sheena onestamente. «Sia io che papà ti abbiamo parlato dei rischi di avere rapporti intimi con Kaylee.»

Gli occhi di Michael si riempirono di nuovo di lacrime.

Sheena sporse il braccio e gli accarezzò la mano. «Comprendiamo gli ormoni impazziti, ma siete entrambi solo al liceo e avete ancora davanti a voi gli anni più impegnativi ed emozionanti. Non vorrei che vi trovaste in questa situazione.»

«Ma se è incinta?» disse Michael. «Come farò a mantenerla? E il bambino? Non sono pronto a fare il padre. Non so nemmeno io cosa diavolo sto facendo.»

«A prescindere dalla situazione, supereremo tutto questo, Michael. Tutti insieme.» La voce di Sheena era tremolante, ma era convinta di ogni parola.

Michael abbassò la testa. «La cosa peggiore è che Kaylee dà la colpa a me.» La guardò con un'espressione angosciata. «Ti giuro che non l'ho mai spinta a fare qualcosa che non era disposta a fare. A volte ho dovuto persino respingerla, se capisci cosa intendo.»

«Ti credo, figliolo. Ho visto come si comportava con te. E sono certa che si renda conto che i bambini si fanno in due.»

Sheena ricordava la prima volta che aveva incontrato Kaylee: non le aveva fatto una buona impressione. Ma più che il suo aspetto, era la mancanza di obiettivi di Kaylee e la sua volontà di mandare all'aria la scuola che Sheena aveva trovato irritante. Ma nessuna conversazione schietta con Michael era riuscita a fargli interrompere la relazione. Una cosa di cui, senza dubbio, ora suo figlio si pentiva seriamente.

«Quindi, devo solo aspettare per scoprirlo?» gemette Michael.

«Per il momento. E a volte le gravidanze precoci si concludono rapidamente da sole. Anch'io ho avuto un paio di false partenze.»

Michael spalancò gli occhi. «Davvero?»

«Sì» disse Sheena, ripensando al sollievo e alla tristezza che le avevano dato quegli incidenti. Lei e Tony non volevano più figli di quanti ne potessero gestire mentre lui costruiva la sua attività e lei lo aiutava.

«Che cosa posso fare per te, Michael?» chiese Sheena, rivolgendogli uno sguardo fisso.

«Essere così e basta.» Ancora una volta, i suoi occhi si riempirono di lacrime. «Ti voglio bene, mamma.»

«Anch'io ti voglio bene.» Sheena sentì i propri occhi lacrimare. Era da tempo che Michael non le parlava con tanto affetto.

Rimasero seduti in silenzio per un po', guardando la baia. Una brezza di terra formava delle piccole onde bianche che corrugavano la superficie dell'acqua. La sua vita sembrava essere la stessa.

«Lo dirai a papà?» chiese Michael nel silenzio.

«Se avrò la possibilità di parlargli, lo farò. Ma è una cosa che devi fare tu, Michael, indipendentemente dal fatto che gli parli io. È importante che tu gli parli di persona, da uomo.»

«Sì, credo che tu abbia ragione.»

Sheena fece un bel respiro e disse: «Va bene. Non c'è bisogno di dire niente a nessun altro finché non sappiamo con certezza cosa sta succedendo. Come si sente Kaylee in questa situazione? Hai detto che ti incolpava, ma come la sta gestendo? Dopo tutto, la maggior parte del peso ricade su di lei.»

«Le piace l'idea che ci sposiamo e mi ha detto che vuole vivere qui in albergo. Pensa che sia eccitante, soprattutto perché la sua vita a casa non è molto felice. Questo è un altro aspetto. Sua madre beve troppo e suo padre è spesso fuori casa a guidare il suo camion. Non vorrei crescere un bambino in quella casa.»

Sheena era contenta che Michael pensasse sia a Kaylee che al bambino. Anche se era orgogliosa di lui per questo, pregava che tutte le sue preoccupazioni si risolvessero in un nulla di fatto.

Quel pomeriggio, dopo essere tornata a casa da scuola, Meaghan prese Sheena da parte. «Posso parlarti?»

«Certo.» Sheena aveva un'idea molto precisa di cosa si trattasse. I pettegolezzi del liceo si infiltravano in ogni angolo dell'edificio.

Meaghan si lasciò cadere su una sedia della cucina e guardò in faccia sua madre. «Oggi a scuola ho sentito qualcosa su Michael e non so se dirtelo.»

«Se stai parlando della situazione di Michael e Kaylee, tuo fratello è già venuto da me. È molto turbato, quindi non gli direi molto in questa fase. E ti prego di non dire niente a tuo padre al riguardo finché io e Michael non avremo avuto modo di parlargli in privato.»

«Ma cosa dico agli altri ragazzi? Dicono che è stato lui a costringerla a... "farlo". Ma, mamma, io so com'è Kaylee, e non credo che sia vero.»

«Nemmeno io. Ma credo che dovresti stare attenta a come lo difendi. Meno si dice, meglio è. Non farebbe che peggiorare la situazione per loro due.»

«Ok.» Meaghan rivolse a Sheena uno sguardo preoccupato. «Michael se la caverà?»

«Lo spero, tesoro. Lo spero davvero.»

Quel pomeriggio, Sheena aspettò che Meaghan andasse nella suite di Regan e Darcy e che Michael andasse a correre sulla spiaggia. Poi, portò Tony nella loro camera da letto. «Devo parlarti.»

Quando gli raccontò la situazione di Michael, la reazione di Tony fu quella che ci si aspettava. Passò dallo shock alla rabbia vera e propria, prima di assumere una postura preoccupata. La situazione era resa ancora più imbarazzante dal loro stesso precedente.

«Ho cercato di dirglielo» disse Tony, scuotendo la testa. «Che cosa farà con l'università?»

Si mise ad andare avanti e indietro per la stanza e Sheena gli mise una mano sul braccio per fermarlo. «Un giorno alla volta. Non sappiamo nemmeno se è incinta.»

Un colpo alla porta della camera da letto interruppe la loro conversazione.

Tony andò ad aprire. «Entra, figliolo. Stavamo giusto parlando del tuo dilemma.»

Michael entrò in camera da letto e si buttò sul letto. Guardando Tony, disse: «Mi dispiace, papà. Hai provato a dirmi...»

«Ci abbiamo provato sia io che tua madre» tagliò corto Tony. «Credo sia meglio che tu pensi seriamente a come gestire questa situazione. A me e Brian puoi sempre venire utile in azienda. Così avrai un po' di reddito. E suppongo che tu possa trovare un secondo lavoro qui all'hotel.»

«E la scuola?» chiese Michael, con gli occhi così spalancati che sembravano troppo grandi per quel giovane bel viso.

«Probabilmente potresti seguire qualche corso online e iniziare la tua carriera universitaria.»

Michael si raggomitolò a mo' di palla sopra il letto. Sheena voleva andare da lui, ma quando fece per avvicinarsi, Tony le lanciò un'occhiata di avvertimento che le disse di stare indietro.

«Michael, mi dispiace che sia successo» disse Tony. «Spero che non sia vero. Se lo fosse, ti aiuteremo. Ma non illuderti, non sarà facile per una persona della tua età.»

Michael si tirò su a sedere e gli rivolse uno sguardo cupo. «Immagino che sia tutto quello che posso aspettarmi.»

«Fateci sapere appena scoprite qualcosa» disse Sheena. «E se è vero, fai sapere a Kaylee che saremo presenti anche per lei.»

Michael si alzò in piedi e uscì dalla stanza a passi pesanti, dando l'impressione di essere una versione molto più grande del bambino che amavano.

Sheena rimase nella stanza con Tony e una domanda assillante. Lo studiò. Lui le era stato vicino in ogni momento, dalla gravidanza inaspettata alla decisione di trasferirsi in Florida.

«Tony, come ti sei sentito quando ti ho detto che ero incinta?» gli chiese Sheena preparandosi a sentire la verità.

Lui la prese tra le braccia. «Non lo sai dopo tutti questi anni?» La guardò con tenerezza. «Allora mi sentii, e mi sono sempre sentito, il ragazzo più fortunato del mondo.»

Le salirono le lacrime agli occhi. Era stata una giornata pesante dal punto di vista emotivo e questo era esattamente ciò che aveva bisogno di sentire. Si avvicinò e gli accarezzò la guancia. «Ti amo, signor Morelli.»

Lui sorrise. «Lo so. Magari più tardi potresti dimostrarmelo.»

Ridendo, Sheena gli diede una spinta scherzosa.

CAPITOLO 5

Quando Mo la chiamò per vedersi da Kenton, pochi giorni dopo l'inaugurazione del ristorante, Regan smise di leggere il materiale promozionale della catena Florida's Finest Restaurants e si precipitò fuori dalla porta. Non vedeva l'ora di vedere la casa di Kenton!

Seguendo le indicazioni, si diresse verso sud su Gulf Boulevard e, dopo un po' di strada, entrò da un cancello che Mo le aveva lasciato aperto, fermandosi davanti a un'imponente casa a tre piani rivestita di stucco bianco. Davanti all'edificio si trovava una piccola aiuola circolare di impatiens colorate. Su ciascun lato dell'aiuola, ampie scalinate conducevano all'ingresso del secondo piano. A Regan facevano pensare a due scale sinuose che salivano verso il paradiso.

Mo si trovava in cima e la salutava con la mano. Regan sentì un sorriso formarsi sul viso mentre scendeva dall'auto. Era perfetto in quella posizione, con i suoi pantaloni di lino bianchi e una camicia viola con stampa hawaiana.

Mentre saliva una rampa di scale, Regan osservò la grande distesa di terreno che circondava la casa. Solo quello valeva un sacco di soldi.

«Ciao, benvenuta nel mio palazzo» scherzò Mo, abbracciandola. «Kenton è via, ma mi ha lasciato qui a lavorare ad alcune idee per la casa. Ho pensato che ti sarebbe piaciuto vederla.»

Aprì la porta di legno intagliato tinto noce e la condusse

all'interno di un ingresso con un pavimento di piastrelle bianche. Sopra di loro si ergevano alti soffitti e dietro di lei, sopra la porta, una finestra rotonda lasciava entrare la luce, dandole l'impressione di essere entrata in una rinfrescante scena invernale. Dall'atrio, il pavimento di parquet color castagno si estendeva in tutte le direzioni, facendo risaltare le pareti bianche.

«Da dove cominciamo?» chiese Mo.

«Che ne dici di qui?» Regan andò a destra, verso quello che si rese conto essere uno studio privato. Una serie di librerie circondava un camino addossato a una parete esterna. Poltrone di pelle verde fronteggiavano un'enorme scrivania moderna. Regan rivolse a Mo uno sguardo interrogativo.

«A Kenton piace leggere ed è un mago degli investimenti online» disse Mo. «Mi ha aiutato con alcuni investimenti.»

La condusse fuori dalla stanza, si fermò per indicare un bagno con un elegante lavandino e la condusse in un'enorme zona giorno. Anche qui i soffitti alti davano un senso di apertura e di spazio. Al centro della stanza, un camino a gas, aperto su tre lati, aggiungeva interesse. Al di là del camino, Regan poteva vedere un'ampia sala da pranzo,

Mentre andavano dall'altra parte della stanza, lei si fermò ad ammirare la magnifica vista. Una doppia serie di porte scorrevoli in vetro conduceva a un piccolo terrazzo esterno, che si affacciava su una splendida piscina olimpionica a sfioro con l'acqua azzurra del golfo sullo sfondo.

«Un posto bellissimo per un terrazzo» mormorò Regan.

«Questo è solo un punto da cui osservare il panorama. La veranda schermata e la terrazza principale sono sull'altro lato della cucina. Seguimi.»

Regan accompagnò Mo in una cucina moderna che avrebbe invogliato chiunque a dedicarsi alla cucina classica francese, in stile Julia Child. Elettrodomestici in acciaio inossidabile, un enorme forno Viking, una magnifica isola centrale con un enorme doppio lavello e attrezzature di ogni tipo aggiungevano un aspetto professionale ai piani di lavoro in granito grigio e ai mobili bianchi.

Come anticipato, dall'altra parte della cucina si trovava un'ampia veranda schermata, oltre a un altro bagno per gli ospiti e alla terrazza di cui aveva parlato Mo.

«Be', che ne pensi?» chiese Mo, sorridendo.

«È stupenda» disse Regan. «Non ho mai visto niente di simile.»

«Non hai nemmeno visto le camere da letto. Possiamo prendere l'ascensore o usare le scale. Ci sono due rampe di scale, una sul davanti per gli ospiti e una sul retro per il personale. Possiamo prendere le scale sul retro, se vuoi.»

«Ok. Andiamo.»

Le quattro camere da letto degli ospiti al piano superiore erano ben rifinite e disponevano di un bagno privato o, per due di esse, di un bagno comune con due lavandini. La camera da letto principale era completamente diversa. Definirla incantevole era riduttivo. Tra la camera da letto e l'enorme bagno padronale si trovava un camino aperto. Quando Regan entrò in bagno, notò che l'enorme vasca idromassaggio si trovava vicino al camino. Un'enorme doccia per due persone occupava un angolo. Sulla parete opposta a quella del bagno si trovava l'ingresso di una grande cabina armadio e di uno spogliatoio. Era una scena di decadente comfort, pensò, voltandosi e andando alla finestra della camera da letto per osservare il golfo sottostante. Per un attimo si immaginò di essere su una nave da crociera. Si voltò verso Mo con un sorriso.

«Incredibile! Pensare che alcune persone vivono in questo modo!»

L'allegra risata di Mo fece il paio con la sua. «Ora

dobbiamo renderla ancora più bella.»

«Ma è fantastica!» protestò lei.

«Sì, ma non è accogliente e personale» disse Mo. «Kenton non vuole vivere in un palazzo; vuole vivere in una casa confortevole e rilassante.» Gli brillarono gli occhi. «Sarà divertente, Regan. E voglio che tu mi aiuti.»

«Abbiamo un budget?»

«Certo. Ma voglio farlo nel modo più economico possibile mantenendo la massima qualità. È così che costruiremo la nostra attività. Per molti altri designer è facile spendere i soldi degli altri. Credo sia questo il motivo per cui Arthur ha scelto noi per i suoi ristoranti.»

Regan sorrise. «Bene. L'idea mi piace. Cominciamo. Non devo presentarmi alla reception prima del tardo pomeriggio.»

Tornarono all'ingresso principale al piano di sotto, uscirono e scesero le scale, in modo da poter valutare la casa come avrebbe fatto qualsiasi estraneo. Mentre stavano guardando la casa, passò un airone che portò Regan a girare la testa.

Notò un piccolo edificio sulla sinistra, parzialmente nascosto dal fogliame.

«Cos'è quello?» chiese a Mo, indicandolo.

«Quello è il cottage per gli ospiti: tre camere da letto, due bagni e mezzo e una bella cucina. Un giorno Kenton vuole affittarlo per fare in modo che nella proprietà ci sia qualcuno tutto l'anno.»

Regan afferrò Mo per il braccio e gli rivolse uno sguardo indagatore. «Tutto questo sembra un sogno. Ma tra te e Kenton è una cosa seria. Giusto?»

Mo sorrise e annuì. «Sì.»

Regan fece un sospiro pieno di felicità per il suo migliore amico. «È così eccitante! Sicuro che non mi pianterai in asso?»

«Kenton sa che sono seriamente intenzionato a diventare indipendente. È favorevole al fatto che io lavori in proprio ed eventualmente con te.»

Le labbra di Regan si incurvarono in un sorriso all'idea di mettersi in affari con Mo. Poteva avverarsi. Tutto quello che doveva fare era aiutare le sue sorelle a vincere la sfida.

«Ok, cominciamo» disse Mo.

Salirono le scale e visitarono la casa stanza per stanza, fotografandole una a una e scrivendo appunti dettagliati su quali modifiche all'arredamento avrebbero potuto suggerire a Kenton. Fecero una breve pausa per pranzare e continuarono ad analizzare le stanze finché per Regan non arrivò il momento di andarsene.

Pensando ai possibili sviluppo, Regan lasciò la casa e si diresse all'hotel.

Arrivando al Salty Key Inn, Regan si rese conto che, anche se erano riuscite a sistemare la proprietà, non sarebbe mai stata glamour, e avevano fatto bene a mantenere uno stile piacevole ma semplice.

Parcheggiò dietro l'edificio delle suite. Scendendo da Gertie, la Cadillac decappottabile classica degli anni '50 dello zio Gavin, Regan sentì i deliziosi aromi che provenivano dal nuovo ristorante che avrebbero mantenuto elegante come era stato progettato.

Quando si presentò alla reception, Darcy la accolse con un sorriso. «Arthur Weatherman ti ha lasciato un messaggio, dice che devi chiamarlo. Ha qualcosa da discutere con te.»

«Mi chiedo cosa voglia.» Preoccupata, Regan prese il biglietto con il numero di telefono di Arthur.

Darcy le rivolse un sorriso incoraggiante. «Sembrava molto allegro. Scommetto che è qualcosa di buono.»

Cercando di non farsi prendere dal nervosismo, Regan andò in ufficio e fece la telefonata. A dire il vero, non riusciva ancora a credere che i Weatherman volessero che lei facesse la loro portavoce.

Quando finalmente le passarono Arthur, questi rispose con un allegro «Ciao.»

«Sono Regan Sullivan. Mi avevi cercato?»

«Sì, Margretta e io abbiamo deciso di presentarti come nostra portavoce prima della fine dell'anno. Ci chiediamo se ti andrebbe fare una campagna pubblicitaria per noi per Natale e per l'Anno Nuovo. Stiamo cercando un bambino che ci aiuti con lo spot di Natale.»

A Regan apparve in mente l'immagine di Emily, una bambina che aveva conosciuto nello studio del chirurgo plastico. «Ho la candidata perfetta. Emily Gregg è una bambina di circa quattro anni che ho conosciuto nello studio del medico. Le stavano curando diverse piccole bruciature in viso. Lei e sua madre chiamano le sue cicatrici le sue "stelle". È piena di vita e di personalità, e ha un sorriso da urlo. Penso che sarebbe un angelo di Natale adorabile.»

Arthur ridacchiò piano. «Sapevo che avevamo fatto bene ad assumerti. Come faccio a mettermi in contatto con lei?»

«Attraverso lo studio del dottor Milford. E, Arthur, se devo giudicare in base alla prima impressione che ho avuto su di loro, penso che i soldi gli farebbero comodo.»

«Perfetto» disse Arthur «Ti richiamerò per comunicarti le date e gli orari delle riprese.» Poi riattaccò.

Regan sorrise e mise giù il telefono. Forse tutta quella storia di essere la portavoce dei Florida's Finest Restaurants sarebbe stata un buon modo per aiutare i bambini, in più di un modo.

CAPITOLO 6
SHEENA

Sheena era sola in cucina quando Michael irruppe nella stanza. Quando vide il suo viso arrossato, posò il cucchiaio che stava usando per mescolare la salsa che aveva appena preparato.

«Cosa c'è, Michael?»

Lui si lasciò cadere su una sedia della cucina e la guardò con le lacrime agli occhi. «È Kaylee.»

A Sheena si gelò il sangue nelle vene. «Che cos'è successo?»

«Ha perso il bambino. Ora non vuole avere niente a che fare con me e dice a tutti che sono un porco che si è approfittato di lei.» Le lacrime gli scesero sulle guance, scivolando oltre la crescita dei baffetti che gli spuntavano sul viso. «Non è vero, mamma. È come se dicesse a tutti che l'ho violentata, e non è vero. Non l'ho fatto!»

Sheena gli si avvicinò e gli pose una mano rassicurante sulla spalla. «Ti credo, figliolo. E credo che anche le persone che conoscono sia te che Kaylee ti crederanno. Hai provato a parlarne con lei?»

Lui scosse la testa. «No, ma ho parlato con l'allenatore e sta lavorando con il consulente scolastico per mettere fine a questa storia. Anche lui mi crede.»

Sheena fece un sospiro e si lasciò cadere su una sedia della cucina di fronte a lui. «Mi dispiace molto che sia successo, Michael. Come ti senti?»

Lui alzò le spalle e poi le abbassò. «Non lo so. Mi sento sollevato, credo. Ma è anche triste, sai?»

«Cerchiamo un professionista con cui parlare. È una cosa importante, Michael. È meglio occuparsene ora, così in futuro non sia un problema per te.» Sheena trattenne il fiato, aspettandosi che Michael si arrabbiasse con lei, ma lui si limitò ad annuire.

Sollevata, lei si alzò in piedi. «Che ne dici di mangiare qualcosa? Sarebbe d'aiuto?»

Lui scosse la testa. «Forse più tardi. Vado a correre sulla spiaggia.»

Dopo che se ne fu andato in camera a cambiarsi, Sheena andò al computer e cercò il numero di una persona che potesse aiutare Michael. Lei stessa stava male per la situazione che si era creata.

Qualche giorno dopo, Sheena era seduta in cucina a sorseggiare un caffè. Intendeva approfittare della mattinata per fare un po' di shopping natalizio. Il loro budget era limitato, ma c'erano molte promozioni in corso e voleva sfruttare l'occasione che Tony e i ragazzi erano fuori. Fece una lista di idee e stava per andare al centro commerciale, quando fece un lungo sospiro. *Forse mi riposerò un attimo*, pensò. Ogni osso che aveva in corpo sembrava pesare una tonnellata.

Distesa sul letto, si rese conto di quanto fosse stata tesa per l'apertura del ristorante. Tra i nuovi impegni di Tony e i suoi con l'hotel, a volte si sentiva intrappolata da tutto ciò che le stava accadendo. Più delle sue sorelle, si sarebbe sentita responsabile se non fossero state in grado di vincere la sfida e si fossero ritrovate con il debito contratto per il ristorante. Strinse i denti. Fallire era fuori questione. Avrebbe significato danneggiare i suoi figli e il resto della sua famiglia.

Sheena si svegliò quando qualcuno la scosse.

«Ehi! Pensavo che andassi a fare shopping.» Darcy la guardò preoccupata. «Ti senti bene?»

Sheena si alzò a sedere e si strofinò gli occhi. «Che ora è?»

«Le due.»

«Accidenti! Mi sa che ero più stanca di quanto pensassi. Dovrò andare a fare shopping domani, se tu e Regan mi concedete un po' di tempo libero.» Rotolò su un fianco e appoggiò i piedi per terra, sentendosi ancora intontita.

«Certo, troveremo una soluzione» disse Darcy, rivolgendole un altro sguardo preoccupato.

Sheena fece cenno che non era niente. «Non preoccuparti per me. Sto bene. Sono solo un po' stressata.»

«Lo siamo tutti» disse Darcy. «Ho parlato con Nicole della nostra campagna pubblicitaria e mi ha ricordato che ci vuole un po' di tempo per costruire un business. Quindi, spero che non ti dispiaccia. Ho inviato un annuncio da pubblicare all'interno di uno speciale del *Tampa Tribune dedicato ai matrimoni che si tengono durante le festività*. So che stiamo attente ai soldi, ma credo che ne valga la pena.»

«Speriamo» disse Sheena alzandosi in piedi. «Andiamo a vedere il ristorante. C'è una grande festa in programma per stasera.»

Uscirono e si diressero verso il Gavin.

«Ehi! Aspettatemi!» gridò Regan correndo da loro. Sorrise a Sheena. «Com'è andato lo shopping natalizio?»

«Non ci sono andata.» Sheena scosse la testa. «Mi sono sdraiata per qualche minuto e mi sono addormentata. Credo di essere stata più stressata di quanto pensassi. Dovrò riprovare domani.»

Regan le rivolse uno sguardo comprensivo. «Sì, queste ultime settimane saranno le più difficili, non sapendo se ce la faremo o meno.»

Arrivarono insieme al ristorante.

Sheena osservò le decorazioni natalizie e si sentì meglio. Con la pregiata boiserie a fare da sfondo, le semplici decorazioni natalizie le diedero un rinnovato senso di speranza. Loro e i loro ospiti avrebbero festeggiato questa festa e molte altre in quel salone.

Seguì le sorelle su per le scale fino alla sala del piano superiore. Un cliente di Mo aveva invitato i suoi circa cento dipendenti a un cocktail party. Dall'ingresso della sala, Sheena ammirò la sua versatilità. Sperava di poter ottenere un po' di pubblicità da questo ricevimento: a questo scopo avrebbe chiesto a un membro dello staff di offrirsi di scattare fotografie. Aveva già pensato di fare degli sconti alle spose che avessero permesso al Salty Key Inn di utilizzare fotografie e altri ricordi del loro matrimonio come materiale promozionale.

Casey le raggiunse. «Siamo pronti per stasera. Ho potuto assumere un paio di persone in più per questo evento. So che questo riduce i vostri margini, ma dobbiamo fare un'ottima impressione con un servizio al di sopra della norma.»

«Il prezzo dovrebbe tenere conto di questo problema. Come va in cucina?»

Casey aggrottò la fronte. «Ci vorrà un po' di tempo prima che Graham si abitui a uno staff più numeroso. È abituato a fare quasi tutto da solo. Ma non c'è da preoccuparsi. Il suo sous-chef lo capisce e lo aiuta. E Graham è un ragazzo così simpatico che sono sicuro che andrà tutto bene.»

«Qualunque cosa stia preparando ha un profumo delizioso» disse Darcy. «Penso che andrò giù a dare un occhio.»

Casey alzò una mano per fermarla. «Non lo farei se fossi in te. Come ho detto, la situazione è piuttosto tesa in questo momento.»

«Allora andiamo da Gracie» disse Regan. «Avrei bisogno

di una tazza di caffè. Ho detto a Sally che sarei tornata per chiudere alle sei e mi farebbe comodo una carica di caffeina in più.» Il ristorante informale di Gracie all'ingresso dell'hotel serviva la colazione e il pranzo e aveva un seguito numeroso e fedele per un'ottima ragione: Gracie era una cuoca favolosa.

«Va bene» disse Sheena. «Una tazza di caffè al volo mi sembra una buona idea.» Sally, una delle collaboratrici di Gavin, era felice di aiutare in ufficio in qualsiasi momento, ma non volevano approfittare della sua bontà.

Seduta al ristorante, Sheena bevve un sorso del suo caffè e posò la tazza. Il suo stomaco protestava contro l'acido della bevanda.

«Che cosa c'è?» le chiese Regan.

«Credo di aver preso il virus che aveva Meaghan l'altro giorno. Giuro che prende tutto quello che le capita e poi lo passa a me. Non poteva capitare in un momento peggiore.»

Darcy le mise una mano sulla spalla. «Devi smetterla di preoccuparti così tanto. Siamo arrivate fin qui. Ce la faremo.»

Sheena non riuscì a fermare la frustrazione che si sentiva crescere dentro. «Anche se non dovessimo farcela, tu hai già dei progetti per il futuro: un bel matrimonio, la stesura del tuo libro, una nuova vita con Austin.» Si girò verso Regan e sbottò: «Anche tu! Hai la tua nuova vita con Brian e il lavoro con Mo. Io cos'ho? Niente se non posso continuare a lavorare all'hotel.»

Regan spalancò gli occhi. «Ehi! Non sapevo che ti sentissi così.»

«Nemmeno io» disse Darcy. «Capisco che sei tu a voler continuare a supervisionare l'hotel, e ti aiuterò in ogni modo possibile. Ma io voglio andare avanti con la mia vita.»

Sheena sbatté rapidamente le palpebre per placare il

bruciore delle lacrime che aveva negli occhi. «Mi dispiace. Non so perché sono così arrabbiata, ma il pensiero di tornare a com'era prima, a occuparmi di due adolescenti che presto se ne andranno di casa, è piuttosto sconvolgente.»

Regan le strinse la mano. «Ascolta, Sheena; faremo tutto il possibile per avere successo. E poi potrai proseguire con il sostegno mio e di Darcy. Giusto, Darcy?»

«Assolutamente sì» disse Darcy, rivolgendole un sorriso incoraggiante.

Poco dopo lasciarono il ristorante e Sheena tornò nella sua suite. Da sola, consultò alcuni siti di shopping online e poi iniziò a preparare la cena. Tony di solito aveva fame quando tornava a casa e anche ai ragazzi piaceva mangiare presto. Questo le riduceva la giornata, ma le dava il tempo, la sera, di esaminare le cifre sia dell'hotel che del Gavin.

Più tardi, piegando il bucato mentre i ragazzi facevano i compiti, Sheena si chiese perché prima era stata così triste all'idea che i suoi figli se ne andassero di casa. Senza di loro, lei e Tony avrebbero avuto la possibilità di viaggiare, di mangiare quando volevano, di fare l'amore.

Stava ancora sorridendo quando Tony entrò nella loro camera da letto.

«Che fai?» La raggiunse e la abbracciò. «È quasi ora di andare a letto» le sussurrò all'orecchio.

Lei si girò verso di lui. «Ti amo, Tony, ma stasera non si fa.»

Lui le passò le mani su e giù per la schiena con movimenti rilassanti. «Darcy mi ha detto che è preoccupata per te. Non voglio che ti affatichi per l'hotel. Le cose si risolveranno. Si risolvono sempre.»

«Lo so» mormorò. «Ancora qualche settimana prima di sapere se ce l'abbiamo fatta e poi mi rilasserò.»

CAPITOLO 7
DARCY

Darcy era in ufficio a studiare lo schermo del suo computer con aria accigliata. Come si faceva a presentare una proposta a un editore? Aveva fatto qualche ricerca in rete, ma ogni fonte dava consigli diversi. Alcuni dicevano di essere amichevoli; altri dicevano che bisognava essere strettamente pragmatici. Poteva parlare della sua esperienza in un giornale, ma poi si sarebbe scoperto che aveva lavorato per il giornale solo per pochi mesi. Non andava bene.

Incerta sul da farsi, ma impaziente di spedire una lettera, Darcy si rassegnò a fare semplicemente del suo meglio. Cominciò a scrivere una breve lettera in cui spiegava di aver iniziato a credere negli angeli e di volerne parlare nel suo libro. Descrisse brevemente una delle storie, quella di una nonna non sposata che si assumeva il compito di crescere i suoi nipoti, e chiese una risposta rapida per poter fare una sorpresa al suo fidanzato per Natale. Indicò il suo numero di telefono, in modo che l'editore potesse chiamarla facilmente per farle un'offerta, e terminò la lettera.

Una volta spedita la lettera, Darcy passò dal sentirsi sicura di sé a ritenersi disperatamente sciocca. In ogni caso, si disse, avrebbe avuto presto notizie, in un senso o nell'altro. Dire ad Austin, ai suoi genitori e al nonno del suo successo sarebbe stato un sogno che diventava realtà. Aveva incontrato i genitori di Austin una volta, poco dopo il fidanzamento, ma c'era stato poco tempo per creare un vero legame prima che partissero di nuovo per i loro viaggi.

Anche se era solo il 20 dicembre, i genitori di Austin erano in città per festeggiare il Natale con il figlio, il nonno e lei, prima di accompagnare un gruppo molto speciale in Inghilterra per le vere vacanze natalizie. A Darcy sembrava strano che non condividessero il Natale con il figlio, ma Austin ci era abituato. Infatti, spesso viaggiava con loro per le festività. Ma tra lei impegnata all'hotel e il suo nuovo lavoro appena cominciato, sarebbe rimasto in Florida.

Darcy aprì la scatola che conteneva il regalo che aveva acquistato per i genitori di Austin e studiò la piccola cornice doppia, rilegata in pelle. Sperava che fosse di loro gradimento. Dopo averli ascoltati parlare della loro casa a New York e aver sentito parlare dei loro viaggi, le era stato difficile pensare a qualcosa che potessero desiderare o che non avessero già.

Srotolò la carta da regalo e si mise al lavoro per confezionare il pacchetto.

Regan entrò in ufficio. «Incarti i regali?»

«Sì, è già Natale a Blakely Land» rispose Darcy.

«Meglio abituarsi a fare le cose in modo diverso» disse Regan, ridendo.

Darcy sorrise. «In effetti, è piuttosto eccitante. Due giorni per festeggiare invece di uno solo.»

Regan si sedette sulla sedia vicino a lei. «Devo trovare un regalo per Holly. È strano pensarla nelle vesti di suocera quando siamo state più o meno amiche.»

«Questo dovrebbe rendere le cose più facili» disse Darcy. «La madre di Austin è molto gentile, ma un po' distante. Non so come prenderla. Con suo padre è facile fare amicizia.»

«Madri e figli hanno rapporti speciali» disse Regan. «Lo sto scoprendo ora. Holly vuole che io faccia le cose per Brian esattamente come le farebbe lei. Capisci?»

Darcy schioccò la lingua. «Non dev'essere facile, ma credo che faccia parte dell'imparare a conoscersi e di creare le nostre abitudini. Sheena e Rosa hanno creato un bel rapporto nuora-suocera. Possiamo farcela anche noi.»

«Hai ragione. Nel frattempo, cosa regalo a una come Holly?»

Darcy le puntò un dito contro. «Questo, mia cara sorella, è un problema tuo, non mio.»

«Non sei di aiuto» disse Regan imbronciata, poi si alzò e uscì dall'ufficio.

Darcy la guardò andare via e tornò a incartare i regali. Non l'aveva detto a Regan, ma era nervosa per la festa di quella sera. Come gesto carino nei confronti suoi e delle sorelle, i genitori di Austin avevano organizzato una cena da Gavin prima di tornare a casa del nonno per aprire i doni.

Quella sera, Darcy fu fatta accomodare con Austin e la sua famiglia a un tavolo d'angolo appartato del Gavin, e vide il ristorante dal punto di vista degli ospiti. Pensò alle preoccupazioni di Sheena e si segnò mentalmente di dirle quanto fosse bello il ristorante.

«Allora, voi due, avete deciso tutte le tappe del vostro vorticoso viaggio di nozze?» Belinda, la madre di Austin, sorrise a Darcy. Bella donna dai lineamenti fini e con capelli scuri dall'acconciatura accurata, Belinda incuteva un certo timore.

Darcy si girò verso Austin e aspettò che fosse lui a parlare. «Dato che Darcy non è mai stata in Europa prima d'ora, vogliamo visitare i posti più importanti: Parigi, Londra, Madrid, Roma e altre attrazioni.»

Belinda si acciglió. «Ma non avrete la possibilità di trascorrere del tempo da nessuna parte se non nelle grandi città. Non volete un periodo idilliaco da qualche parte in campagna, come in Provenza o in Toscana?»

«Mamma, torneremo in Europa più volte perché a Darcy piace viaggiare. Ma per ora si farà un'idea dei posti più popolari. Inoltre, è la nostra luna di miele. Probabilmente non passeremo tutto il tempo a fare visite turistiche.»

La bocca di Belinda formò una O, che coprì rapidamente con la mano. «Oh, cielo! Ma certo. Perdonatemi.» Si rivolse a Darcy. «Come dice Austin, un viaggio del genere ti darà una panoramica dei luoghi che potresti voler visitare in futuro.»

Darcy bevve un sorso di acqua ghiacciata, sperando di raffreddare il calore alle guance provocato dall'accenno alla luna di miele.

«Penso che sia una cosa molto sensata da fare. Siete giovani e curiosi e non avete bisogno di passare tutto il tempo in un solo posto» disse il padre di Austin, Charles. Alto, brizzolato e gentile, il suo modo di fare era un piacevole contrasto con l'intensità della moglie.

Darcy gli rivolse un sorriso di gratitudine.

Casey si avvicinò al loro tavolo. «Come va qui?» chiese a Charles.

Charles si guardò intorno e disse: «Va tutto bene. I miei complimenti allo chef. La mia bistecca era cotta alla perfezione.»

«E il branzino era divino» aggiunse Belinda. «Credo che ci serva un'altra bottiglia di vino. Abbiamo molto da festeggiare.»

«Manderò subito il sommelier» disse Casey, facendole un piccolo inchino.

«Ottimo servizio» disse Charles.

Darcy colse l'occhiolino che le fece il nonno di Austin, Bill, e sorrise. La sua storia era stata una delle prime che aveva scritto e lo considerava ancora uno dei suoi angeli speciali.

A casa di Bill, si riunirono tutti e cinque intorno all'albero di Natale per bere qualcosa dopo cena. Darcy, piacevolmente sazia dopo la cena, sorseggiò la sua crema di menta bianca.

Bill alzò il bicchiere. «Vorrei brindare a Margery. Se n'è andata solo da pochi mesi, ma a me sembra un'eternità. Mi manca.» Si voltò verso Austin e Darcy seduti sul divano. «Sarebbe felice di sapere che Austin e Darcy stanno insieme. Vi auguro il meglio per questo primo di molti Natali insieme.»

«Udite! Udite! Alla mamma!» disse Charles, sbattendo le palpebre per non far cadere le lacrime. «Era eccezionale.»

Belinda, Austin e Darcy alzarono insieme i loro bicchieri.

«Ok» disse Bill dopo che si furono sistemati. «Prima gli anziani. Io devo distribuire i miei regali per primo.»

Porse un pacchettino a Darcy. «Buon Natale da parte mia e di Margery. Avanti, aprilo» la esortò con un sorriso.

Darcy scartò la carta stagnola rossa con dita tremanti e sollevò il coperchio della scatola. Le si riempirono gli occhi di lacrime. Era un bel paio di orecchini di perle Mikimoto adagiate su un letto di velluto nero.

Bill le sorrise. «Li ho portati dal Giappone al ritorno dal Vietnam. Erano i preferiti di Margery.»

«Grazie mille» disse Darcy, commossa dal gesto. «Ne farò tesoro per sempre.»

«Per non essere da meno, anche noi abbiamo un regalo per te, Darcy» disse Belinda, porgendo una scatolina avvolta in carta argentata.

Darcy si batté una mano sul petto. «Non sono abituata a regali così... luccicanti.»

Tra le risate che seguirono, Austin disse dolcemente: «Aprilo, tesoro.»

Sollevando la carta, Darcy fissò l'etichetta sul coperchio. *Tiffany.* Aprì il pacchetto e ne uscì una scatola di velluto. Quando sollevò il coperchio, restò senza fiato. Erano due orecchini, due solitari di diamanti.

«Oh, cielo! Ora non so davvero cosa dire. Grazie a tutti! Non ho mai passato un Natale così» disse con sincerità.

«I diamanti e i regali sentimentali sono i migliori» disse gentilmente Belinda.

Darcy deglutì a fatica. I suoi doni sembravano così piccoli, così insignificanti.

Vennero aperti altri regali e poi Darcy disse: «Anch'io ho dei regali.»

Porse a Belinda la cornice. «Spero che ti piaccia.»

Darcy trattenne il fiato mentre Belinda apriva il pacchetto relativamente semplice. Quando sollevò la cornice e vide di cosa si trattava, un sorriso le increspò gli angoli degli occhi. «Che bello. Un regalo perfetto da parte di una nuora adorabile.»

A Darcy sfuggì un sospiro di sollievo. Sperava che significasse che lei e la madre di Austin sarebbero andate d'accordo. I genitori del suo ex ragazzo avevano fatto capire che né lei né la sua famiglia erano all'altezza dei loro standard.

Bill sembrò apprezzare i libri che lei aveva scelto per lui, insieme al buono regalo del ristorante di Gracie. «Lynn e gli altri sono impazienti di rivederti» disse Darcy.

«Lynn? Chi è?» chiese Belinda incuriosita, rivolgendo al suocero un sorriso.

«La vedova di un vecchio amico. Ogni tanto parliamo quando vado al ristorante» disse Bill. «Solo qualcuno con cui parlare.»

«Ok, credo che il mio regalo sia l'ultimo» disse Austin. «Torno subito.»

Tornò portando con sé una scultura di legno. Mettendola davanti a Darcy, le sorrise. «Non vedo l'ora che ci sposiamo e viviamo davvero insieme. Ti amo, Darcy.»

Studiando la figura di legno intagliato, le lacrime le

riempirono ancora una volta gli occhi. Il dettaglio era stupefacente: un bambino, seduto sull'erba, che teneva in alto una mano su cui era appollaiata una farfalla.

«È un maschio o una femmina?» chiese Belinda, sporgendosi in avanti per guardare meglio.

«Né l'uno né l'altro» rispose Austin. «Un simbolo dei figli che speriamo di avere un giorno.»

Darcy si strinse il regalo al petto. «È fantastico, Austin. Credo che tu stia sprecando il tuo tempo con l'odontoiatria. Questa è un'opera da vero artista.»

«Aspetta» disse Charles. «Non si può mettere su famiglia con le sculture di legno.»

Darcy iniziò a rispondere e si fermò subito. I genitori di Austin erano persone pratiche. Perché altrimenti avrebbero scambiato una vacanza a casa con un redditizio viaggio di lavoro?

«L'intaglio è bellissimo, Austin» disse Bill. «Non vedo l'ora di vedere i veri bambini che produrrete tu e Darcy.»

«Sì» disse Belinda, sorridendo a Darcy. «Io volevo altri figli, ma per noi non è stato così. Speriamo che tu e Austin ci diate tanti nipotini.»

Darcy scambiò un sorriso con Austin, ma dentro di lei di sentiva contorcere lo stomaco. Sarebbe stata una buona madre come sperava? Anche in quel caso, sarebbe stata abbastanza brava per la famiglia di Austin?

Austin le prese la mano e le diede una stretta confortante, e la paura che l'aveva attanagliata svanì. Sapeva che Austin sarebbe stato un ottimo padre. Lei doveva solo fare del suo meglio.

CAPITOLO 8
REGAN

Regan aspettava al cancello della piscina che Brian la raggiungesse. Stava facendo progressi a camminare con un bastone. Il gomito destro non era più ingessato o imbragato. Il braccio sinistro sarebbe stato libero dal gesso in un paio di giorni. Questa era la buona notizia. La cattiva notizia era che per un po' di tempo entrambe le braccia non sarebbero state in grado di reggere un peso elevato, il che significava che Brian si limitava a dirigere la squadra e a sbrigare le pratiche burocratiche.

«Ok, andiamo» brontolò Brian avvicinandosi.

Regan sorrise. «Forza! Facciamo a gara a chi fa una vasca completa.»

Gli si incurvarono le labbra. «Vedremo.»

Quella sera di dicembre nessun ospite stava usando la piscina. Regan si tolse l'asciugamano dalle spalle lasciandolo su una sdraio e si immerse nell'acqua riscaldata della piscina. Senza aspettare Brian, iniziò a nuotare.

In piscina, lui la prese tra le braccia e la avvicinò abbastanza da farle sentire la sua eccitazione. Le sorrise. «Ehi, sirena! Non ci siamo già incontrati?»

Lei rise e si accoccolò contro il suo petto forte. Adorava il fatto che potessero giocare in quel modo.

Si misero al lavoro cominciando gli esercizi che il medico aveva prescritto a Brian. Li eseguiva senza lamentarsi e ogni giorno riusciva a farli per periodi più lunghi. Regan sapeva che la sua dedizione era dettata dalla frustrazione di non poter lavorare come voleva.

Ancora ansimante per lo sforzo, si sedette accanto a Brian sui gradini della piscina. Brian le cinse le spalle con un braccio.

«Grazie» e abbassò le labbra sulle sue.

Lei rispose al suo tocco, riempiendosi di desiderio. Il suo bacio si fece più intenso. Quando Brian alla fine si staccò, la guardò con un tale amore che a Regan mancò il fiato. C'erano ancora momenti in cui non riusciva a credere che, tra tutte le donne che avrebbe potuto scegliere, avesse scelto proprio lei.

«Non voglio aspettare a sposarmi» disse Brian. «Perché non fuggiamo?»

Regan gli prese la mano. «Mi piacerebbe *poter* scappare e sposarci. So che la maggior parte delle donne vuole un matrimonio in grande stile, ma, finché ho te, sinceramente a me non interessa.»

Un sorriso gli illuminò quei suoi occhi castani e la strinse a sé. «Brava la mia ragazza.»

Lei sorrise felice e poi si allontanò, facendosi improvvisamente seria. «Per quanto voglia fuggire con te, non posso fare niente che distrugga le nozze di Darcy. Se ci sposiamo prima di loro, lei si infurierà con me per averle rubato la scena.»

Brian la studiò e sospirò. «Credo che tu abbia ragione. Dovremo aspettare. Inoltre, mia madre sarebbe delusa se scappassimo.»

Più tardi, sdraiata a letto accanto a lui, Regan ripensò alla conversazione e desiderò che ci fosse un modo per celebrare un matrimonio segreto senza ferire i sentimenti di nessuno.

CAPITOLO 9
SHEENA

Qualche giorno dopo, Sheena si sentì meglio e uscì per fare un po' di shopping natalizio. Le sembrava ancora strano farlo quando la temperatura era di circa venti gradi e gli alberi decorati per le feste erano palme il cui tronco era avvolto da luci. Ma dopo aver saputo che Boston era alle prese con una tempesta di ghiaccio, le piaceva l'idea di una vacanza tropicale.

Come per il Giorno del Ringraziamento, la famiglia avrebbe festeggiato la cena di Natale da Gracie. Il ristorante di Gavin era prenotato e cenare da Gracie significava includere la gente di Gavin nella famiglia. Lei e le sue sorelle avevano deciso di regalare a ogni membro del gruppo di Gavin un sacchetto pieno di piccoli regali, dolcetti e una bella carta regalo. Per entrare nello spirito della stagione, Meaghan si era anche offerta di fare a mano un biglietto di auguri per ognuno di loro.

Non fu difficile decidere cosa regalare ai suoi familiari. Avendo scartato frettolosamente la maggior parte dei loro abiti invernali, avevano bisogno di nuovi abiti più adatti a dove vivevano adesso. Girando per i grandi magazzini, Sheena decise di prendere qualche cosa per sé, qualcosa per l'inverno della Florida.

Dopo aver visto i vestiti nei negozi rivolti a donne giovani come Meaghan, i modelli e le collezioni che Sheena guardava per sé le sembravano troppo seriosi. Provò diverse paia di pantaloni e si chiese chi li avrebbe comprati. Erano troppo piccoli per lei, progettati, senza dubbio, per una donna costantemente a dieta. Guardandosi allo specchio, Sheena si ripromise di ridurre la buona cucina di Gracie. Il cibo di Gavin era un'altra sfida che avrebbe dovuto imparare a controllare.

Quando ebbe trovato abbastanza oggetti pratici e divertenti per la sua famiglia, fu impaziente di tornare in albergo. Aveva bisogno di rilassarsi un po' prima di chiudere la reception al posto di Regan, che doveva incontrare Brian e Holly per la cena.

Tornata nella sua suite in albergo, Sheena nascose i pacchetti che aveva acquistato e si preparò una tazza di caffè. A pranzo aveva mangiato una barretta proteica e aveva bisogno di una scossa di caffeina. Invece di darle la necessaria energia, il caffè le sconvolse l'organismo. Si strofinò lo stomaco, chiedendosi se avesse un'ulcera. Qualunque cosa fosse, giurò che non avrebbe detto niente a nessuno fino a dopo le festività e dopo l'incontro con Archibald Wilson. Pensando al suo imminente viaggio a Boston, prese su il telefono e chiamò il suo vecchio medico per prendere un appuntamento.

CAPITOLO 10
REGAN

Regan si controllò allo specchio e sospirò. Era stata una giornata lunga, passata a lavorare con Mo alla casa di Kenton, ed era esausta. Sia per questo che per i nervi a fior di pelle, desiderava rimandare la cena con Brian e sua madre. Holly Harwood era sempre stata cordiale e piacevole con le sorelle e con lei, ma ultimamente Regan aveva notato una certa diffidenza nel suo comportamento. Brian le aveva detto che non era niente, ma Regan non ne era così sicura. Stava succedendo qualcosa. Sperava che Holly non avesse ripensamenti sul fidanzamento tra lei e Brian.

Si appuntò uno scintillante albero di Natale dorato sul vestito nero a maniche lunghe e lo picchiettò soddisfatta.

Quando bussarono alla porta della sua camera, Regan disse: «Arrivo.»

Andò in salotto e trovò Darcy e Brian intenti a conversare a bassa voce.

«Che succede?» chiese Regan, guardando le espressioni colpevoli sui loro volti.

Darcy sollevò un angolo della bocca con aria maliziosa. «Natale.»

«Sì, Darcy mi sta dando alcune idee per farti un regalo» disse Brian, facendole l'occhiolino. «Dai, andiamo da mia madre.» Tese un braccio e Regan lo prese per dargli sostegno.

«Dove andiamo?» chiese mentre uscivano dalla suite.

«Non lontano.» Lo sguardo di apprezzamento di Brian le riscaldò le guance. «Abbiamo optato per il Gavin.»

Regan gli rivolse un sorriso. «Perfetto. Non dovremo prendere la macchina.»

Quando entrarono al ristorante, Nicole, che fungeva da padrona di casa, li accolse con un sorriso. «Credo che i vostri commensali siano già qui.»

Brian e Regan si guardarono sorpresi.

«Mia madre ha portato qualcuno?» chiese Brian, alzando la voce.

Nicole si limitò a sorridere e li guidò dall'altra parte della sala da pranzo fino a un'alcova che si affacciava su un piccolo giardino privato.

Regan si fermò sorpresa quando vide Blackie Gatto seduto accanto a Holly.

«Ciao, mamma, Blackie» disse Brian con voce nitida.

Holly sorrise. «Ho pensato di venire con qualcuno per un'occasione bella come questa.»

Blackie si alzò in piedi, strinse la mano a Brian e aspettò che Regan si accomodasse prima di rimettersi a sedere e guardare Brian negli occhi. «Tua madre e io ci frequentiamo da un po' e abbiamo pensato che fosse giunto il momento di fartelo sapere.»

Regan fu sorpresa come sembrava esserlo Brian.

Holly rivolse a Blackie un sorriso che poteva solo essere definito intimo. «Blackie mi ha dato un enorme sostegno morale mentre tu ti stavi riprendendo dall'incidente e voi due stavate facendo dei progetti per conto vostro.»

Blackie mise una mano su quella di Holly. «È stato bello. Davvero bello.»

Brian si appoggiò allo schienale della sedia ed emise uno sbuffo di sorpresa. «Immagino che ci siano in serbo altri cambiamenti, eh?»

«So quanto siete legati tu e tua madre, Brian» disse Blackie. «Per questo non ho voluto aspettare oltre perché tu sapessi cosa sta succedendo. Sei stato l'uomo di casa, per così dire, per la maggior parte della tua vita.»

«Sì, è vero» disse Brian a bassa voce.

Regan lo conosceva abbastanza bene da capire che Brian avrebbe avuto bisogno di tempo per abbandonare quel ruolo e pensava che Blackie fosse stato molto intelligente a sollevare la questione così presto nella relazione. Dal modo in cui Holly e Blackie si guardavano, era una cosa seria.

«Bisogna festeggiare» disse Regan, dando un colpetto alla gamba di Brian.

Lui si rianimò. «Sì, quest'anno abbiamo tutti qualcosa da festeggiare.»

Blackie sorrise. «Ho già ordinato lo champagne, se non vi dispiace.»

Al momento giusto, il sommelier si avvicinò al tavolo con un secchiello d'argento per il ghiaccio che conteneva una bottiglia verde scuro. Un cameriere portò al tavolo quattro calici e ne mise uno per ogni posto.

Il sommelier mostrò a Blackie la bottiglia e, al suo cenno di approvazione, la aprì. Gli versò un po' di champagne nel bicchiere per farglielo assaggiare e poi, dopo il suo cenno di approvazione, ne versò un po' nel bicchiere di ogni ospite.

«Auguriamo uno splendido Natale a queste due belle donne» disse Blackie, facendo un cenno con la testa a Regan e sorridendo a Holly.

«A tutti noi» aggiunse subito Holly.

Prima di sorseggiare il liquido frizzante, fecero tintinnare i bicchieri e al tavolo si stabilì una momentanea quiete.

«Allora, hai detto che avete iniziato a frequentarvi a settembre?» chiese Brian.

Regan capì dal suo tono di sfida che Brian era ferito per non essere stato messo a parte della cosa, e si affrettò ad aggiungere: «È così bello che possiate condividere le feste insieme.»

«Sì» disse Blackie. «Le feste possono essere piuttosto solitarie, anche con mio fratello Rocky nei paraggi.»

Regan lo studiò, vedendolo in modo nuovo. Con i suoi capelli scuri e ricci bordati di grigio, i lineamenti forti e la sua sicurezza, non aveva mai pensato che potesse sentirsi solo. Alla festa di inaugurazione del Gavin, era stato circondato da donne desiderose di parlargli. E come direttore finanziario di Gavin e ora loro, era un uomo d'affari di successo.

Holly e Brian condividevano molti tratti, con capelli castano-sabbia e occhi castani, e ciascuno aveva una personalità piacevole che non si poteva ignorare. Studiandola di nascosto, Regan pensò che Holly non avesse molto più di cinquant'anni, anche se sembrava più una quarantenne ben messa.

«Mia sorella Darcy aveva paura di Rocky all'inizio» disse Regan. «Ma abbiamo imparato tutti che il suo aspetto da duro nasconde un cuore gentile.»

Blackie rise. «A mio fratello piace fare il duro, ma, come hai detto tu, è un brav'uomo. Ha un vero e proprio debole per le persone e gli animali che soffrono.»

«A volte vorremmo che non fosse così gentile. È lui che ha portato Petey in albergo. Anche se agli ospiti sembra piacere avere quel pavone intorno quando si comporta bene, può essere una vera seccatura.»

Holly rise. «Mi ha anche inseguito qualche volta. E tu, Blackie?»

«Cosa ordiniamo?» intervenne Brian, alzando lo sguardo dal suo menu. «Sembra che Graham si sia dato da fare con qualche piatto creativo per le feste.»

«Stavo pensando di prendere una lonza di maiale ripiena di mele» disse Holly, lanciandogli una lunga occhiata.

«Scusate, ho interrotto qualcosa?» chiese Brian.

Ben consapevole della tensione tra i due uomini, Regan bevve un ultimo sorso di champagne e prese il suo menu.

«Sono stato qui a cena con un paio di clienti ieri sera» disse Blackie. «Il branzino glassato con salsa di zenzero e burro era superbo.»

«Grazie per aver portato i tuoi clienti al Gavin» disse Regan. «So che ti piace il Key Pelican.»

Blackie sorrise. «Il Gavin gli darà filo da torcere. È bello poter finalmente scegliere tra i due.»

«Credo che proverò il branzino» disse Brian, facendo un cenno di riconoscimento a Blackie.

Holly sorrise e tra i quattro si instaurò un'atmosfera più rilassata.

Più tardi, Regan e Brian rimasero ad attendere che un parcheggiatore gli portasse la Jaguar verde bottiglia di Blackie.

«Vuoi che ti accompagni a casa?» Brian chiese a Holly.

Lei sorrise e scosse la testa. «Grazie, ma mi accompagnerà Blackie.»

Dopo che Blackie e Holly se ne furono andati, Brian si rivolse a Regan. «Ehi! Sembra una cosa seria tra quei due. Avrei pensato che Blackie me ne avrebbe parlato prima.»

Regan lo prese a braccetto e gli fece un sorriso malizioso. «Sei il figlio di Holly, non suo padre. Come sarai se avremo delle figlie?»

Brian si mise a ridere. «Dio! Immagino che sarò terribile. È solo che avrei pensato che la mamma mi avrebbe detto qualcosa. Sai quanto mi sento responsabile per lei.»

«Sì, lo so» disse Regan. «È molto dolce, ma le cose stanno andando in una direzione diversa. Credo sia meglio che ci abituiamo entrambi.»

«Hai ragione» disse Brian. «Andiamo ad esercitarci a fare una figlia, così posso fare la mia parte di padre feroce.»

Anche se rise, Regan sentì un brivido di eccitazione sessuale.

Ma mentre si allontanavano dal Gavin, invece di dirigersi verso la palazzina delle suite, Brian condusse Regan sulla riva della baia vicina.

«È una serata così piacevole; ho pensato che potremmo stare qui seduti un attimo.»

«Hai intenzione di chiedermi di nuovo di sposarti?» scherzò Regan. Era il momento in cui pensava che Brian l'avrebbe lasciata. Invece, si era inginocchiato per chiederle di sposarlo.

Brian scoppiò a ridere. «Non proprio. Una volta è già abbastanza snervante.» Si sedette su una panchina di legno che avevano sistemato sotto una palma e indicò lo spazio accanto a sé.

Regan si sedette accanto a lui e si appoggiò alle sue braccia aperte.

La notte era limpida ma fresca. Brian si tolse la giacca sportiva e gliela mise sulle spalle.

Regan gli sorrise e si voltò a guardare la baia. La luce della luna tingeva l'acqua in movimento con una luce dorata, creando un murale sempre diverso. Sospirò contenta.

Brian la baciò sulla guancia. «Voglio parlare con te di quello che ci succederà dopo il primo dell'anno e la fine della tua sfida. Anche se vinci la sfida di Gavin, non voglio vivere qui all'hotel. E di sicuro non voglio tornare nel mio appartamento sopra il bar se Blackie sarà nei paraggi.»

«Che ne diresti di vivere in una guest house in una tenuta sul mare? Kenton Standish ha un bellissimo cottage accanto alla sua casa in fondo alla strada. Restando nella tenuta, lo aiuteremmo quando non c'è, ma avremmo tutta la privacy che vogliamo, anche quando c'è.»

Brian le rivolse uno sguardo pensieroso. «Potremmo costruire una casa nostra nello stesso quartiere di Tony e Sheena, ma non sarà possibile per un po'. Ho investito i miei soldi nell'acquisto del terreno. Che ne pensi? Ti sembra una buona idea?»

«Preferirei iniziare da Kenton e poi costruire una casa. Così avremo un po' di tempo da soli. Nelle suite siamo tutti parte della famiglia, il che non ci permette di avere molta privacy. E, Brian, dobbiamo parlare del matrimonio. Questo ci aiuterà a decidere.»

«Non me ne frega niente di un matrimonio elegante, ma non voglio toglierti niente. Sembri piuttosto eccitata per il matrimonio di Darcy. Ne vuoi uno simile? Qualcosa di più grande?»

Regan scosse la testa. «Non voglio affatto un matrimonio in grande stile. Solo io, te e il prete» disse. «Ho aspettato a lungo per trovare l'uomo giusto. Non voglio perderti.»

«Non mi perderai» mormorò lui prima di premere le labbra sulle sue, dimostrando che non aveva intenzione di andare da nessuna parte.

CAPITOLO 11
SHEENA

Il giorno di Natale si presentò grigio e piovoso. Ma invece di deluderla, il tempo ricordò a Sheena che era davvero inverno e, anche se non era neve, la pioggia le fece ricordare altri Natali del passato.

Com'era loro abitudine, Sheena preparò la colazione per la famiglia prima che tutti si sedessero accanto all'albero per aprire i regali. Quell'anno l'albero era un po' scheletrico, ma non avevano spazio per uno grande. Sheena sperava che quando avrebbe avuto una casa tutta sua, ci sarebbe stato spazio per un albero alto e folto.

Mentre Meaghan e Michael dormivano e Tony faceva la doccia, Sheena preparò uova e pancetta e alcuni muffin inglesi. Anche se non aveva ancora digerito il caffè caldo che aveva preparato, optò per un'altra tazza per avere la scossa di energia che cercava.

Un leggero colpo alla porta attirò la sua attenzione. Andò ad aprire. Erano Regan e Darcy, ancora in pigiama, tutte sorridenti. «Buon Natale!»

Sheena le abbracciò entrambe. «Entrate pure. Ho il caffè pronto.»

Loro accettarono con entusiasmo le tazze di liquido caldo offerte dalla sorella.

«È bello stare insieme così presto la mattina di Natale. Di solito ti vedevo solo più tardi, quando la mamma preparava la cena per tutti noi» le disse Regan.

Sheena sorrise a Regan con affetto.

«Mi piace avere te e Darcy intorno» disse Regan. «E Rosa e Paul verranno da Gracie per la cena di Natale, vero?»

«Non vedono l'ora!» disse Sheena, sorridendo. «Avere i miei suoceri che vivono qui in Florida è stato molto soddisfacente per noi. Cosa farete tu e Brian con Holly?»

Regan le rivolse un sorriso sornione. «Vuoi dire con Holly e Blackie?»

Sheena non poté fare a meno di ridacchiare. Lei e le sue sorelle erano ancora sorprese dalla storia d'amore che era nata tra quei due.

«Blackie ci ha invitato a casa sua per pranzo. A quanto pare, è un bravo cuoco e vuole mettere in mostra le sue capacità. Brian si sta ancora riconciliando con un futuro del genere, ma credo che sarà piacevole.»

Sheena e Darcy si scambiarono uno sguardo divertito. Brian era molto protettivo nei confronti della madre.

«Il nonno di Austin non vede l'ora di cenare da Gracie» disse Darcy. «Lui e Lynn hanno riallacciato i rapporti. Non è niente di serio, ma è una dolce amicizia. Lui si sente solo.»

Tony uscì dalla camera da letto. «Beh, guarda un po', le sorelle Sullivan! Buon Natale, il nostro primo Natale insieme in Florida.» Baciò Sheena sulla guancia, riempì una tazza di caffè e si rivolse a Darcy e Regan. «Babbo Natale è passato dalla vostra suite?»

Darcy si indicò le orecchie. Ai lobi scintillavano dei diamanti. «È arrivato un paio di giorni fa. Ma ho una grande notizia per tutti noi. Cyndi Jansen mi ha mandato un messaggio ieri sera. Lei e Tom hanno prenotato per un gruppo di otto coppie da Gavin la sera dell'ultimo dell'anno. Si sono iscritti alla cena anticipata e sette delle coppie hanno prenotato le camere d'albergo. Se non sbaglio, rimangono solo due camere libere per quella sera.»

Sheena si strinse le mani. «È il miglior regalo di Natale mai avuto! Volevo poter dare ad Archie la prova che stavamo crescendo. Questo aiuta molto.»

«Come vanno le altre prenotazioni per la cena di Capodanno al Gavin?» chiese Regan.

Darcy fece un sorriso smagliante. «Nicole e io ci siamo fatte un drink insieme prima che iniziasse il turno ieri sera. Dice che le prenotazioni stanno lentamente arrivando. L'annuncio che abbiamo messo sul giornale sta dando i suoi frutti. Quello e le camere d'albergo scontate come opzione.»

Un po' della tensione che era diventata parte della vita di Sheena svanì. Forse tutta questa preoccupazione era una stupidaggine, come a volte pensava. La sfida sarebbe andata come sarebbe andata.

«È ora di far alzare i ragazzi?» chiese Tony.

Sheena rise. «Fai pure.» Tony era più eccitato per il Natale dei loro figli adolescenti, che stavano ancora dormendo.

«È meglio che vada.» Regan abbracciò Sheena. «Ci vediamo dopo.»

«Vado anch'io» disse Darcy. «Buon Natale, Sheena. Goditi la giornata senza preoccuparti dell'hotel. Sembri stanca.»

Sheena le rivolse un debole sorriso. «Grazie.» Anche se l'aveva tenuta sveglia la notte, non aveva parlato della visita medica a nessun altro, nemmeno a Tony.

Più tardi, mentre era seduta con Tony e i bambini intorno all'albero di Natale, Sheena guardò Michael e Meaghan aprire i loro regali. Sia lei che Tony avevano spiegato che non ci sarebbero stati regali di lusso; i loro soldi erano impegnati nell'hotel e nell'azienda di Brian e Tony. Sheena e Tony avevano concordato di non scambiarsi regali, ma Sheena aveva incartato della biancheria intima, dei calzini e un paio di magliette per Tony solo per divertimento.

L'entusiasmo di Michael e Meaghan nell'aprire ogni regalo pratico le riempì il cuore di orgoglio. I ragazzini viziati di Boston erano spariti. Qui c'erano due ragazzi che comprendevano sempre di più che cos'era la vita, piena di sfide, delusioni, meraviglie e amore.

«Questo è quanto» disse Sheena dopo che era stato aperto l'ultimo regalo. «È stato un bel Natale.»

«Aspetta. Ho qualcosa per te» disse Tony. Mise la mano dietro l'albero e le porse una scatolina.

«Tony, ci eravamo detti...» cominciò Sheena.

«Aprilo e basta» la sollecitò Tony. «Vedrai.»

Sheena strappò la carta da regalo e aprì la semplice scatola bianca. Quando vide cosa c'era dentro, guardò Tony confusa.

«Che cos'è, mamma?» chiese Meaghan.

«È una chiave» disse Sheena, tenendola in mano per farla vedere a tutti.

«È una promessa» disse Tony, rosso in volto per l'emozione. «È sia la chiave del mio cuore sia la promessa che un giorno, presto, avrai la casa che hai sempre desiderato.»

La vista di Sheena si offuscò per le lacrime e tese le braccia verso Tony.

Lui le si gettò tra le braccia e si strinsero, ridendo piano.

«È un regalo perfetto» disse Sheena. «Grazie mille.» Si rivolse ai suoi figli. «Presto avremo tutti la casa che vogliamo.»

Meaghan spalancò gli occhi. «State per vincere la sfida?»

«Lo spero» rispose Sheena.

Ancora più tardi, da Gracie, Sheena se ne stette in disparte ad osservare Michael distribuire i pacchi regalo alla gente di Gavin. Con un cappello da Babbo Natale e un grande sorriso, era adorabile. Lo psicoterapeuta da cui Michael era andato gli era stato di grande aiuto. Le venne in mente un'immagine inaspettata di lui padre che giocava a fare Babbo Natale con i suoi figli. Sbatté le palpebre e il momento passò. Mentre lo studiava, Sheena pensò a quanto era stata vicina ad avere un nipotino inaspettato. Per tutti loro era stato sia un sollievo che un momento triste quando la ragazza di Michael aveva perso il bambino.

Cercò sua figlia. Con indosso un maglione rosso fuoco e pantaloni neri, Meaghan stava giocando a carte con Maggie, che aveva ricevuto un mazzo di carte nella sua borsa regalo. Sheena sorrise. Venire al Salty Key Inn aveva significato, per molti versi, trovare una famiglia. Vivere all'hotel, lavorare con la gente di Gavin, li aveva avvicinati tutti. Osservando le varie conversazioni nella stanza, i sorrisi sui volti, Sheena pensò che Gavin sarebbe stato molto contento.

Tony le si avvicinò e la abbracciò con affetto. Lei sussultò leggermente per il male che le aveva fatto nel punto in cui il suo braccio le aveva stretto il seno.

«Scusa. Stai bene?» le chiese Tony, rivolgendole uno sguardo preoccupato.

«Sì» mentì lei, nascondendo la paura. Sua madre era morta di cancro al seno, e questo era il motivo principale per la visita medica che aveva prenotato. La stanchezza e i seni doloranti e grumosi potevano significare che aveva ereditato da sua madre qualcosa di più dei capelli rossi, un pensiero così spaventoso che si sentiva male solo a pensarci. Non voleva perdersi gli anni della crescita dei suoi figli, voleva vedere Meaghan sposarsi e dare il benvenuto ai nipotini.

Tony continuò a starle accanto. «Mamma e papà hanno un aspetto meraviglioso: abbronzati, sani, felici» disse senza rendersi conto delle emozioni che lei si sforzava di nascondere. «Trasferirsi in Florida gli ha fatto bene.»

Sheena fece un sorriso sincero. Voleva bene ai suoi suoceri.

«È bello anche avere uno spazio tutto nostro.»

Tony ridacchiò. «Pensare che abbiamo condiviso quel duplex per quasi diciotto anni.» Il sorriso gli sollevò gli angoli degli occhi. «Tra un anno circa compiremo il nostro ventesimo anniversario. Sarà una cosa da festeggiare.»

Sheena sorrise, ma dentro di sé le si strinse lo stomaco. Ci sarebbe stata anche lei?

CAPITOLO 12
DARCY

Darcy accompagnò Bill Blakely a casa di Gracie, lieta che avesse preso parte ai loro festeggiamenti natalizi. Lui aveva sempre appoggiato la sua relazione con Austin e, non avendo mai avuto nonni in vita, lei si sentiva vicina a Bill in un modo che non aveva mai provato.

Austin li raggiunse all'interno e le porse una piccola borsa con dentro diverse buste. «Hai dimenticato queste.»

Darcy ringraziò con un sorriso e prese la borsa. Aveva stampato gli inviti di matrimonio per la gente di Gavin. Come parte dei festeggiamenti per il loro matrimonio, Austin avrebbe regalato una visita dentistica gratuita a ogni membro del gruppo.

«Che cosa prendi? Il solito?» le chiese Austin.

Lei scosse la testa. «Niente margarita. Solo un bicchiere di vino rosso. Grazie.»

Austin e Bill si diressero verso l'angolo del ristorante, dov'era stato allestito un piccolo bar su un tavolo.

Darcy si fece strada tra la folla, fermandosi a dare a ogni persona del gruppo di Gavin un allegro abbraccio di buon Natale e due buste. Quando ebbe finito di distribuirle, fece un segnale a Sheena.

Sheena picchiettò su un bicchiere finché il suono non fermò la conversazione. «Darcy, Regan e io vogliamo augurare a tutti un Buon Natale e un Felice Anno Nuovo. Non abbiamo idea di cosa ci riservi il futuro, ma l'anno appena trascorso ci ha mostrato quanto possa essere fantastica la famiglia, vecchia e nuova.»

«Sì» confermò Darcy con un sorriso malizioso mentre si guardava intorno. «In un certo studio dentistico avete sconti per famiglie.» Anche se i presenti scoppiarono a ridere, la sua espressione si fece seria. «E, in quanto famiglia, tutti i presenti sono invitati al mio matrimonio il giorno di San Valentino.»

Regan si fece avanti al fianco di Brian. «Vi vogliamo tutti bene.»

Darcy prese entrambe le sorelle per mano. Quando scoppiò l'applauso, risero tutte e tre e si inchinarono insieme.

Gracie fu la prossima a parlare. «Prima di morire, Gavin ci parlò delle sue speranze per voi ragazze e ci chiese di collaborare. Nessuno di noi era sicuro di come sarebbe stato avervi qui, ma credo che siamo tutti d'accordo che è stato meglio di quanto avremmo potuto immaginare. Gavin sarebbe orgoglioso di voi, mie care.»

Gli occhi di Darcy si velarono di lacrime. Dopo averli intervistati, sapeva più cose degli altri sulla gente di Gavin. Erano stati evitati, maltrattati o incolpati per cose che non avevano fatto o che non avevano potuto evitare, ma suo zio li aveva accettati come brave persone. Sperava che lei e le sue sorelle sarebbero state in grado di garantire che in futuro ci si sarebbe presi cura di loro.

Su un lungo tavolo, Gracie e la squadra disposero un grosso prosciutto, uno stufato di patate al formaggio, un piatto di fagiolini e verdure alle mandorle, un'insalata verde, panini freschi e una torta di noci e una di mele. Darcy si servì del cibo insieme agli altri, assaporando l'idea di un grande pranzo di famiglia. Le risate e la compagnia che accompagnarono il pasto furono per lei il miglior regalo della giornata.

Un paio di giorni dopo, Darcy stava frugando nella posta, sperando di trovare richieste di opuscoli o, meglio ancora, prenotazioni, quando s'imbatté nella busta che aveva spedito alla piccola casa editrice. Fissò con sgomento il messaggio con il timbro rosso: *Restituire al mittente. Destinatario sconosciuto.* Il nome dell'editore era stato cancellato.

Controllò subito il nome del redattore su internet e scoprì che aveva cambiato lavoro. Fu presa dalla delusione. Facendo le sue ricerche, aveva pensato che lui fosse la migliore possibilità di vedere approvato il suo libro sugli angeli. Forse era arrivato il momento di cercare un agente. Era contenta di non averne parlato con nessuno.

Quando Regan entrò in ufficio, Darcy si affrettò a chiudere il computer portatile.

«Che cosa stai facendo?» chiese Regan, lanciandole un'occhiata perplessa.

«Sto cercando di risolvere una cosa. Come vanno le cose alla reception?»

«Sheena mi ha appena dato il cambio, ma, Darcy, sono preoccupata per lei. Negli ultimi giorni è stata terribilmente silenziosa. So che la faccenda di Michael e della sua vecchia fidanzata è stata difficile, ma non è in sé.»

«Lo so. Può essere preoccupata. Le ho detto di non pensare al nostro incontro con Archibald. Sembrava avere avuto una buona impressione del Gavin.»

«Siete tutti pronti per l'ultimo dell'anno? Credo che Casey avesse ragione sul fatto che saremo le hostess della serata» disse Regan. «È un buon modo per fare affari. Inoltre, dopo la chiusura del ristorante festeggeremo, quindi sarà divertente.»

«Purché possiamo dormire tutti la mattina dopo, mi va bene. Voglio essere ben riposata per il nostro viaggio a Boston. Non appena scopriremo cosa succederà a noi e all'hotel, tornerò in Florida e mi trasferirò da Austin. Sono stanca di stare sempre qui.»

«Anch'io. Mi vedrò con Mo e Kenton per vedere di affittare il cottage nella tenuta di Kenton.»

«Davvero? Che bello» disse Darcy. «Sheena lo sa?»

«No» rispose Regan. «E non dirglielo. Si sente un po' giù di morale rispetto al futuro e a ciò che le riserva.»

«Ora che i ragazzi non hanno più bisogno di lei, sta ancora cercando di capire il suo ruolo. Che Dio la aiuti se non vinciamo la sfida. Sarà uno straccio.»

CAPITOLO 13
SHEENA

Sheena si aggiustò il top morbido che aveva scelto per la serata, contenta che fosse abbastanza lungo sopra i pantaloni neri da coprire l'aumento di peso che aveva sempre a Natale. Si ricordò che era il caso di fare un proposito per il nuovo anno, ma decise subito che quella sera non si sarebbe preoccupata del suo aspetto. Si sentiva un po' meglio e questo era importante per lei. Presto sarebbe andata a Boston sia per la visita medica sia per l'incontro con Archibald Wilson, e allora le preoccupazioni che l'avevano tormentata per settimane si sarebbero risolte.

«Pronta a festeggiare?» chiese Tony.

Al suo cenno di assenso, le si avvicinò, le mise le mani sulle spalle e le diede un bacio sulla guancia. «Sei bellissima, Sheena. Come quando ci siamo sposati. Nessuno crederebbe mai che hai trentasette anni.»

Lei, compiaciuta, ricambiò il bacio. «Grazie, tesoro. Me li sento tutti i miei anni, con la sfida dell'hotel e lo spavento che abbiamo avuto con Michael.»

«Dov'è Mike? Pensavo che non sarebbe uscito stasera.»

«No infatti. Sta accompagnando Meaghan e un paio di sue amiche al cinema e poi verranno qui in albergo per un pigiama party. Programmi dell'ultimo minuto. Spero non ti dispiaccia.»

Lui scosse la testa. «Non mi dispiace affatto, purché si sappia cos'hanno in mente. Quanto a te, tesoro mio, festeggiamo. È stato un anno fantastico.»

Sheena rise. «Ho l'impressione che anche il prossimo sarà una cosa pazzesca.»

Uscirono dalla palazzina delle suite e si diressero al Gavin. Il ristorante emanava luce da ogni finestra, dove tremolavano candele bianche illuminate a batteria. All'esterno, le piccole luci bianche intrecciate tra i cespugli di ibisco che fiancheggiavano le fondamenta dell'edificio scintillavano come stelle. Per Sheena significavano un inizio luminoso per un altro anno al Salty Key Inn.

Casey e Nicole li accolsero all'ingresso.

«Grazie per essere venuti ad aiutarci» disse Casey. «È in corso la seconda seduta del ristorante. Dovrebbe essere una bella serata. Tra l'altro, la gente ama la musica dal vivo al pianoforte. Ottima idea.»

«Cosa vuoi che facciamo?» chiese Tony, aggiustandosi il colletto della camicia. Di questi tempi era raro che indossasse camicia, cravatta e blazer.

«Poco fa, al primo turno, Darcy e Regan hanno accolto le persone una per una, assicurandosi che gli ospiti avessero tutto ciò di cui avevano bisogno e che fossero a conoscenza delle nostre offerte speciali per il brunch domenicale» disse Nicole.

Casey sorrise. «Tom e Cyndi Jansen e il loro gruppo sono appena usciti. Arthur e Margretta Weatherman e il loro gruppo sono arrivati e sono seduti nella sala da pranzo privata al piano superiore. Ma ci sono molte facce nuove, e questo è un bene.»

Tony si rivolse a lei. «Immagino che avremo il nostro bel da fare. Ho promesso a Brian che avrei fatto la mia parte.»

«State molto bene» disse Nicole, rivolgendo loro un sorriso incoraggiante. «Divertitevi! Ci vediamo dopo!» Corse via per salutare gli ospiti che stavano arrivando.

«Ok, andiamo» disse Sheena, intrecciando il braccio con

quello di Tony.

Si avviarono al piano superiore per assicurarsi che il numeroso gruppo nella sala principale ricevesse le dovute attenzioni con bevande, stuzzichini in abbondanza e un buon servizio. Una piccola band suonava in un angolo della sala, dov'era stata allestita una pista da ballo provvisoria. Il gruppo, composto per lo più da coppie anziane, era piuttosto tranquillo, ma Sheena era felice di vedere così tante persone ballare.

Dopo aver parlato con i due organizzatori del gruppo, Sheena e Tony entrarono nella sala da pranzo più piccola dove si stavano intrattenendo Arthur e Margretta.

Quando li notò, Arthur si alzò e gli andò incontro. «Grazie mille per esservi occupati di tutti i dettagli per noi. Margretta è molto soddisfatta di quello che avete fatto, e le piace che le cose siano perfette.»

«Se avete bisogno di qualcos'altro, fatelo sapere a Casey. Siamo qui per farvi passare una bella serata.»

Arthur le sorrise. «Ben fatto. Sono davvero impressionato da tutte voi sorelle Sullivan. Mille auguri per l'anno che viene.»

Sheena sorrise anche se fu travolta da un'ondata di nausea. Ancora pochi giorni e avrebbe saputo cosa le avrebbe riservato quell'anno.

Tornati al piano di sotto, Sheena e Tony si fermarono ai tavoli per salutare gli ospiti e porgere gli auguri di Buon Anno. In questo modo Sheena ebbe l'occasione di osservare il servizio e di sentire i commenti su tutto, dal cibo all'arredamento. Furono tutti positivi.

Raggianti per il successo, Sheena e Tony si sedettero al bar. «Cosa prendete?» chiese il barista, un uomo anziano che Casey aveva coinvolto per la serata.

«Champagne?» le chiese Tony.

Sheena scosse la testa. «Che ne dici di un ginger ale e lime?»

Tony sorrise. «Ok, direi che abbiamo bevuto abbastanza cibo e bevande di lusso. Tu prendi il ginger ale e io una birra alla spina.»

Sheena ridacchiò. Una birra era più da Tony.

Due giorni dopo, Sheena era in aereo con le sue sorelle, preoccupata per il proprio futuro non da un solo punto di vista, ma da due. La sfida dell'hotel riguardava sia le sorelle che lei. La preoccupazione per la sua salute era solo sua.

I ricordi degli ultimi giorni in cui sua madre aveva lottato contro il cancro al seno le invasero la mente. Non era riuscita a sentirsi nessun nodulo specifico al seno, ma non era una cosa insolita. Il denso tessuto mammario lo rendeva difficile. Continuò a guardare fuori dal finestrino, persa nel terrore.

Seduta accanto a lei, Darcy le diede una leggera gomitata. «Stai bene? Sei stata così silenziosa ultimamente.»

Sheena si sforzò di sorridere. «È solo che ho molte cose per la testa.»

«Come tutti. Appena sapremo i risultati del nostro anno in Florida, tornerò lì per trasferirmi da Austin. Voi cosa farete per festeggiare?»

«Spero di poter continuare a lavorare all'hotel, per renderlo più grande e più confortevole.» Sheena si agitò sulla sedia. «Ho cambiato i miei piani di volo. Mi fermerò un paio di giorni in più a Boston. Ho pensato di andare a trovare papà e magari di vedere un'amica o due.»

«Ma pensavo che avresti gestito la reception al posto mio mentre io facevo il trasloco» disse Darcy.

Sheena si sentì avvampare in viso. Nella sua mente si formò una replica piccata, ma la mise a tacere.

Percependo la sua rabbia, Darcy le mise una mano sul braccio. «Scusa. Chiederò a Sally di coprirmi.»

«Forse sarebbe meglio.»

Darcy la osservò con sguardo fermo. «Sei sicura di stare bene?»

Sheena voleva dire di no, raccontare alle sorelle tutte le sue preoccupazioni, ma non voleva rovinare il loro entusiasmo.

Darcy scrollò le spalle. «Va bene, allora. So quanto sei preoccupata per l'incontro con Archibald.»

Mentre Darcy prendeva su il suo libro, Sheena emise un leggero sospiro. Doveva solo aspettare i verdetti.

CAPITOLO 14
DARCY

Darcy si appoggiò alla spalla di Sheena per guardare fuori dal finestrino mentre si avvicinavano all'aeroporto Logan. Sotto di loro si vedeva la baia del Massachusetts e il centro di Boston in lontananza. In passato, vedendo quel paesaggio familiare, aveva sempre avuto la sensazione di tornare a casa. Ora era molto sicura di dove fosse la sua casa: con Austin in Florida. Tuttavia, la vista dall'alto era attraente e mostrava la città che attirava tutti con la sua storia e il suo fascino.

Dopo aver fatto un atterraggio tranquillo, Darcy rimase nel corridoio dell'aereo con Sheena e Regan, in attesa di sbarcare.

«Vado a lasciare la mia valigia nell'ufficio di Archibald prima di cercare di incontrare una vecchia amica» disse Darcy. «Ci vediamo lì alle 16.30 per il nostro incontro.»

«Ok» disse Sheena. «Lascio i bagagli a casa di papà. Ci vediamo più tardi allo studio legale.»

Nella sala d'attesa, Regan disse: «Siete liberi di fare le vostre cose fino al nostro incontro con Archibald?»

«Sì» disse Darcy. «E tu?»

Regan scrollò le spalle. «Non so cosa farò, ma non preoccuparti per me. Troverò qualcosa per tenermi occupata. Sei sicura che non ti dispiaccia prendermi il mio zaino?»

«Niente affatto» disse Darcy. «Dammelo e vado a fare i miei giri.»

Darcy si mise in spalla lo zaino di Regan, afferrò la maniglia della sua piccola valigia a rotelle e si affrettò ad andare via. Non l'aveva detto alle sorelle, ma aveva preso un appuntamento con un'amica speciale e non voleva arrivare in ritardo.

Dopo aver lasciato la valigia e lo zaino di Regan nell'ufficio di Archibald all'International Place, Darcy si infilò il cappotto e si affrettò a percorrere High Street fino al Boston Harbor Hotel. Doveva incontrare Allison Berkhardt, un'amica del college che ora era agente letterario, al Rowe's Wharf Bar per un pranzo veloce e, auspicabilmente, un accordo. La delusione per la lettera di presentazione a un editore, rispedita al mittente senza essere stata aperta, le rodeva ancora le viscere.

Darcy entrò nel bar e si guardò intorno, cercando Allison. Una giovane donna che Darcy riconobbe a malapena alzò una mano e la salutò. Darcy sorrise e andò a raggiungere Allison, sorprendendosi di vedere che la timida e silenziosa donna dai capelli scuri che conosceva era diventata una bionda spavalda i cui occhiali dalla montatura scura erano contornati da scintillanti diamanti finti.

«Scusa, sono in ritardo di qualche minuto» disse Darcy accomodandosi su una sedia di fronte ad Allison in uno dei piccoli tavoli quadrati allineati alla parete.

«Nessun problema. Sei in forma smagliante! Stavo sorseggiando il mio vino, chiedendomi come stavi. Mi ha sorpreso sapere che vivi in Florida. Ti piace?»

Darcy sorrise. «Per me è diventata casa. C'è la mia famiglia e il mio fidanzato.»

«Fidanzato? Congratulazioni, Darcy.» Allison le rivolse un sorriso caloroso. «Però sono curiosa di sapere perché hai voluto incontrarmi. Non dirmi che hai scritto un libro.»

Darcy si sentì arrossire. «Non è un romanzo, ma un libro di racconti sugli angeli che ho incontrato.»

Allison aggrottò la fronte. «Gli angeli che hai incontrato?

Stai parlando di fantascienza?»

Darcy scosse la testa e si zittì quando si avvicinò un cameriere che le porse un menu e le chiese cosa poteva portarle.

Senza guardare il menu, Darcy disse: «Prendo un bicchiere di sauvignon blanc della casa e lo stufato di ostriche con pane di mais.»

Lui ridacchiò. «È evidente che siete già stata qui.»

«È un po' che non vengo, ma è una giornata perfetta e ventosa per farlo.»

«Immagino che tu non sia più abituata al freddo.» Allison sorrise al cameriere. «Prendo anch'io una ciotola di stufato di ostriche. Grazie.»

Dopo che il cameriere se ne fu andato, Allison rivolse a Darcy uno sguardo fermo. «Non sei un tipo folle, Darcy, quindi raccontami qualcosa di più su questo tuo libro.»

«Prima di tutto, lascia che ti parli dell'hotel, della nostra sfida e delle persone che vi abitano.» Le sue labbra si incurvarono felicemente. «Hai un po' di tempo a disposizione?»

Allison ridacchiò. «Per te, sì. Sei stata una delle poche persone che si sono fatte in quattro per essere gentili con me.»

Quando Darcy ebbe finito il suo discorso, il pasto era già finito e ognuna di loro stava sorseggiando una tazza di caffè.

«Allora, hai iniziato a lavorare al giornale. È una buona cosa. Ti dà delle credenziali. Ma le storie di altre persone possono essere piuttosto noiose. Raccontamene un paio.»

Darcy cercò nella sua mente una che spiccasse tra le altre e, senza ulteriori indugi, si lanciò nella storia di Bebe. Usando solo il nome di Bertha, raccontò il dolore di Bebe per gli abusi subiti, la ricerca di un senso nella sua vita e, infine, il modo in cui aveva trovato una famiglia con gli altri, cucinando oggetti speciali con amore.

Quando ebbe finito, Darcy si tamponò gli occhi con un fazzoletto, sforzandosi di trattenere le emozioni più profonde che provava di nuovo. Guardò Allison e vide che anche lei stava cercando di trattenere le lacrime.

«Tutte le storie sono così commoventi, così brutalmente oneste?» chiese Allison.

«Sì. E coprono un'intera gamma di argomenti, dall'abuso sessuale all'affrontare la sindrome da stress post traumatico. Ma al centro di ogni storia c'è una persona che fa del suo meglio per affrontare la situazione.»

Gli occhi castani di Allison catturarono quelli azzurri di Darcy e sostennero il suo sguardo. «Se non ti dispiace che io sia totalmente sincera con te, non sapevo che tu avessi una sensibilità così profonda verso gli altri. Sì, sei sempre stata gentile con me, ma frequentavi Alex Townsend, e l'unica sensibilità che ha quella donna è quella verso sé stessa. Ma quello che mi stai raccontando, Darcy, è degno di essere pubblicato.»

Darcy sorrise e batté le mani con un piccolo grido di gioia.

Allison alzò la mano. «Non lasciarti trasportare dalle mie parole. È un mestiere difficile, e il fatto che mi sia piaciuto un solo racconto non significa che mi piacerà l'intero libro. Ma sono disposta a dare un'occhiata. Conosco una piccola casa editrice che potrebbe essere interessata. Nessuna promessa, sia chiaro.»

«Oh, ma...»

Allison la fermò. «Prima di fare qualsiasi altra cosa, mandami l'intero manoscritto. Lo esaminerò e ti farò sapere. Se mi convince ancora, ti manderò un contratto. Altrimenti, amiche come prima. Ok?»

Darcy annuì, anche se la sua mente si ribellava al pensiero del rifiuto.

«Fai finta che io sia il direttore del tuo giornale e mandami la versione più pulita e migliore di quello che hai scritto. Partiremo da lì.»

Darcy non riuscì a trattenersi. Si alzò, andò da Allison e la abbracciò. «Grazie! Grazie!»

Allison rise. «Vedremo come andrà. A proposito, come sta Alex?»

Darcy fece un sorriso così ampio da farle male. «Non ne ho assolutamente idea. Ma Nicole Coleman lavora per noi al Gavin, il nostro nuovo ristorante di lusso. Lontana da Alex, se la cava molto bene.»

Allison fece un cenno di assenso con la testa. «Mi fa piacere sentirlo.»

Quando uscirono insieme dal bar dell'hotel, grossi fiocchi di neve avevano cominciato a cadere pigramente dal cielo grigio sopra di loro. «Se io e le mie sorelle vinciamo la sfida e siamo ancora in albergo, ti va di fare una vacanza al caldo, senza impegno?» chiese Darcy.

Allison rise. «Chissà.»

CAPITOLO 15
SHEENA

«Ciao, papà! Sono arrivata!» gridò Sheena entrando nella sua vecchia casa di famiglia a Dorchester. Posò la valigia nell'ingresso e attese una risposta. Quando non arrivò, fece un sospiro di sollievo. Aveva solo pochi minuti per mangiare qualcosa prima di andare all'appuntamento allo studio medico. Deglutì nervosamente. L'appuntamento era per un primo esame. La dottoressa aveva detto che se fossero stati necessari degli esami, le avrebbe fissato degli appuntamenti per l'indomani.

Sheena rimase un attimo a guardarsi intorno. La casa aveva perso la sua familiarità col tempo e con i tocchi della fidanzata di Patrick, Regina. *Immagino che non si possa mai tornare a casa,* pensò tristemente, sentendo la mancanza di sua madre. Entrò in cucina e trovò un biglietto sul tavolo, accanto a un piatto di biscotti. «Tuo padre e io stiamo facendo la spesa. Torniamo verso le quattro.»

Prendendo un biscotto, Sheena sorrise. Sua madre non aveva mai avuto biscotti in casa. Non c'era da stupirsi che a suo padre piacesse Regina O'Brien. Lui andava matto per i dolci.

Sheena aprì il frigorifero, prese un contenitore di latte e se ne versò un bicchiere sentendosi come una bambina al ritorno da scuola. Si sedette al tavolo della cucina e pensò agli appuntamenti che l'attendevano. Cercò di dirsi di non preoccuparsi, che la vita aveva un modo assurdo di andare a finire bene, ma aveva lavorato troppo sodo all'hotel per sentirsi dire che aveva fallito. E il cancro? Nessuno se lo meritava. Sperava di esserne scampata per miracolo. Aveva sempre cercato di mangiare bene, di mantenersi in salute.

Sheena controllò l'orologio e si alzò. Voleva un po' di tempo in più per prendere il tram per la Longwood Medical Area, sapendo che avrebbe dovuto cambiare dalla linea rossa alla linea verde a Park Street.

Sheena scese dal tram e si incamminò giù per Longwood Avenue dirigendosi verso l'edificio dove il suo medico aveva lo studio. Con il trambusto del traffico e delle persone intorno a lei, le venne in mente quanto piccola fosse la città e quanto semplice sembrasse la sua vita in Florida. Si avvolse la sciarpa intorno al collo e sfidò la fredda brezza di terra che preannunciava giorni ancora più freddi. La Florida non era mai sembrata più bella.

Si presentò in ufficio, contenta di avere il primo appuntamento dopo l'ora di pranzo. Sperava che la dottoressa sarebbe stata puntuale. Ben presto nella sala d'attesa, che si stava riempiendo rapidamente, si presentò un'assistente che chiamò il suo nome.

Sheena saltò in piedi impaziente e seguì l'assistente in un corridoio che portava all'ambulatorio. Un'infermiera la salutò e la pesò, poi la indirizzò verso una sala esami e le offrì un camice di stoffa.

«La dottoressa Romano sarà da lei tra poco» disse l'infermiera, dopo averle misurato la pressione sanguigna, la temperatura, il polso e la frequenza respiratoria e aver preso appunti.

A Sheena si gelarono le dita per la paura. Mentre aspettava la dottoressa, studiò le tabelle alla parete che mostravano i vari organi del corpo. Un pensiero orribile le riempì la mente.

Se non era un cancro al seno, era di un altro tipo? Prima che quel pensiero potesse andare oltre, la porta si aprì e nella stanza entrò la dottoressa Romano.

Di statura media, tarchiata, con capelli grigi corti che incorniciavano un viso gradevole dagli occhi luminosi e curiosi, Elisabetta Romano camminava con passi sicuri e svelti che indicavano la sua sicurezza di sé.

«È bello rivederti, Sheena. Hai un aspetto favoloso, sei abbronzata e riposata.» La studiò con maggiore attenzione. «Forse non così riposata. Vuoi dirmi cosa sta succedendo?»

Sentendo la voce calma che parlava con tanta preoccupazione, Sheena scoppiò in lacrime. «Non mi sento bene, sono ingrassata e mi fa male il seno. Mia madre è morta di cancro al seno e penso che potrei averlo anch'io. Ma sono troppo giovane per morire, sai?»

La dottoressa Romano le mise una mano sulla spalla per consolarla. «Da quanto tempo va avanti? E hai individuato qualche nodulo?»

Sheena tirò su col naso. «Da un paio di mesi ormai, e sai bene quanto sia difficile trovare dei noduli su di me.»

«Mmmh» disse la dottoressa Romano, tastando le ghiandole nel collo e sotto le braccia. Le controllò gli occhi e la gola e la guardò preoccupata. «Facciamo un esame e vediamo con cosa abbiamo a che fare.»

Sheena fece come le aveva chiesto la dottoressa e si sdraiò sul lettino.

La dottoressa Romano disse: «Voglio controllare tutto. Metti i piedi nelle staffe e rilassati.»

«Aspetta! Non mi controlli il seno?»

«Più tardi» rispose la dottoressa Romano, studiandola. «Prima le cose importanti.»

Mentre eseguiva un esame interno, la dottoressa Romano chiese: «Allora, ti trovi bene in Florida?»

Sheena sorrise. «Sì, mio marito è diventato socio in un'azienda locale, ed è bello averlo a casa con orari più regolari.» Dopo aver pronunciato queste parole, Sheena si alzò di scatto. «Oh mio Dio! Pensi che...»

La dottoressa Romano la guardò raggiante. «Sì, lo penso. Sheena Morelli, sei incinta!»

Sheena scosse la testa con tanta forza che i capelli ramati le ondeggiarono avanti e indietro sulle spalle. «Non è possibile! Mi hanno legato le tube diversi anni fa. Il medico mi aveva giurato che non avrei avuto altri figli. Non ne volevamo altri...»

Smise di parlare quando la dottoressa Romano continuò a sorriderle. «Può succedere. Dopo cinque anni dalla legatura delle tube, le probabilità aumentano. Per una persona della tua età, c'è l'un percento di possibilità che accada. Sembra un rischio davvero basso, ma succede a molte più donne di quanto si pensi.»

Sheena nascose il viso tra le mani. Non voleva un altro bambino. Voleva essere libera di stare con Tony, di lavorare all'hotel e, forse, di viaggiare un po'. Alzò la testa e si accorse che la dottoressa la stava fissando.

«Datti il tempo di abituarti all'idea. So che è uno shock» disse la dottoressa Romano. «Ma alla tua età, con figli quasi adulti, potrebbe essere un'opportunità meravigliosa per godere di momenti speciali con un nuovo bambino. Sei in buona salute, Sheena. Faremo gli esami del sangue e tutti gli altri per accertarcene, ma sembra tutto a posto, e la pressione sanguigna e i livelli di ossigeno sono nella norma.»

«Ogni volta che avevo la nausea, ogni volta che mi sentivo dolorante, mi dicevo che non poteva succedere a me» disse Sheena. «Avrei dovuto saperlo. Tony e io... be'...»

«Come la prenderà?» chiese la dottoressa Romano.

Sheena scosse la testa. «Non lo so. Non lo so davvero.»

###

Sheena lasciò lo studio della dottoressa Romano in preda a un dilemma. Non poteva dire niente a nessuno finché lei e Tony non avessero trovato una soluzione. Non aveva detto la verità alla dottoressa. A Tony non sarebbe piaciuta affatto l'idea di un nuovo bambino. Le aveva detto spesso quanto fosse entusiasta all'idea di passare un po' di tempo da solo con lei dopo che Michael e Meaghan se ne fossero andati di casa. E i ragazzi? Probabilmente non gli sarebbe piaciuta affatto l'idea di un fratello molto più piccolo a cui avrebbero potuto dover fare da babysitter.

Le vennero le lacrime agli occhi. Si sentì rivoltare lo stomaco, conscia di cosa fosse. Un bambino che cresceva dentro di lei?

CAPITOLO 16
REGAN

Regan si fermò e fissò l'edificio in lontananza. I suoi anni al liceo cattolico erano stati deludenti, ma ora vedeva la scuola sotto una luce diversa. Era riuscita a diplomarsi, a trovare un lavoro e a sopravvivere da sola perché gli insegnanti si erano presi cura di lei.

Si trovava fuori dalla scuola, ormai vuota con i ragazzi ancora in pausa natalizia. Al rumore dei passi dietro di lei, si voltò.

Una donna vestita con un cappotto nero e una sciarpa grigia la approcciò. «Sei tu, Regan Sullivan?» Quando la donna si avvicinò, un sorriso illuminò il suo viso semplice. «Ciao, Regan! Come stai?»

Regan sorrise a Suor Joan Marie, un'insegnante che era stata una delle preferite dai ragazzi. «Ho avuto un piccolo incidente, ma sto bene. Volevo solo dare un'occhiata alla mia vecchia scuola. Mi sono successe tante cose da quando sono andata via da qui.»

«Vuoi parlarne?» chiese suor Joan Marie. «Possiamo andare da qualche parte a prendere un caffè. Se non ti dispiace camminare, la panetteria è a un isolato o poco più.»

Regan sorrise. «Sì, mi piacerebbe. Offro io.»

Mentre camminavano, Suor Joan Marie parlò del tempo insolitamente freddo che avevano avuto. Ascoltandola, Regan si rese conto che era la capacità della religiosa di essere semplicemente sé stessa con i suoi studenti a renderla così popolare.

L'aria calda della pasticceria investì le guance fredde di Regan. Trovò un tavolo vicino alla finestra e aspettò che la sua insegnante la raggiungesse. Da studentessa, non avrebbe mai immaginato di condividere una tazza di caffè con uno dei suoi insegnanti. Ora, dopo aver conosciuto tante persone diverse nel suo lavoro a New York e al Salty Key Inn, la trovava un'esperienza piacevole.

Suor Joan Marie si sedette di fronte a Regan e le sorrise. «È così bello che io abbia la possibilità di scoprire di più su di te, Regan. Sapevo, naturalmente, che tua madre era morta, ma fino a poco tempo fa non avevo sentito parlare molto di voi giovani Sullivan. Dimmi, come stai? Sembri abbronzata e in salute.»

Venne da loro una cameriera. «Salve, sorella. Vuole il suo caffè preferito e un panino con l'insalata di uova?»

La religiosa esitò, guardò Regan e fece un cenno di assenso. «Sarebbe magnifico.»

Regan sorrise alla cameriera. «E io prendo lo stesso.»

La cameriera versò il caffè. «Torno subito con i panini.»

Mentre aspettavano che venisse consegnato il pranzo, Regan chiese a bassa voce: «Come sta, sorella? Insegna ancora inglese?»

«Sì» rispose la suora, «ma non è la stessa cosa. La magia delle parole è stata superata da computer, smartphone, tablet e cose che "fanno" invece di far soffermare la gente a pensare. È un peccato, ma a molti studenti di oggi non piace leggere.»

«Capisco l'attrazione per quelle cose, ma sono d'accordo che è un peccato. Vorrei che mi piacesse di più leggere, ma come sa, ho sempre trovato un po' difficile leggere e scrivere.»

Suor Joan Marie le rivolse uno sguardo tenero. «Ma non hai mai smesso di provarci. Che cosa stai facendo ora?»

«Io e le mie sorelle possediamo un hotel in Florida» rispose Regan con un impeto di orgoglio.

«Sì, ne ho sentito parlare» disse suor Joan Marie. «Cosa fate laggiù voi ragazze?»

«Io ho lavorato con un designer d'interni di talento con cui ho arredato le camere degli ospiti man mano che le ammodernavamo. E ho scoperto di essere molto brava a farlo.» Regan sentì le lacrime pungerle gli occhi e non cercò di scacciarle. «È stata una benedizione trovare finalmente qualcosa in cui eccello.»

Le labbra di suor Joan Marie si allargarono in un ampio sorriso che illuminò i suoi occhi azzurri. «Ricordo i tuoi disegni. È bello che tu abbia trovato una nicchia in cui sfruttare le tue doti! Dio opera in modi misteriosi, non sei d'accordo?»

«Sì, e oltre al lavoro, ho trovato l'uomo dei miei sogni.» Regan tese la mano sinistra in modo che Suor Joan Marie potesse vedere il diamante scintillante sul suo anulare.

«Un altro motivo per ringraziare il Signore» disse la sorella.

«Sì» concordò Regan, vedendo la sua vita in modo diverso. Forse faceva tutto parte di un piano più grande. Se così era, aveva ancora molto da imparare.

Arrivarono i panini e Regan mangiò in un confortevole silenzio con la sua ex insegnante.

Suor Joan Marie interruppe il silenzio. «Sono così felice che tu abbia pensato di venire a vedere la scuola. Come insegnanti, viviamo per momenti come questo: sentire i successi dei nostri studenti e trovare soddisfazione nel sapere che potremmo aver contribuito in qualche modo.»

«Oh, sì» disse Regan con sincerità. «Lei è stata una delle insegnanti che ha cercato di aiutarmi. Le sarò sempre grata.»

La cameriera si avvicinò mentre finivano di mangiare. «Prendete qualcos'altro?»

Regan e Suor Joan Marie si guardarono e scossero la testa.

«Ma prendo io il conto» disse Regan.

«Grazie mille» disse la religiosa.

«Di nulla.» Regan si alzò, indossò il pesante cappotto e pagò il conto alla cassa.

«Vado a fare una commissione» disse suor Joan Marie. «Grazie ancora per il pranzo e per avermi aggiornato sulle tue attività. Lo apprezzo molto.»

Regan la abbracciò. «Grazie di tutto.»

Mentre Regan si allontanava, si chiese se avrebbe mai rivisto la religiosa. Gli occhi di suor Joan Marie erano vigili, ma le rughe sul viso e i movimenti lenti tradivano la sua età. Regan non riuscì a trattenere il sorriso che le incurvò le labbra. Al liceo, anche lei, come gli altri studenti, aveva considerato suor Joan Marie antica. Ma vedendola ora, Regan la apprezzava più che mai. E se non l'avesse più vista o sentita, le sarebbe bastato sapere che avevano trascorso quei momenti insieme. Regan controllò l'orologio, chiedendosi cosa stessero facendo le sue sorelle. Entrambe avevano mantenuto il massimo riserbo sui loro programmi. Regan tornò in città. Presto avrebbero scoperto il loro futuro.

CAPITOLO 17

SHEENA

Sheena si trovava con le sue sorelle in una piccola sala conferenze dell'ufficio di Boston di Lowell, Peabody e Wilson. Aveva la sensazione di ripetere la scena di un anno prima. Allora lei e le sue due sorelle si erano chieste perché Archibald Wilson volesse incontrarle. Ora sapevano esattamente perché, e questo la spaventava a morte. Se per qualche motivo si fosse deciso che lei, Darcy e Regan non erano riuscite a vincere la sfida nei termini imposti dallo zio, Sheena e la sua famiglia avrebbero potuto benissimo trovarsi senza casa e lei senza lavoro.

Al pensiero, Sheena scosse silenziosamente la testa. No, avrebbero avuto una casa, ma forse non quella che aveva immaginato. E il suo lavoro? Aveva importanza? Come avrebbe potuto lavorare con un neonato? Sospirò. Era stata una tale sciocca. C'erano stati tutti i sintomi, ma lei li aveva ignorati, certa che non le potesse accadere. Eppure, lei e Tony avevano fatto più sesso negli ultimi mesi che negli ultimi anni. Abbastanza, a quanto pare, da rompere la rete di sicurezza che la proteggeva al novantanove percento.

Sheena riportò l'attenzione al presente quando Archibald Wilson entrò nella stanza portando con sé un taccuino e una cartellina in cui si vedevano diversi documenti.

Archibald si fermò un attimo e guardò ciascuna di loro in silenzio prima di prendere posto a tavola.

Sheena lanciò un'occhiata alle sorelle. Sembravano nervose quanto lei.

Archibald si schiarì la gola. «Un anno può portare molti cambiamenti, alcuni buoni, altri no. Spero che quest'anno vi abbia portato quello che Gavin Sullivan voleva per le sue amate nipoti. Voleva che vi uniste come famiglia, che imparaste a vivere insieme e che vi piaceste come mai era accaduto prima.»

«Oh, sì» disse Darcy. «A me è andata proprio così.»

«Anche a me» disse Regan. «Voglio bene alle mie sorelle.»

Archibald guardò Sheena.

Sheena fece un cenno di assenso: «Vale anche per me. Se fossimo riuscite a sopravvivere insieme a un bagno datato, avremmo potuto imparare ad andare d'accordo ovunque. Molto scaltro da parte dello zio Gavin.»

Archibald rise. «Sì, vostro zio era estremamente innovativo, ed è per questo che ha avuto tanto successo.»

«Allora, abbiamo raggiunto il suo obiettivo?» chiese Darcy, diretta come sempre.

Archibald alzò una mano. «Procediamo passo dopo passo.» Aprì il taccuino. «Ho chiesto a uno dei miei assistenti di tenere traccia dei cambiamenti nelle spese e nelle entrate della proprietà.»

Sheena deglutì a fatica. Conosceva i numeri meglio delle sue sorelle, ed erano un po' traballanti.

«A vostro favore, avete apportato migliorie e siete riuscite a vendere come camere d'albergo venti delle quaranta unità dell'Edificio Airone. Le venti camere all'ultimo piano sono state ristrutturate e sono pronte per essere arredate. Tuttavia, non siete state in grado di fare alcun lavoro per le otto suite, se non quello che avete potuto fare per viverci.»

Il silenzio nella stanza era assordante.

«E il ristorante?» chiese Regan.

Archibald sorrise. «Un'impresa molto ben fatta, e le entrate per le due settimane circa di apertura sono davvero impressionanti. E i piani per il futuro sono creativi e ben ragionati.»

«Non dimentichiamo la zona del lungomare» disse Sheena.

«E la piscina e la reception» aggiunse Regan.

«Anche quello è qui dentro.» Archibald studiò Sheena. «I bilanci che hai tenuto per l'anno scorso e le proiezioni finanziarie per questo nuovo anno sono impressionanti. Questo lavoro ti ha fatto guadagnare molti punti.»

«Grazie» disse Sheena, chiedendosi dove avrebbe portato tutto questo.

«Sono orgoglioso di dire che, in base ai suoi desideri, voi tre avete vinto la sfida che Gavin vi ha proposto.»

Darcy e Regan saltarono in piedi e si precipitarono da Sheena. Tirandola su dalla sedia, le danzarono intorno.

Ridendo, Sheena si unì a loro.

Quando la situazione si calmò, Archibald si schiarì la gola. «C'è un'altra parte della sfida che devo ancora dirvi. Prima di tutto, lasciate che vi spieghi cosa può significare per voi vincere la sfida.»

Sheena e le sue sorelle si affrettarono a tornare a sedersi.

«In questo momento» continuò Archibald, «il patrimonio di Gavin vale due milioni, ottocentonovantaduemila dollari e trenta centesimi. Naturalmente, i duecentocinquantamila dollari che avete preso in prestito per completare il ristorante di Gavin dovranno essere dedotti da questa somma.»

«Oh mio Dio!» disse Darcy. «Siamo milionarie!»

«Non posso crederci!» gridò Regan. «Tutti quei soldi!»

Sheena osservò Archibald con attenzione. Lui non l'aveva detto, ma lei aveva sentito un "ma" nella dichiarazione. «E la parte finale della sfida?» chiese, con ancora mille pensieri in testa all'idea di avere così tanti soldi.

«Dipende dai vostri piani» disse Archibald. «È tutto quello

che mi è concesso di dire.» Si alzò. «Entro le dieci di domani mattina, dovete presentarmi i piani per il futuro dell'hotel.»

«Che tipo di piani?» chiese Darcy, accigliata.

«Ho detto tutto quello che potevo dire» rispose misteriosamente Archibald. «Vi lascio. Come prima, servitevi pure del caffè, dei biscotti e delle bibite che abbiamo preparato per voi. Buona fortuna, signore. Anch'io sono molto orgoglioso di tutto ciò che avete realizzato.»

Uscì dalla stanza.

«Cosa pensi che volesse dire, Sheena?» chiese Darcy. «Vuole forse sapere come abbiamo intenzione di spendere i nostri soldi? Non so voi due, ma io ho intenzione di comprare un'auto di lusso, fare qualche viaggio e lavorare alla stesura di un romanzo.»

«Comprerò una casa sulla spiaggia per me e Brian» disse Regan. «E tu, Sheena?»

Sheena fece un lungo sospiro. «Non sono sicura di cosa significhi l'ultima parte della sfida, ma immagino che abbia a che fare con l'hotel.»

«Stiamo andando bene. Certo, va a rilento, ma sta migliorando» disse Darcy.

«Pensateci un attimo» disse Sheena. «Pensate che lo zio Gavin ci abbia lasciato questi soldi per spenderli per noi? Credo che volesse che una buona parte andasse nell'albergo.»

«Ma non è giusto» protestò Regan. «Non dovrebbe darci dei soldi solo per costringerci a spenderli per l'albergo.»

Darcy fissò Sheena. «Tutti dicono che sei come lui, Sheena. Dicci cosa pensi che dovremmo fare. Se commettiamo un errore adesso, potremmo non ricevere nemmeno un centesimo.»

«È quello che sto pensando. Lavoriamo un po' sui numeri. Dobbiamo elaborare un piano. Lo zio Gavin era molto accorto, ma anche molto conservatore. Penso che se ognuna di noi mettesse il cinquantacinque percento del denaro assegnatoci, dimostrerebbe la nostra fedeltà all'hotel.»

«Cinquantacinque per cento? È un sacco» disse Darcy, digitando i numeri sul suo smartphone. «È quasi mezzo milione di dollari a testa.»

«Il 55% di ciò che non avremmo mai avuto da sole è più che giusto» replicò Sheena. «Credo che lui vorrebbe che fossimo grate per quello che abbiamo. Per questo ci aveva messo in quella casa piccola e scomoda.»

«Ha senso» disse Regan. «Da quello che ho sentito dire dalla gente di Gavin, lo zio era generoso ma molto attento ai suoi soldi.»

«Esaminiamo i numeri» disse Sheena, sentendosi più sicura delle intenzioni di Gavin. «Diciamo che ognuna di noi mette cinquecentomila dollari. In questo modo avremo quasi quattrocentomila dollari per uso personale e un milione e mezzo di dollari per continuare gli ammodernamenti e le ristrutturazioni all'hotel e per avere un buon capitale di esercizio.»

«Accidenti!» disse Darcy, appoggiandosi allo schienale della sedia e fissando il soffitto. «Riusciremmo a fare meraviglie per l'hotel»

«Sì, potremmo completare le camere dell'Edificio Airone come si deve e rifare tutte le suite» disse Regan. «Potrei farle diventare davvero belle.»

Sheena alzò la mano. «Belle, ma senza spendere troppo. Sembra un sacco di soldi, ma non lo è quando si fa una ristrutturazione profonda. Bisogna sostituire i condizionatori, dev'essere rifatto il tetto dell'edificio principale e ci sono molte altre considerazioni da fare.»

«Già» disse Regan. «Vogliamo completare il lungomare, costruire un gazebo sulla baia e un capanno in stile bohémien per un bar all'aperto vicino alla piscina.»

Darcy sorrise a Sheena. «Forse potremmo assumere Casey per lavorare con te alla gestione dell'hotel. So che è quello che vuoi fare, soprattutto ora che i tuoi figli sono cresciuti.»

Sheena sbatté le palpebre più volte, ma non riuscì a impedire che le lacrime dietro le palpebre le scendessero sulle guance.

«Che c'è che non va?» chiese Regan, con gli occhi spalancati. Si precipitò da Sheena e la abbracciò. «Eravamo così preoccupate per te. Sei malata?»

Sheena sollevò il volto rigato dalle lacrime. «Lo sono stata. Sono incinta.»

Le espressioni shoccate sui volti delle sorelle parlavano da sole.

«Per favore, non parlatene con nessun altro» disse Sheena, rompendo il silenzio attonito. «Tony e i ragazzi non lo sanno, e io sto ancora cercando di digerire l'idea.»

«Oh mio Dio! Non posso crederci! Com'è potuto succedere? Pensavo che ti avessero legato le tube» disse Darcy.

«C'è l'un percento di possibilità che accada» disse Sheena. «Credo di essere una di quelle fortunate.» L'idea la rendeva infelice. «La cosa buffa è che ero così sicura che non potesse accadere a me, che pensavo di avere un cancro al seno come la mamma.»

«E non ci hai detto niente? Non sembra una cosa da sorelle unite» disse Regan. «Avremmo potuto darti sostegno morale o qualcosa del genere.»

Sheena abbassò la testa e sospirò. «Non volevo farvi preoccupare. Sapevo quanto contavate di vincere la sfida e andare avanti con le vostre vite. E poi, ho avuto la conferma solo un paio d'ore fa dal mio medico qui a Boston.»

«Guardami!» disse Darcy. «Non ti abbandoneremo. Resteremo unite per rendere l'hotel un posto migliore, e sì, dovremo fare a turno, in modo che una di noi non sia sempre bloccata da questo progetto.»

«In questo modo avrai tempo per il bambino e potrai fare il lavoro che ami all'hotel. E anche se lavorerò con Mo, potrò comunque dedicare un po' di tempo all'hotel» disse Regan. «Brian sarà impegnato a lavorare con Tony ai loro progetti.»

«E viaggiare non può essere il mio obiettivo principale. Austin non può comunque lasciare il suo lavoro per troppo tempo. Aiuterò anch'io in albergo» si affrettò ad aggiungere Darcy.

Sheena guardò da Darcy a Regan e fece un profondo respiro. Le sorelle Sullivan in qualche modo si sarebbero aiutate a vicenda. Non era forse questa la più grande lezione dello zio Gavin?

CAPITOLO 18
DARCY

Persa nei suoi pensieri, Darcy era seduta al tavolo con le sorelle nel ristorante che Regan aveva scelto nel North End per la loro cena di festeggiamento. Quello che all'inizio era sembrato un meraviglioso trionfo si era trasformato in un'altra sfida che non si era aspettata. Erano svanite le idee di viaggi in tutto il mondo, di eventi glamour, di una macchina di lusso. Una buona parte del denaro che avrebbe ereditato doveva essere accantonata per il futuro dell'hotel. Sapeva che Sheena aveva ragione, che era la cosa giusta da fare, ma nonostante ciò...

Guardando Sheena dall'altra parte del tavolo, Darcy fu colpita dal tumulto emotivo che vide sul suo volto. Michael era stato una sorpresa che aveva cambiato la vita di Sheena. Come l'avrebbe cambiata *questo* bambino? Lei e Austin volevano dei figli, ma a Darcy non piaceva l'idea di essere sorpresa. Voleva passare del tempo con Austin come marito e moglie prima di affrontare la maternità.

«Quando nascerà il bambino?» Regan chiese a Sheena.

«La dottoressa e io pensiamo a giugno.» Sheena sospirò. «In tempo per il caldo estivo.»

Darcy tese il braccio attraverso il tavolo e le strinse la mano. «Non è da te essere così pessimista. In ogni caso, è un buon momento per stare in casa.»

Sheena era d'accordo, ma rimase in silenzio.

«Pensa al lato positivo» continuò Darcy. «Per allora, dovresti essere in una casa tutta tua.»

«Volevamo costruire una bella casetta nel complesso dove lavorano Brian e Tony. Immagino che dovremo cambiare i piani per la casa, farla più grande.»

Il cameriere tornò con i loro drink: un margarita per Darcy, un bicchiere di vino rosso per Regan e acqua e lime per Sheena.

Dopo aver ordinato i loro piatti, Darcy alzò il bicchiere. «A noi!»

«Alle sorelle Sullivan!» disse Regan, facendo tintinnare il suo bicchiere contro quello di Darcy e rivolgendosi a Sheena. «E brindiamo al nuovo bambino! Spero che sia una femmina.»

«Sì, così Meaghan potrà avere una sorella» aggiunse Darcy, facendo finalmente spuntare un sorriso sul volto di Sheena.

Regan si fece seria. «Spero che abbiamo vinto l'ultima sfida. Stavo per parlare con Mo e Kenton per vedere di affittare il cottage sulla proprietà di Kenton, ma se i soldi sono nostri, Brian potrebbe voler usare un po' dei miei soldi per costruire una casa. Questo, e avere un'auto mia, per me sarebbe un sogno che si avvera.»

Sheena la guardò a lungo. «È incredibile che lo zio Gavin abbia fatto tutto questo per noi. Che uomo gentile e interessante che era.»

«Sei sicura di voler stare da papà invece che al Boston Harbor Hotel con noi?» chiese Darcy.

«Avevo fatto quei piani pensando di dover rimanere per gli esami medici, ma ora che so che non è così, è troppo tardi per cambiarli. Mi sta aspettando» rispose Sheena. «Inoltre, ho promesso che avrei esaminato alcune pratiche con lui. Dopo tutto, sta pensando di vendere casa.»

«Si trasferisce in California?» chiese Regan.

«Nooo, vuole trasferirsi in Florida.»

«Coooosa? Non è possibile» disse Darcy. «Pensavo che avesse deciso di non trasferircisi.»

Sheena rise. «Immagino che ci finirà tutta la famiglia.» Poi smise di ridere. «Con tutti che programmano di sposarsi e mettere su famiglia, mi ha detto che non vuole perdere l'occasione.»

«Vedrai quando saprà del tuo bambino» disse Regan. «Sarà sorpreso come lo siamo state noi.»

Sheena rivolse a Regan uno sguardo di avvertimento. «Ricorda, non dire una parola a nessun altro. Prima devo dirlo alla mia famiglia. E sono abbastanza sicura che non saranno entusiasti come voi due.»

Alle dieci del mattino successivo, Darcy si ritrovò con le sorelle nella sala conferenze sperando che avessero fatto la cosa giusta. Si era girata e rigirata tutta la notte, chiedendosi se lo zio Gavin avesse voluto che rimettessero tutti i soldi nell'hotel. Lei aveva intenzione di investire la maggior parte dei suoi soldi per quando sarebbe stata in grado di lasciare il lavoro in albergo, trascorrere diversi mesi all'estero e scrivere un'intera serie di romanzi. Nel frattempo, sperava che Allison e la sua agenzia letteraria potessero trovare qualcuno interessato ai suoi racconti.

Archibald Wilson entrò nella stanza con gli occhi lucidi in quella che era un'altra mattina grigia e nevosa a Boston. «Buongiorno, signore. Spero abbiate trascorso una serata piacevole» disse, prendendo posto a capotavola. «Quali informazioni mi avete portato?»

Darcy, insieme agli altri, si voltò a guardare Sheena.

Sheena sorrise nervosamente ad Archibald. «Abbiamo cercato di pensare come Gavin e abbiamo elaborato un piano per investire il 55% del suo patrimonio nel progetto dell'hotel, il che ci dà un milione e mezzo di dollari in più per ristrutturarlo completamente. Oltre a completare le camere, dobbiamo occuparci della manutenzione agli edifici che finora è stata rinviata, compresi i condizionatori d'aria e alcuni lavori elettrici e idraulici. Vogliamo anche rendere più gradevoli gli alloggi della gente di Gavin, costruendo un patio privato esterno e una sala comune all'interno.»

Sorridendo, Archibald si alzò di scatto dalla sedia e agitò i pugni in aria. «Per Dio! Ce l'avete fatta! Ce l'avete fatta davvero! Sono molto orgoglioso di voi!»

Darcy rimase a bocca aperta e si rivolse alle sorelle. Le loro bocche avevano formato delle O perfette.

Archibald sembrò rendersi conto di ciò che stava facendo e si fermò. Aveva le guance paonazze mentre riprendeva il suo posto. Lanciò loro un'occhiata imbarazzata. «Scusate se mi sono lasciato trasportare, ma quando ho conosciuto voi tre, non ero affatto convinto che avreste preso decisioni del genere.» Gli vennero le lacrime agli occhi. «Gavin scommetteva che i geni dei Sullivan sarebbero emersi, e così è stato.»

«Che cos'era esattamente questa sfida?» chiese Sheena.

«Dopo aver trascorso un anno a lavorare all'hotel che amava, la sua sfida era quella di ottenere da voi l'impegno di continuare a lavorarci, di vederci la stessa promessa che ci aveva visto lui.»

Sheena lo guardò inarcando un sopracciglio. «E...?»

«E che avreste capito che la vita all'hotel era un bene per la sua gente.» Archibald sorrise e batté una mano sul tavolo. «E ce l'avete fatta, proprio come pensava lui.»

«Cosa sarebbe successo diversamente?» chiese Darcy.

Archibald ridacchiò. «Oltre all'hotel, ognuna di voi avrebbe ereditato mille dollari. Tutto qui.»

Darcy guardò le sorelle a bocca aperta. «Oh mio Dio! Tutto

quel lavoro per niente?»

«Ma io pensavo che avremmo ricevuto il denaro a prescindere» disse Regan.

Archibald scosse la testa. «Solo l'opportunità di vincere i soldi. Una linea sottile, ma che è sempre esistita. Gavin era un uomo molto interessante.»

«È esattamente quello che ha detto Sheena ieri sera» disse Darcy. «Avrei voluto davvero conoscerlo.»

Archibald le lanciò un'occhiata divertita. «Ma lo conosci, attraverso le sue azioni e le persone che ha aiutato. So che hai intervistato tutti i membri del suo gruppo.»

«Sì, è vero. A modo suo, Gavin è stato il più grande angelo di tutti» disse Darcy, sentendo le lacrime pizzicarle gli occhi.

CAPITOLO 19
SHEENA

Ancora sconvolta dalle notizie ricevute negli ultimi due giorni, Sheena si imbarcò sull'aereo diretto in Florida. Dopo aver vinto e aver poi appreso i dettagli della sfida finale del testamento dello zio Gavin, si erano confrontate con Archibald per decidere il modo migliore di gestire i fondi. Ognuna di loro aveva scelto di investire la maggior parte del denaro con Blackie Gatto. Sarebbe stato lui a gestire anche il denaro accantonato per l'hotel. Saldarono le fatture legali in sospeso, firmarono i documenti, chiusero il debito per il denaro che avevano preso in prestito per il ristorante e misero tutto in ordine per la transizione.

L'aereo decollò facendo rombare i motori e si sollevò nell'aria fredda, riportandola a casa e a un'altra fase della sua vita.

Sheena guardò fuori dal finestrino, osservando le nuvole che bloccavano il sole mentre l'aereo saliva attraverso di esse per raggiungere un'altitudine maggiore e più agevole.

Sopra le nuvole, il cielo era azzurro e luminoso. Sheena si appoggiò allo schienale del suo sedile. Il volo da Boston a Tampa le sarebbe sembrato fin troppo breve perché temeva di dire a Tony del bambino. La notte prima, mentre dormiva nella sua casa d'infanzia, i ricordi di quando aveva pianto e si era nascosta nella sua camera da letto dopo aver saputo di essere incinta di Michael le erano riaffiorati alla mente, rendendole impossibile dormire bene. Non portare a termine questa nuova gravidanza era fuori discussione. Amava i suoi figli e avrebbe amato anche questo piccolino. Ma non poteva fingere di essere felice per questa svolta degli eventi.

Si concentrò sul futuro. Era molto grata allo zio Gavin. Il denaro che aveva ricevuto dalla sua sfida avrebbe coperto l'istruzione universitaria di Michael e Meaghan e avrebbe rimpiazzato i fondi che Tony aveva usato per acquistare l'attività di Brian. E se avessero gestito bene l'hotel, lei e le sue sorelle avrebbero potuto trarne un reddito sufficiente a coprire altre spese. Avere questa sicurezza finanziaria sarebbe stato un sollievo per Tony, che lavorava sodo per provvedere alla sua famiglia. Al pensiero del marito e della sua reazione alla notizia, un brivido nervoso le percorse le spalle.

Nell'area di ritiro bagagli dell'aeroporto, Casey salutò Sheena tenendo in mano un cartello con scritto "Sheena Morelli". Sheena rise, ricordando tutte le loro aspettative di appena un anno prima. La vita era andata in modo molto diverso per tutti loro, molto meglio del previsto.

«Tony mi ha chiesto di venirti a prendere con il furgone dell'hotel» disse Casey. «I ragazzi sono tornati a scuola e lui e Brian sono al lavoro.»

La aiutò a prendere le valigie e la condusse al furgone. Dopo essersi seduti ai loro posti, Casey partì, facendosi strada attraverso il traffico dell'aeroporto prima di dirigersi verso il Salty Key Inn.

«Com'è andato il viaggio?» chiese Casey in tono colloquiale.

«Bene» rispose Sheena. «Ma faceva freddo. Sono contenta di essere tornata in Florida.» Anche se era seduta in macchina con i finestrini alzati, riusciva a sentire l'odore salmastro dell'aria. Nel calore dei raggi di sole che filtravano dai finestrini, sentì le spalle perdere un po' di tensione. Avrebbe avuto il tempo di disfare i bagagli e di fare una passeggiata sulla spiaggia prima che Tony tornasse dal lavoro.

Sheena si stava mettendo dei jeans e una maglietta quando la chiamò Tony.

«Com'è andata, tesoro?» le chiese. «Pensavo di passare per pranzare anche se è tardi, prima che i bambini tornino da scuola. Mi sei mancata!»

Questo, pensò Sheena, *era il motivo per cui si trovava nello stato in cui si trovava: pranzi a tarda ora, baldorie di prima mattina.* Si sorprese a provare una vampata di irritazione, ma la trattenne. «Ok, c'è qualcosa di cui devo parlarti.»

«Qualcosa di bello?» scherzò lui.

«Vedremo» rispose lei enigmaticamente. «Ci vediamo presto. Vado a fare una passeggiata sulla spiaggia.»

Sheena chiuse la chiamata, si mise le infradito e uscì dalla suite. Fuori, attraversò in fretta il parco dell'hotel e Gulf Boulevard e raggiunse la distesa di sabbia bianca. Nell'aria frizzante di gennaio, mentre camminava le infradito facevano un rumore simile a schiaffi contro la sabbia umida e compattata lungo la riva del mare.

Era bello distendere i muscoli, perdersi nel movimento regolare e liberare la mente. La brezza le scompigliava scherzosamente i capelli. Si fermò, chiuse gli occhi e alzò il viso verso il sole, inspirando a fondo e poi espirando lentamente. Poteva farcela: poteva avere un nuovo bambino, prendersi cura della sua famiglia e dirigere l'hotel. I suoi pensieri volarono a Rosa e Paul Morelli. I genitori di Tony si erano trasferiti in Florida per vivere una vita nuova e divertente. Ma sicuramente sarebbero stati felici di avere un altro Morelli, no? Rosa era stata di enorme aiuto nel prendersi cura di Michael e Meaghan. Sarebbe stata disposta a ricominciare tutto da capo per aiutarla con questo nuovo bambino?

A testa bassa, Sheena tornò in albergo, chiedendosi come avrebbe dato la notizia a Tony.

Sentendo chiamare il suo nome, Sheena alzò lo sguardo. Tony le stava venendo incontro.

Lei alzò la mano per ricambiare il suo saluto. Si sentì agitare lo stomaco per il nervoso.

Con un sorriso in volto, Tony arrivò da lei quasi trotterellando. «Sono contento che tu sia a casa!»

Quando la raggiunse, la prese tra le sue forti braccia. «Mi sei mancata, signora Morelli!»

Lei gli sorrise. «Sono stata via solo tre giorni. Va tutto bene?»

«Benissimo» rispose Tony. «Ho lavorato ai progetti per la casa e, anche se è piccola, sarà perfetta per noi dopo che i ragazzi se ne saranno andati. Com'è andata a Boston? Non ne hai parlato gran che.»

«Non sapevamo come sarebbe andata a finire fino a ieri mattina. Poi abbiamo dovuto completare tutti i dettagli legali e finanziari. Darcy, Regan e io abbiamo deciso di non dire nulla ai nostri uomini finché non fossimo state a casa e avessimo potuto parlarvi in privato.»

Tony le passò un braccio sulla spalla. «Davvero? Allora, avete ottenuto l'hotel?»

Sheena lo fissò negli occhi scuri. «E anche qualcosa in più.» Gli illustrò i dettagli degli accordi finanziari. «E ora abbiamo abbastanza soldi da mettere da parte per gli studi di Michael e Meaghan e per comprare una nuova casa.»

«Fantastico! Come ho detto, ho lavorato ai progetti della casa mentre eri via, e credo che ti piaceranno.»

Sheena si fermò. «A questo proposito. Dobbiamo parlare,

perché tre camere da letto non saranno sufficienti.»

Tony scosse la testa. «Con i miei genitori che vivono qui a casa loro, non abbiamo bisogno di una stanza per gli ospiti, no?»

«Sì, se il nostro ospite non se ne andrà per almeno diciotto anni» disse Sheena, senza riuscire a trattenere le lacrime dagli occhi.

Tony la guardò accigliato. «Che cosa stai cercando di dirmi, Sheena?»

Lei fece un lungo sospiro. «Sono incinta.»

Tony spalancò gli occhi e la fissò scioccato. «Incinta? Non è possibile. Ti sei operata a scopo preventivo molto tempo fa.»

«A quanto pare, c'è l'un percento di possibilità che una donna della mia età rimanga incinta dopo essersi fatta legare le tube.» Sheena si asciugò gli occhi. «E negli ultimi mesi siamo stati piuttosto attivi.» La sua voce si incrinò...

«Oh, tesoro» disse Tony, avvolgendole le braccia intorno e avvicinandola a sé. «Lo supereremo. Proprio come abbiamo già fatto.»

Sheena non riuscì a trattenere i singhiozzi. Era esattamente come la conversazione che avevano avuto più di diciotto anni prima.

Tony le sollevò il mento. «Guardami, Sheena. Non è la fine del mondo. Con gli altri due figli cresciuti, avremo la possibilità di goderci davvero questo nuovo bambino.»

«Davvero? Be', non sei tu che affronti la gravidanza e il parto. E non sarai tu a doverti sobbarcare tutto il lavoro per prendertene cura.» Sheena abbassò la testa e si coprì il viso con le mani. «Oh mio Dio! Ascoltami! Sembro una persona orribile. Semplicemente orribile.»

«Sheena, tesoro, ci lavoreremo insieme. E anche Michael e Meaghan possono aiutarci.»

Sheena sollevò la testa. Ripensando ai tempi in cui erano

stati giovani, ricordò come ci si sentiva a cullare un bambino tra le braccia. Le crebbe dentro una nuova eccitazione. Forse, pensò, Tony aveva ragione e avrebbe potuto godersi questo bambino in un modo nuovo e diverso. Lo guardò e gli rivolse un sorriso tremolante.

«Questa è la mia ragazza» disse Tony, dandole un bacio sulla guancia.

«Davvero ti va bene? Pensavo che ti sarebbe dispiaciuto che avremmo perso la possibilità di stare per conto nostro dopo che Michael e Meaghan se ne saranno andati.»

Gli angoli della sua bocca si incurvarono in un sorriso malizioso. «Se mi va bene? Penso che sia fantastico. A quanto pare questo vecchio non ha perso il suo tocco, eh?»

Sheena lo spinse scherzosamente. Non si sarebbe sorpresa se lui avesse iniziato a cantare come un gallo. Accidenti a lui comunque, non era mai riuscita a resistergli.

«Allora, quando nascerà questo bambino?» chiese Tony.

«La dottoressa e io pensiamo a giugno. Non posso essere sicura di quando sia successo. Ci abbiamo dato dentro un sacco.»

«Sì, è stato divertente» disse Tony, sorridendo di nuovo.

«La prossima volta sta a te gestire la situazione. Dopo questa, ho chiuso» lo avvertì lei, cancellando il sorriso sul suo volto.

Mentre procedevano lungo la spiaggia dirigendosi verso l'hotel, Tony la fece fermare. Guardandola negli occhi, disse: «Voglio che tu sappia quanto ti amo, Sheena. E ti amerò sempre.»

«Anche quando sarò incinta di nove mesi e non riuscirò ad allacciarmi le scarpe?» chiese lei, lanciandogli un'occhiata dubbiosa.

Tony rise. «Sì, anche allora.»

«Mi chiedo come la prenderanno i ragazzi» si domandò

Sheena.

Tony controllò l'orologio. «Lo scopriremo presto. Dovrebbero tornare da scuola da un momento all'altro.»

Michael si mise a sedere sul divano come gli era stato chiesto. Meaghan si sedette accanto a lui, mangiando una mela. Ogni volta che mordeva la mela sgranocchiandola tra i denti i nervi di Sheena andavano in tilt.

«Di cosa volevi parlarci? Tu, Darcy e Regan avete ottenuto l'albergo, come volevate?» chiese Michael.

«Abbiamo molti soldi ora che avete vinto la sfida?» chiese Meaghan. «È quello che speravi, vero?»

«Per rispondere a entrambe le vostre domande, sì» disse Sheena. Spiegò gli aspetti finanziari e il lavoro aggiuntivo che sarebbe stato fatto all'hotel. «E siamo in grado di sostenere i vostri studi universitari. Questo è un grande sollievo per me e papà.»

«Mi sembra ottimo» disse Michael, iniziando ad alzarsi.

«Aspetta, figliolo. Ci sono altre novità» disse Tony, rivolgendo a Sheena uno sguardo d'incoraggiamento.

Sheena deglutì. Si sentiva come un'adolescente che racconta ai genitori di aver baciato il suo primo ragazzo. O peggio.

«Sì? Cosa c'è?» chiese Meaghan.

«A giugno, probabilmente all'inizio del mese, avrete una sorellina o un fratellino» disse Sheena senza mezzi termini. Osservò i figli spalancare gli occhi per lo shock.

«Stai scherzando! Non è possibile» disse Michael, lanciandole un'occhiata inorridita.

«Mamma e papà... voi... davvero?» Meaghan sembrava sul punto di sentirsi male.

Tony si avvicinò a Sheena e le mise un braccio intorno alle

spalle. «Dovremo tutti dare sostegno alla mamma, sia prima che dopo l'arrivo del bambino.»

«Va bene. Mi potete scusare ora per favore?» chiese Michael.

«Certo» disse Sheena. «Ci vorrà del tempo perché tutti ci abituiamo all'idea.» Sheena si rese conto che Michael stava pensando al bambino che aveva quasi avuto con Kaylee. Più tardi gliene avrebbe parlato.

«Zia Darcy e zia Regan sanno del bambino?» chiese Meaghan con un filo di voce.

«Sì» rispose Sheena. «Sono piuttosto eccitate all'idea di diventare di nuovo zie. Nonna e nonno Morelli non lo sanno ancora. Tuo padre e io glielo diremo un po' più tardi.»

«Va bene. Posso andare adesso? Voglio vedere se zia Regan è a casa» disse Meaghan, con voce tremolante. Al cenno di Sheena, Meaghan si alzò e uscì di corsa dalla suite per andare alla porta accanto.

«Che entusiasmo» disse Sheena, incapace di nascondere la sua delusione.

«Non preoccuparti. È solo lo shock della notizia. Col tempo ci abitueremo tutti all'idea. Come hanno preso la notizia le tue sorelle?»

Gli occhi di Sheena si riempirono di lacrime. «Mi sosterranno fino in fondo, così potremo finire i lavori di ristrutturazione dell'hotel e farlo funzionare bene.»

Tony annuì soddisfatto. «Si va avanti. Buone notizie.»

«Lo spero» disse Sheena, sentendosi vulnerabile. Tutto il suo mondo era sottosopra.

CAPITOLO 20
REGAN

Regan si stava cambiando per andare a cena con Brian quando Meaghan fece irruzione nella camera da letto che condividevano.

«La mamma sta per avere un bambino!»

Regan sorrise e si girò verso di lei. «Una bella sorpresa, eh?»

Meaghan si lasciò cadere sul letto, con un'aria disperata.

Regan andò dalla nipote, si sedette accanto a lei e le passò un braccio intorno alla spalla. «Che succede? Perché quell'aria triste?»

«Non voglio un bambino in famiglia. Lo vedo già adesso. Sarò la babysitter bloccata a casa a cambiare pannolini sporchi.»

«Perché non pensi alle cose positive? Avrai un piccolino da abbracciare e amare. E sai benissimo che tua madre non ti schiavizzerà, anche se averti intorno sarà un enorme aiuto per lei. Pensa a tutte le cose belle che tua madre ha fatto e sta facendo per te.»

«Lo so» sospirò Meaghan. «È davvero difficile pensare che i miei genitori *lo* facciano, sai?»

Regan trattenne la risata che sentì sgorgare dentro di sé. «I genitori sono esseri umani, sai. E i tuoi si amano. Sii felice che lo facciano e, quando arriverà, cerca di voler bene al fratellino, o alla sorellina.»

Meaghan restò a bocca aperta. «Fratellino? Oh no! Se dobbiamo avere un bebè, voglio che sia una femmina.»

Regan le diede una pacca sulla spalla. «Hai il cinquanta percento di possibilità. Ma su questo sono d'accordo con te. Mi piacerebbe che tu avessi una sorella. Qualunque cosa sia, tutti noi vorremo bene a quel bambino. Giusto?»

«Già. Credo che la notizia mi abbia colto di sorpresa.» Gli occhi di Meaghan si illuminarono di eccitazione. «Se è una bambina, potrò vestirla e quant'altro.»

Regan rise. «Sarà la migliore bambola che tu abbia mai avuto.»

Meaghan saltò in piedi. «Devo andare a parlare con la mamma.»

Regan vide Meaghan sfrecciare fuori dalla stanza, a scosse la testa. *Adolescenti!* Finì di vestirsi per la cena. Lei e Brian dovevano incontrare Mo e Kenton al Gavin per definire gli accordi per prendere in affitto il cottage nella proprietà di Kenton. Brian si era rifiutato categoricamente di usare i soldi di Regan per comprare una casa per loro. All'epoca Regan si era sentita ferita, ma ora era contenta che la maggior parte dei suoi soldi potesse essere usata per entrare in affari con Mo.

Brian bussò alla porta della suite ed entrò. «Pronta?» Mentre avanzava, continuando a fissarla, gli si illuminarono gli occhi. «Sei bellissima, Regan.» Le sollevò il mento e la baciò sulle labbra. «Mi sei mancata tanto.»

Lei gli rivolse il suo sorriso storto. «Non quanto mi siete mancati tu e la Florida. Avevo dimenticato quanto fossero freddi gli inverni di Boston.»

Lui ridacchiò. «Te lo ricorderò la prossima estate, quando qui farà un gran caldo.»

Uscirono dalla palazzina delle suite e si diressero verso il Gavin. Le sere infrasettimanali di solito non erano molto affollate, ma quella sera il parcheggio era pieno.

Nicole li accolse all'ingresso.

«Che succede?» chiese Regan.

«Al piano di sopra c'è una grande festa di compleanno per il sindaco di Tampa. Sua sorella vive a St. Petersburg e gli sta organizzando una festa a sorpresa. Siamo stati felicissimi di prendere questa prenotazione.»

«Bene» disse Regan. «È importante mantenere la spinta iniziale. Mo è arrivato?»

Nicole sorrise e disse: «Sono nella piccola alcova in fondo al ristorante.»

«Grazie. Non stare ad accompagnarci al tavolo. Facciamo da soli.» Regan prese Brian a braccetto e si diressero verso l'alcova che si affacciava su un piccolo giardino. Era il posto preferito di Regan.

Mo e Kenton erano seduti di spalle rispetto alla sala da pranzo principale. Entrambi si alzarono quando si avvicinarono Regan e Brian. Mo, poi Kenton, salutarono Regan con un bacio e strinsero la mano a Brian.

«Buon anno in ritardo» disse Mo, sorridendo. «Com'è andato il tuo viaggio a Boston, Regan?»

Regan sorrise. «È andata bene. L'hotel appartiene ufficialmente a me e alle mie sorelle e potremo fare altri lavori di ristrutturazione. E soprattutto potrò entrare in affari con te, Mo.»

Mo e Kenton si scambiarono un'occhiata, imbarazzati.

«Tra un paio di settimane inizierò una nuova serie televisiva» disse Kenton. «In California.»

«E Kenton mi ha chiesto di trasferirmi da lui» disse Mo, con un'aria felice e triste allo stesso tempo. «Partirò per la California tra due settimane, non appena avremo concluso i progetti per la catena di ristoranti di Arthur Weatherman.»

«Oh, ma...» Regan sentì un attacco di acidità allo stomaco. «Io pensavo...»

Mo tese il braccio attraverso il tavolo e le strinse la mano. «Mi dispiace, ma non voglio che ti preoccupi. Ti aiuterò a mettere in piedi la tua attività.»

«La mia attività? E come faccio? Non ho una laurea in design d'interni.» Le lacrime cominciarono a bruciarle gli occhi.

«Ti puoi proporre come arredatore d'interni» disse Mo. «Io sarò una risorsa per te in California, ti fornirò supporto e ti offrirò suggerimenti. Te lo prometto.»

«Pensa a quello che hai già fatto come decoratrice. Sei tu che hai chiuso il progetto dei Weatherman.»

«E guarda cos'hai fatto con l'hotel» aggiunse Brian. «Tony e io stiamo già pensando di nominarti arredatrice ufficiale delle case che stiamo costruendo.»

Regan si accasciò contro lo schienale della sedia, la mente le girava così velocemente che dovette aggrapparsi al bordo del tavolo. *La sua attività? Poteva farcela?*

«Spero che tu capisca» disse Kenton. «Il fatto che tu volessi entrare in affari con Mo è stata una grave preoccupazione per lui. Ma dopo aver scoperto quello che io e Mo abbiamo insieme, voglio condividere la mia vita con lui. Nell'esistenza folle che conduco, lui è l'unico che possa farmi restare con i piedi per terra.» Si voltò verso Mo. «E lo amo.»

«Tu sai meglio di chiunque altro quanto sia importante per me» disse Mo, rivolgendole uno sguardo supplichevole.

«Sì, lo so» disse Regan a bassa voce. Si alzò e diede a Mo un bacio sulla guancia. «Sono felice per te. Lo sono davvero.» Si girò verso Kenton. «E sono felice per te, Kenton.» Ancora scossa dalla notizia, si sforzò di fare un sorriso. «Credo che ognuno di noi abbia trovato quello che stava cercando.»

Tornò a sedersi e quando Brian le diede una stretta incoraggiante alla mano, lei ricambiò. A dire il vero, era spaventata a morte all'idea di avere un'attività in proprio. Ma giurò che in qualche modo avrebbe realizzato il suo sogno.

Un paio di giorni dopo, Regan incontrò Mo a casa di Kenton. Avevano già concordato le modifiche che volevano apportare all'arredamento della casa, modifiche che ora avrebbe supervisionato Regan.

«Questo sarà un altro progetto che potrai usare come referenza per i tuoi futuri clienti» disse Mo, indicando la cucina con un gesto del braccio. «Per la prossima settimana o giù di lì, ti presenterò fornitori, rappresentanti di case produttrici e altre persone. Ti darò tutti i miei campionari e farò tutto il possibile per farti iniziare bene. Ma, Regan, tu sei un talento naturale in questa attività. Non avrai problemi a stare da sola, tranne che per una cosa.»

«Cosa?» Regan trattenne il respiro.

«Sarai così impegnata che dovrai trovare un aiuto per gestire l'ufficio. Conosco una persona che potrebbe essere disposta a lavorare per te. Ci andavo a scuola insieme.»

«Ok, prima di partire per la California, dimmi come si chiama» disse Regan mettendogli una mano sul braccio. «Sono così sollevata che non mi abbandoni, che mi guiderai per telefono e su internet finché non mi sentirò a mio agio.»

«Nessun problema» disse Mo. «E sai che tornerò a trovare te e la famiglia. Ci penserà mia nonna. Le è stato difficile accettare che io e Kenton stessimo insieme, ma ormai l'ha superata.»

Regan rise. Adorava la famiglia di Mo. Sua nonna, Carlotta Beecher, controllava il gruppo come una regina e la sua corte. E sua cugina, Bernice, aveva aperto una propria impresa di pulizie per occuparsi delle pulizie dell'hotel.

«Ora, facciamo un giro del cottage» disse Mo. «Kenton vuole che mi assicuri che tu e Brian vi ci troviate a vostro agio. Vi trasferirete questa settimana?»

Regan sorrise. «Non vediamo l'ora di andarcene dalle suite. Presto inizieranno i lavori di ristrutturazione, quindi dovremo essere tutti fuori. Darcy si è già trasferita nell'appartamento di Austin, e Tony e Sheena stanno comprando una casa nel complesso che stanno costruendo lui e Brian. Avevano intenzione di costruirsi una casa più piccola, ma con l'arrivo del bambino hanno deciso di comprarne una già pronta, più grande e più comoda.»

«Dove hai intenzione di allestire il tuo ufficio? In albergo?»

«No» disse Regan. «Dato che lavorerò al complesso in costruzione, Brian e Tony stanno allestendo un ufficio di progettazione nella casa che farà da campione.»

Mo scosse la testa. «È buffo come tutto stia andando per il verso giusto. Non avrei mai pensato di essere felice di vivere in California, ma ne sono entusiasta. Naturalmente, tutto questo ha a che fare con Kenton.»

«Non voglio che tu ti perda il mio matrimonio» disse Regan. «Volevo chiederti di farmi da testimone.»

«Be', non è un problema, se riuscite a farlo entro le prossime due settimane.»

Regan si mise una mano sul cuore. «Darcy mi ucciderebbe se mi sposassi prima di lei.»

«Ma? Sento un grande "ma"...» la incalzò Mo.

«Sarebbe molto più facile avviare la mia attività con il mio nome da sposata.» Regan scosse la testa. «Ma non potrei mai fare del male a Darcy rovinandole il suo matrimonio. Dovremo organizzare il mio in un altro momento, quando tu e Kenton potrete essere qui.»

«Affare fatto» disse Mo.

«Vediamo il cottage» disse Regan, tutta eccitata. Con o senza matrimonio, lei e Brian avrebbero condiviso il cottage nel prossimo futuro. Quando le cose si sarebbero sistemate nel complesso residenziale, avrebbero costruito la casa dei loro sogni. Brian aveva già prenotato un lotto edificabile tutto per loro.

###

Più tardi, Regan seguì Mo fuori dal cottage, entusiasta dell'intera sistemazione. Era di dimensioni perfette per lei e Brian ed era completamente arredato con mobili di prima scelta. L'edificio era composto da tre camere da letto, due bagni e mezzo, una bella cucina, una zona giorno aperta e uno splendido patio schermato con cucina all'aperto. Regan si stupì ancora del fatto che quella bella casa fosse chiamata "cottage". Era la casa più bella che potesse immaginare per sé.

Mentre erano fuori a parlare, arrivò Kenton con la sua Corvette rossa.

Regan diede una gomitata a Mo. «Vai in giro con quella?»

Lui sorrise. «È un mondo completamente diverso per me, ma lo adoro.»

Kenton scese dall'auto e si avvicinò. «Siete decisi ad affittare il mio cottage?» chiese a Regan.

Lei strinse le mani. «È perfetto per noi. Non vedo l'ora di trasferirmi.»

«Se hai bisogno di qualsiasi altra cosa, fammelo sapere. È un enorme sollievo per me che tu e Brian restiate qui a tenere d'occhio la tenuta mentre siamo via.» Kenton mise un braccio intorno a Mo e sorrise. «Sono felice che Mo ci abbia fatto conoscere. Sei una buona amica.»

Regan gli restituì il sorriso. «Grazie, ma sono io quella fortunata.» Sapeva di dire la verità. Mo le aveva aperto il mondo come nessun altro avrebbe potuto fare. Gliene sarebbe sempre stata grata.

CAPITOLO 21
DARCY

Darcy si risvegliò, si girò nel letto e guardò l'uomo che avrebbe sposato. Austin dormiva sulla schiena, con le mani alzate vicino alla testa. Le sue spalle larghe e il suo petto muscoloso erano eccitanti, anche di mattino presto, prima che suonasse la sveglia. Ma piuttosto che disturbarlo, Darcy si alzò dal letto, prese la vestaglia e sgattaiolò in cucina.

Dopo essersi preparata una tazza di caffè, se la portò in veranda. L'aria fresca del mattino le procurò una sensazione di freddo sulla pelle, ma non le diede fastidio. Dopo il viaggio a Boston, era contenta di godersi il clima della Florida. Presto lei e Austin sarebbero andati in viaggio di nozze in Europa. In previsione del clima molto più freddo che avrebbero trovato, su internet aveva acquistato capi di abbigliamento caldi. Aveva anche preso un paio di cose a Boston.

Sollevò i piedi sulla sedia e si avvolse la vestaglia intorno alle gambe. Bevendo un sorso di caffè fumante, si guardò intorno. L'appartamento era una villetta a schiera completa di patio e prato privato. I pini australiani, gli ibiscus, le bouganville e gli oleandri che circondavano gli edifici più vecchi erano rigogliosi e verdi e aggiungevano una certa morbidezza al bel paesaggio.

L'interno dell'appartamento era confortevole, con soffitti alti e spazi aperti. Austin aveva costruito diverse librerie per la sala da pranzo, aveva ammodernato gli armadietti della cucina e del bagno e aveva aggiunto alcuni altri elementi per renderlo ancora più attraente, vivibile e comodo, e con più spazio dove mettere via la roba.

Darcy aveva proposto di usare parte del suo denaro per comprare una casa, ma insieme a Austin aveva deciso che non c'era bisogno di comprare qualcosa di più grande finché non avessero avuto figli. Seduta all'aperto a godersi la pace e la tranquillità, Darcy era felice che avessero concordato di fare così.

Austin aprì la porta a vetri scorrevole e uscì in veranda. «Mi sei mancata a letto.» Si chinò e la baciò sulle labbra. «Buongiorno, quasi signora Blakely.»

Darcy rise e lo attirò a sé per un altro bacio. A volte le sembrava un sogno averlo trovato: qualcuno che capisse la sua grinta e rispettasse i suoi sogni.

«Oggi vado a fare la prova finale del mio abito da sposa. E poi io e Sheena andremo a comprare un vestito per lei. Quello che aveva scelto prima le sta troppo piccolo. È difficile credere che le sia capitata un'altra gravidanza a sorpresa, ma ora è piuttosto eccitata.»

«E i ragazzi?»

Darcy ridacchiò. «Ora che Meaghan si è abituata all'idea, ne è entusiasta. Naturalmente, anche lei vuole una bambina, come me e Regan.»

Austin sorrise e si accomodò su una sedia accanto a lei. «Non vedo l'ora di mettere su famiglia. Essendo figlio unico, voglio tanti bambini.»

«Vacci piano» disse Darcy. «Cominciamo con uno o due, ok?»

«Almeno due» disse Austin rivolgendole un sorriso sornione. «Sarà meglio iniziare a fare pratica. Ho un po' di tempo in più prima del mio primo appuntamento di oggi.»

Darcy incurvò le labbra soddisfatta vedendo come gli occhi di Austin ardevano di desiderio. Le piaceva poterlo rendere così felice. Si alzò in piedi. «Non credo che dovremmo sprecare quel tempo che hai in più.»

Austin balzò in piedi e le mise un braccio intorno alle spalle. «Ti amo, Darcy.»

Più tardi, Darcy si stiracchiò come un gatto al sole caldo, provando un profondo senso di soddisfazione. Fare l'amore con Austin era un viaggio emotivo e pieno di sensazioni sensuali. Non vedeva l'ora di iniziare a vivere ufficialmente come sua moglie.

Una volta aveva pensato che, al ritorno dalla luna di miele, avrebbe iniziato a scrivere il romanzo che le frullava in testa. Ma quell'idea era stata accantonata dopo aver promesso a Sheena di aiutarla a supervisionare i lavori di ristrutturazione dell'hotel. Ci sarebbe voluto il lavoro di tutte e tre per fare in modo che il lavoro fosse fatto bene e in fretta, mentre loro cercavano di costruire la loro attività.

Sentendo Austin cantare in doccia, Darcy si affrettò a uscire dal letto. Come gli aveva detto, non le piaceva sprecare tempo e sapeva quanto Austin fosse bravo a insaponarle il corpo.

CAPITOLO 22
SHEENA

Con Regan che si occupava della reception, Sheena non si sentiva in colpa ad accompagnare Darcy alla prova del suo abito da sposa, e sperava di trovare un vestito tutto suo per la cerimonia. Il semplice tubino bianco che aveva scelto alcuni mesi prima era un po' troppo piccolo per essere comodo adesso.

Era fuori dalla palazzina delle suite in attesa che Darcy la venisse a prendere con la sua nuova auto. Si guardò intorno e fu presa dall'eccitazione. Con i soldi che avevano allocato all'hotel, sarebbero state in grado di renderlo un posto davvero speciale. Sperava che riuscissero a fare gli ammodernamenti consentendo agli ospiti un soggiorno piacevole. Era tutto un gioco di numeri.

Quando la Mercedes decappottabile argentata di Darcy entrò nel parcheggio, Sheena sorrise. Quell'auto grintosa faceva tanto Darcy. Era l'unica stravaganza che si era concessa sua sorella. In base a un accordo tra lei e Austin, Darcy stava investendo la maggior parte dei suoi soldi per usarli in futuro.

«Pronta per un giro?» le chiese Darcy, sistemandosi il cappellino da baseball bianco sui riccioli rossi e passandole un foulard.

Ridendo, Sheena si avvolse il foulard intorno alla testa e si sistemò sul sedile del passeggero. L'aria era fredda, ma al sole era caldo quando uscirono dal parcheggio.

«Grazie mille per aver acconsentito di venire con me alla prova dell'abito» disse Darcy, rivolgendosi a lei con un sorriso. «In momenti come questo, mi manca molto la mamma. Sarebbe così contenta dell'idea che io sposi Austin. È un così bravo ragazzo.»

«E non dimenticare Regan. Le sarebbe piaciuto anche Brian» disse Sheena. Sua madre era rimasta delusa dal matrimonio affrettato di Sheena, ma si era affezionata a Tony.

«Mi chiedo quando si sposeranno Regan e Brian? Regan non ne ha parlato molto.» Darcy lanciò un'occhiata a Sheena. «Forse stanno aspettando che Brian sia completamente guarito.»

«Può essere. Ma, in questa famiglia, chi lo sa? È stata una sorpresa dopo l'altra.»

«A proposito, come ti senti? Hai un aspetto decisamente migliore.»

Sheena si accarezzò la pancia. «Credo che finalmente le cose si stiano sistemando. Anche la mia famiglia si sta abituando all'idea. Ora dobbiamo solo trasferirci nella nuova casa. Dovrebbe essere pronta tra un paio di settimane, prima del tuo matrimonio. I bambini non vedono l'ora di avere una piscina tutta loro.»

«Non ti sembrerà strano vivere all'hotel quando io e Regan non ci saremo più?» chiese Darcy.

«Onestamente, sarà difficile andarsene. Mi mancheranno le attività e la comodità di essere vicino. Ma sono d'accordo con Tony: come famiglia dobbiamo ritrovarci lontano dall'hotel.»

Darcy parcheggiò davanti al negozio di abiti da sposa ed entrarono.

La proprietaria, Georgia Hiller, le accolse con un sorriso. «Buongiorno e grazie per la tempestività, Darcy. Questo è un periodo molto impegnativo per noi e la sarta è piena di lavoro. E tu sei Sheena, giusto?»

«Sì, Sheena Morelli, la sorella di Darcy» le ricordò Sheena.

«Sei qui per supervisionare la prova dell'abito?» chiese Georgia, lanciandole un'occhiata speculativa.

Sheena scosse la testa. «In realtà, sono qui per trovare un vestito da cerimonia per me. Qualcosa di molto semplice, di colore bianco.»

Darcy sorrise a Georgia. «Le altre hanno i loro abiti. Ma Sheena ha bisogno di trovarne uno nuovo per un motivo speciale.»

«Ho appena scoperto di essere incinta, ma ho già messo su qualche chilo in più e ho bisogno di sentirmi a mio agio in qualcosa di più spazioso.»

Georgia la studiò. «Va bene, posso farlo. Prendi pure acqua, caffè o tè nella sala d'attesa e ti porterò alcuni abiti che sono certa ti piaceranno. Considerando l'abito di Darcy, immagino che tu voglia qualcosa di tessuto leggero, non troppo elegante. Giusto?»

«Sarebbe perfetto» disse Sheena. Seguì Darcy in sala d'attesa. Su un morbido tappeto color avorio si trovavano ampi divani rosa pallido e sedie imbottite con stampe floreali. Su un carrello bianco posto di lato c'erano le bevande a disposizione dei clienti.

«Ci vediamo dopo» disse Darcy, e seguì una donna minuta dai capelli bianchi fuori dalla stanza.

Sheena si versò dell'acqua ghiacciata e si sedette su uno dei divani. Era tutto così diverso dal matrimonio frettoloso e quasi troppo informale che aveva avuto lei. Era felice che Darcy avesse la possibilità di godersi l'organizzazione e la preparazione del suo.

Mentre aspettava la comparsa di Georgia, Sheena pensò ai cambiamenti che si prospettavano per lei e la sua famiglia. Meaghan era ormai entusiasta all'idea di un bambino. Michael era un'altra storia. Sheena sospettava che stesse affrontando il senso di colpa per essere felice di non dover diventare genitore insieme a Kaylee. Ora la detestava.

«Ecco qui» disse Georgia, interrompendo i pensieri di Sheena. Entrò nella stanza portando sotto braccio diversi abiti. Li posò con cura sullo schienale di uno dei divani e poi li sollevò, uno per uno.

Sheena ne scartò diversi senza pensarci troppo. Gli ultimi due, invece, la incuriosirono. Uno era un semplice prendisole di lino senza maniche, con un orlo a occhielli che aggiungeva un tocco decorativo sufficiente per essere attraente, ma piacevolmente sobrio. L'altro abito aveva una vita a impero da cui il tessuto di seta fluiva in modo elegante, senza eccesso di volume.

«Provali e vediamo come ti stanno» la esortò Georgia. «Con il tuo colorito e la tua statura, saranno entrambi stupendi.»

Sheena se li portò in un camerino. Mentre si toglieva i vestiti, studiò il corpo che l'aveva tradita. La pancia aveva una nuova curva e il seno era decisamente più grande.

Provò prima l'abito con la vita a impero, perché le piaceva già di più l'altro. Questo vestito le ricordava gli abiti che sarebbe stata costretta a indossare nei mesi a venire, man mano che sarebbe cresciuta. Lo tolse.

Si mise il prendisole e sospirò. Era perfetto. O lo sarebbe stato per le poche settimane che la separavano dal matrimonio. E dopo che il suo corpo si fosse ripreso dal parto, avrebbe potuto usarlo di nuovo.

«Allora?» chiese Georgia, mentre Sheena usciva dal camerino con il prendisole.

«Questo è quello giusto. Lo adoro.»

«Ti sta benissimo.» Georgia studiò Sheena con attenzione. «E non credo che abbia bisogno di modifiche.»

«Bene. Lo prendo.» Sheena fu solleticata dall'idea di non essere preoccupata per il costo del vestito. Per la prima volta in vita sua, aveva un po' di soldi in più da spendere.

A quel punto arrivò Darcy. «Hai trovato un vestito?»

Sheena si mise a volteggiare davanti a lei.

«Oh, Sheena! È perfetto!» Gli occhi di Darcy brillarono di soddisfazione. «E io sono felice del mio. È tutto come avevo sognato. Ora è il momento di trovare dei sandali. Ci stai?»

«Certo» disse Sheena. «Purché riesca a mangiare qualcosa. Sono passata dalle nausee al voler mangiare sempre.»

«Pranziamo presto e poi torniamo in albergo per dare il cambio a Regan. Nel tardo pomeriggio si vede con Mo per definire gli ultimi dettagli del progetto dei Weatherman.»

Lasciarono il negozio di abiti da sposa e si diressero verso l'International Plaza e Bay Street, nella zona nord-ovest di Tampa. Lì presero un panino al pollo al volo ed entrarono da Nordstrom. Sheena non ricordava di aver mai avuto così tanto tempo per curiosare in un negozio senza sentirsi in colpa per il fatto di cercare qualcosa per sé stessa. Dopo che Darcy ebbe trovato i sandali che desiderava, si precipitarono agli scaffali dei saldi per vedere cosa si potesse trovare per il viaggio in Europa di Darcy.

Un paio d'ore dopo, si diressero verso l'auto con un sacco di acquisti. Sheena aveva persino trovato un paio di top premaman che sarebbero stati carini quando ne avesse avuto bisogno.

Riposero i pacchi sul sedile posteriore, si accomodarono davanti e partirono.

Darcy si rivolse a Sheena con un sorriso. «Grazie per aver condiviso questo giorno con me.»

«Non ti dispiace che non ti abbia permesso di comprare quel paio di stivali scandalosi?»

Darcy rise. «Io e Regan sappiamo che sei quella prepotente. Ma, sì, avevi ragione. Erano assurdamente costosi. Anche in saldo.»

Mentre tornavano a casa, Sheena pensò alle sue sorelle. Crescendo, la loro mamma era stata spesso a letto malata, lasciando a lei la cura delle due sorelle minori. A Sheena non era piaciuto, ma non si era risentita della responsabilità di fare da babysitter come aveva fatto Darcy quando era stata costretta a badare a Regan. Vivendo e lavorando insieme nell'ultimo anno, erano finalmente arrivate a capirsi.

Sheena arrivò alla reception e si fermò sorpresa. Due coppie stavano aspettando di fare check in.

«Dov'è Regan?» Sheena chiese a Sally, una delle persone di Gavin che avevano assunto per aiutarle.

«Sta portando gli ospiti nelle loro stanze» rispose Sally, lanciandole un'occhiata dispiaciuta. «Sono arrivati tutti insieme.»

Sheena si rivolse alla coppia con un sorriso. «Salve, sono Sheena. Siamo felici che siate qui. Ci scusiamo per il ritardo. Chi è il prossimo?»

Sheena andò dietro il banco e prese il posto di Sally. Dopo aver registrato le due coppie, Sheena si offrì di accompagnarle alle loro stanze.

Prima che potesse farlo, apparve Regan. «Ciao! Siete tutti pronti per andare nelle vostre stanze? Vi accompagno io. Mi chiamo Regan.»

Dopo che le due coppie se ne furono andate con sua sorella, Sheena controllò la lista delle prenotazioni. Quattordici delle venti camere erano state riservate. Gli affari stavano lentamente crescendo.

«Grazie al cielo sei arrivata. Nell'ultima mezz'ora io e Regan eravamo sommerse» disse Sally. «È buffo che tutti arrivino alla stessa ora.»

«Sono felice che tu fossi qui ad aiutare Regan. Siamo

sempre più pieni.» Pensando alle venti camere che stavano per completare, oltre alle otto suite, Sheena pensò che avrebbero potuto assumere un'ulteriore impiegata part-time per gestire l'afflusso pomeridiano. Ne avrebbe parlato con le sorelle. Nel frattempo, doveva assicurarsi che Sally fosse a suo agio in ufficio da sola, perché lei e Michael avevano deciso di parlare.

Quando Regan tornò, Sheena la prese da parte e le spiegò la situazione. «Va bene se Sally rimane qui ancora per un po'? Tornerò per chiudere, ma ho bisogno di un po' di tempo per parlare con Michael in privato prima che Meaghan torni a casa dall'allenamento delle cheerleader.»

«Certo, Sally conosce la routine. Ma ricorda che domani non sarò disponibile. Devo lavorare con Mo per sistemare il mio ufficio nel complesso in costruzione.»

«Nessun problema» disse Sheena. Se ne andò e si affrettò a raggiungere la sua suite.

Michael era in cucina a mangiare uno spuntino quando lei entrò nella stanza. Lui sollevò lo sguardo con un debole sorriso.

Sheena si sedette di fronte a lui e lo studiò. Sembrava stanco. E preoccupato.

«Che succede? Hai detto che volevi parlarmi.»

«Non credo di voler andare al college. Il mio allenatore di baseball pensa che io abbia buone possibilità di essere selezionato da una squadra di baseball della Major League per una delle loro squadre minori.»

A Sheena si seccò la bocca. «Pensavo che fossi felice di andare alla Florida State o all'Università di Miami per studiare e per giocare a baseball. Che cos'è successo? Ti hanno già detto che hai buone possibilità di ottenere una borsa di studio in una delle due scuole.»

«Forse l'università è una perdita di tempo» disse Michael,

rivolgendole uno sguardo perplesso.

«Ha a che fare con la situazione di Kaylee? Perché, se è così, non ci penserei nemmeno. Un giorno avrai una famiglia tua, una bella famiglia. E allora sarà necessario essere in grado di mantenerla. Nel frattempo, impara tutto quello che puoi, in modo da poter scegliere come farlo, non solo per l'immediato futuro, ma anche per il lungo termine.»

Michael emise un lungo sospiro. «Ho pensato a te, a papà e al bambino. Vedo quanto papà sia felice e orgoglioso e mi fa sentire in colpa per quello che è successo con Kaylee.»

Sheena si alzò e lo abbracciò. «Oh, tesoro, sei proprio un bravo ragazzo e un giorno sarai un padre fantastico. Ma quello che è successo è finito. È ora di voltare pagina. Non è quello che ha suggerito il tuo psicologo?»

«Sì» disse Michael, poi alzò lo sguardo su di lei. «Sei felice per il bambino?»

«Sai una cosa? Lo sono davvero» disse Sheena, sorprendendosi.

CAPITOLO 23
REGAN

Regan si affrettò a raggiungere il complesso che stavano costruendo Brian e Tony. Il Ventura Village un giorno sarebbe stato composto da quarantotto case. Dodici erano in corso di ultimazione e quattro erano state completate. Il posto, nell'entroterra a circa un miglio da St. Petersburg, si trovava in una bella zona residenziale appartata tra due campi da golf.

Con l'auto attraversò l'ingresso ammirando i muri decorativi in pietra e le piante su entrambi i lati e accostò al vialetto di una bella casa a due piani. Questo modello, Le Palme, aveva una suite padronale al primo piano, oltre a un ufficio, un open space con una cucina gourmet, una zona pranzo e un'ampia sala famiglia. All'esterno, un enorme patio coperto si affacciava su una piscina con cascata e zona benessere. Al piano superiore, quattro camere da letto e due bagni offrivano molto spazio. A Regan piaceva moltissimo. Era felice di aiutare altre famiglie a scegliere i colori, i tessuti e le rifiniture per le case di loro scelta.

Mentre scendeva dal furgone dell'hotel che aveva preso in prestito, Mo arrivò con la sua 300ZX bianca. Regan gli andò incontro e gli diede un veloce abbraccio. «Sono felice che tu sia venuto.»

Lui sorrise. «Mi fa piacere. Sarà un bene mettere insieme la fattura finale per Arthur. Domani ti aiuterò a sistemare il tuo ufficio, ripasserò con te l'elenco dei contatti e poi, tesoro, sarai in affari!»

«Devo ammettere che ho paura.»

Lui le rivolse un sorriso incoraggiante. «Ricorda, sarò ad appena una telefonata di distanza. Le domande che dovessero sorgere possono essere indirizzate a me finché non ti sentirai a tuo agio. E prima di partire per la California, come ti ho accennato qualche giorno fa, se vuoi ti metto in contatto con una mia vecchia compagna di classe. Ha lavorato nel settore immobiliare, ma sta cercando di tornare nel mondo dell'arredamento. Le ho parlato di te ed è lieta di incontrarti.»

Lacrime non versate le bruciarono gli occhi. «Nessuno può prendere il tuo posto, Mo. La nostra amicizia è stata perfetta fin dall'inizio.»

Entrarono in casa e andarono nell'ufficio, dove erano stati consegnati i mobili di loro scelta. Quelli per il resto della casa sarebbero stati consegnati in settimana. Poi, poco prima di partire per la California, Mo l'avrebbe aiutata con gli ultimi ritocchi. Regan era allo stesso tempo eccitata e rattristata da questa prospettiva.

Lungo una parete dell'ufficio erano state collocate delle scaffalature per contenere i campionari di tessuti, tappeti, pavimenti, accessori idraulici e altri articoli d'arredamento che Regan avrebbe dovuto avere a disposizione per mostrarli ai clienti del complesso.

Si misero a sedere a una scrivania per lavorare a un book di presentazione dei progetti dei Weatherman. Inserirono i disegni preliminari di ciascuno dei sei ristoranti, le fotografie dei risultati finali e, in un'area separata alla fine, presentarono i dati finanziari di ciascun progetto e inclusero tutte le fatture dei fornitori e dei subappaltatori. Mettere insieme una rendicontazione in questo modo era lavoro in più, ma sia Regan che Mo avevano deciso che sarebbe valsa la pena dedicarci del tempo, sperando che questo potesse invogliare un cliente come Arthur a lavorare di nuovo con loro.

Un paio d'ore dopo, il book e i dati finanziari erano

completati. Regan non poteva fare a meno di preoccuparsi del conto finale che stavano per presentare per il lavoro svolto in tutti e sei i ristoranti. Si trattava di una cifra importante.

Mo si alzò in piedi. «Ci incontreremo con Arthur domani mattina e poi lavoreremo qui in ufficio. Ti va bene?»

«Direi che è perfetto. Grazie» disse Regan. «Andrai a Orlando stasera?»

Mo annuì e sorrise. «Kenton deve incontrare qualcuno per le pubbliche relazioni del nuovo programma. Soggiorneremo al Ritz Carlton e torneremo a casa domani. Divertitevi a casa di Kenton nel vostro accogliente cottage.»

Regan sorrise. Non vedeva l'ora di stare un po' da sola con Brian.

Regan lasciò il cantiere impaziente di raggiungere il cottage. Lei e Brian vi si erano trasferiti un paio di giorni prima, ma questa sarebbe stata la prima sera in cui lo avrebbe accolto con un pasto fatto in casa e la prima volta che avrebbero avuto la lussuosa piscina di Kenton tutta per loro.

Dato che all'epoca sua madre era malata, a Regan erano state insegnate solo le basi di come si cucinava. Ma dopo aver mangiato la buona cucina casalinga di Gracie e aver assaggiato i piatti di Gavin, Regan era interessata a imparare a cucinare cose più interessanti. Aveva comprato il vecchio libro di ricette di Betty Crocker e aveva in mente di preparare un semplice piatto di pollo al forno e un'insalata verde con pomodori freschi a fette e avocado.

Si fermò al cottage e si precipitò in casa. Aveva osservato con quanta facilità Sheena preparava la cena per la sua famiglia e voleva che tutto fosse pronto quando Brian avrebbe varcato la porta. Regan ora sapeva che lui avrebbe voluto un attimo per bere una birra o un bicchiere di vino prima di cena.

Lo aveva trovato un modo piacevole di iniziare la serata e di creare comunicazione tra loro.

Mentre preparava la tavola, Regan studiò i semplici piatti bianchi in dotazione al cottage. Darcy e Austin avevano scelto insieme le porcellane e le posate per l'appartamento. Regan si rese conto di non avere idea di cosa sarebbe piaciuto a Brian. Non avevano mai parlato di queste cose. Lui le aveva detto che quando sarebbe arrivato il momento avrebbe voluto il suo parere sulla casa che voleva, ma non si era spinto oltre.

Regan si sedette su una sedia della cucina, improvvisamente consapevole che, sebbene amasse Brian e conoscesse molto bene il suo corpo, aveva bisogno di sapere di più su di lui se volevano costruire una casa insieme. Il cottage era un buon inizio, ma gli era stato dato già provvisto di tutto.

Sentendo il furgone di Brian fermarsi nel vialetto, Regan balzò in piedi per andare a salutarlo.

Quando lui varcò la porta e la vide, un enorme sorriso gli illuminò il volto. «Ahhh, che bello tornare a casa da te.» Le avvolse le braccia intorno e la attirò a sé.

Regan si appoggiò al suo forte petto e sospirò soddisfatta. Chi se ne importava di com'era la casa, purché Brian vivesse lì con lei.

Brian le sollevò il mento e posò le labbra sulle sue. Mentre si abbracciavano, il tenero bacio di Brian cambiò, divenne più esigente.

Il cuore di Regan cominciò a battere più forte. Sembrava che non ne avesse mai abbastanza di lui.

Quando si separarono, Brian le sorrise. «Ti sono mancato molto, eh?»

Lei rise. «È tutto il giorno che aspetto questa serata.»

Lui la abbracciò dolcemente. «Sapevo che saremmo stati bene insieme.»

«Sediamoci per qualche minuto mentre il pollo cuoce» disse Regan. «C'è una birra fresca in frigorifero, a meno che non preferisci un bicchiere di vino.»

«La birra va benissimo» disse Brian prima di andare al lavello della cucina a lavarsi.

Mentre Brian si spruzzava l'acqua sul viso, Regan osservò il modo in cui i muscoli del petto si increspavano. Gli esercizi che faceva ogni giorno li avevano mantenuto forti.

Regan infilò il pollo in forno e seguì Brian fuori, in veranda. Mancavano pochi minuti al tramonto. Come ogni turista della zona, a Regan piaceva molto guardare il sole scomparire dietro l'orizzonte, diffondendo nel cielo sfumature rosate che le sembravano una benedizione celeste. Fissò il sole, sperando di scorgere il lampo verde, un fenomeno che si verificava quando le condizioni atmosferiche giuste coincidevano con il momento esatto in cui il sole scompariva dalla vista. Anche se non l'aveva ancora visto, non si stancava mai di cercarlo.

Seduto su una sedia accanto a lei, Brian tese il braccio e le prese la mano. «Sei bellissima, sai.»

Regan si voltò verso di lui con un sorriso. Un tempo la bellezza era stata importante per lei. Ora sapeva quanto poco contasse. Dopo l'incidente, nessuno aveva più detto che assomigliava a Liz Taylor, eppure non si era mai sentita più sicura di sé.

«Com'è andata la giornata?» chiese Regan.

Brian scosse la testa. «È stata frustrante come al solito. Riesco a gestire le pratiche, a fare molta promozione all'azienda e persino a supervisionare i lavori, ma non riesco ancora a maneggiare un martello o una sega come vorrei. So che sto diventando più forte, ma devo ancora stare attento.»

Regan gli strinse la mano. «Mi dispiace, tesoro.»

«Anche a me. E a te come è andata? Ti sei sistemata in ufficio? Ho visto che hai portato delle cose.»

«Domani io e Mo metteremo tutto in ordine e controlleremo la sua lista di contatti. Mi ha parlato di qualcuno che potrebbe aiutarmi, ma io voglio vedere come me la cavo da sola.»

«Non c'è bisogno di fare le cose in fretta» disse Brian. «Puoi gestire benissimo il lavoro al cantiere.»

«Ma ho molto altro da fare» ribatté Regan. «Sto supervisionando la ristrutturazione dell'hotel. Stiamo per iniziare a completare le camere dell'ultimo piano dell'edificio Airone e, non appena Sheena e Tony si trasferiranno nella loro casa, inizieremo a rifare completamente le otto suite. E stiamo lavorando agli spazi per i collaboratori di Gavin e...»

Brian inarcò le sopracciglia. «È una mole di lavoro enorme. Sei sicura di volerlo affrontare da sola?»

Preoccupata lei stessa, Regan aggrottò la fronte. «Non credi che io possa farcela?»

«Non ho detto questo» rispose Brian, scuotendo la testa.

Regan si accasciò sulla sedia. «Scusa se ti ho risposto male. Pensavo di aver superato la rabbia per la partenza di Mo, ma evidentemente non è così.»

«Si risolverà tutto. Sei migliore di quanto pensi» disse Brian.

Regan si alzò in piedi e si chinò a baciarlo. «Grazie per essere qui per me. Significa molto avere il tuo sostegno.»

Quando le loro labbra si incontrarono, Regan sentì la tensione di prima scomparire. Avrebbe fatto del suo meglio e forse, come aveva detto Brian, era più brava di quanto pensasse.

Dopo cena, Regan tirò fuori alcune altre cose dalle valigie nella loro camera da letto e poi si rivolse a Brian. «Sei pronto per una nuotata?»

«Mo e Kenton non ci sono stanotte?» chiese Brian, inarcando le sopracciglia.

Regan sorrise. «Abbiamo la piscina tutta per noi.»

«Perfetto. Prendo gli asciugamani.» Si tolse la camicia, i jeans e i pantaloncini e prese il costume da bagno.

Regan osservò Brian mentre entrava nudo nel bagno adiacente. Le cicatrici sul fianco e sulle braccia erano meno evidenti ora. L'anca sembrava normale, anche se ci stavano ancora attenti. Le balenò in mente l'immagine dell'aspetto che aveva avuto subito dopo l'incidente e pensò, come aveva fatto in precedenza, a quanto fossero fortunati entrambi.

Brian tornò con gli asciugamani. «Allora?»

Regan si tolse i vestiti, indossò un bikini e, dopo essersi avvolta un asciugamano intorno al corpo, lo seguì fuori dalla porta.

La luna stava sorgendo nel cielo e faceva luce a sufficienza da aggiungere un alone luminoso al paesaggio intorno a lei, ricreando le forme ondeggianti delle palme tra le ombre. La piscina poco illuminata rimaneva nell'oscurità, attirandola. Dopo aver lavorato con lui nella piscina dell'hotel, Regan era felice che Brian condividesse il suo amore per il nuoto.

Lui era già in acqua quando lei appoggiò l'asciugamano su una sedia e si tuffò. Risalì in superficie ansimando a causa del contatto con l'acqua fredda. Iniziò a nuotare, con i muscoli che si distendevano con l'esercizio. Brian la raggiunse ben presto e cominciò una gara spontanea.

Ben consapevole della competitività di Brian, Regan scattò in avanti per raggiungere per prima la fine della vasca.

Brian le si avvicinò e la abbracciò ridendo. «Ehi sirenetta! Un giorno ti batterò.»

Lei si voltò verso di lui e sollevò il viso verso il suo. Le loro labbra si incontrarono, calde tra la pelle infreddolita dalla brezza del mare.

Mentre il bacio di Brian si intensificava, Regan gli strinse le gambe intorno alla vita e lo abbracciò forte. Lo amava così tanto che le parole non bastavano.

Lui le accarezzò la schiena e la spostò, in modo che lei sentisse la sua eccitazione.

«Facciamo a chi arriva prima a casa» gli sussurrò lei all'orecchio.

Lui rise. «Vuoi giocare un po'?»

«Forse» mormorò lei, rivolgendogli un sorriso scherzoso. Lui le aveva insegnato quanto potesse essere divertente e meraviglioso fare l'amore.

Si affrettarono a uscire dalla piscina, presero gli asciugamani e corsero al cottage.

Rabbrividendo ancora, Regan si affrettò a entrare e sentì squillare il cellulare di Brian.

Dietro di lei, Brian chiuse la porta, prese il telefono e lo studiò.

Lei aspettò mentre lui digitava un numero. «Ciao, mamma! Hai chiamato?»

Regan gli rivolse uno sguardo interrogativo. Le chiamate di Holly di solito significavano che voleva qualcosa.

Brian scrollò le spalle.

Delusa dal fatto che il momento sexy fosse passato, Regan andò in camera da letto, si asciugò il corpo e si infilò il pigiama. Non aveva ancora accettato la devozione di Brian per sua madre. Le piaceva Holly, le voleva addirittura bene, ma a volte quella donna pretendeva molte attenzioni.

Brian entrò in camera da letto. «Strana telefonata di mamma. Ci ha chiesto di andare a cena a casa di Blackie venerdì. E mi ha detto di vestirmi bene, che è un'occasione speciale.»

«È il suo compleanno?»

Brian scosse la testa. «No, è la prossima settimana.»

«Vuoi guardare la televisione o qualcosa del genere?» chiese Regan.

Brian le sorrise. «O qualcosa del genere.»

Regan indicò il letto accanto a lei.

Brian lasciò cadere l'asciugamano e la raggiunse.

«Sempre meglio della televisione» disse lui, abbracciandola e strofinandole il collo.

CAPITOLO 24
DARCY

Darcy era con le sorelle al tavolo della cucina nella suite di Sheena per esaminare i progetti di ulteriore ristrutturazione dell'hotel. Sheena si era interfacciata con l'avvocato Greg Ryan, socio d'affari di Blackie, per costituire la Salty Key Enterprises come società a responsabilità limitata, ovvero LLC. Con i fondi sotto il controllo della LLC, potevano attingervi a seconda delle necessità e, soprattutto, secondo quanto concordato e preventivato.

«Ho stilato un elenco dei progetti che abbiamo a budget e ho assegnato a ciascuno i relativi fondi» disse Sheena, consegnando a ciascuna una tabella con i conteggi. Si rivolse a Regan. «Abbiamo bisogno che approvi queste cifre e che tieni bassi i costi.»

«Nicole e io abbiamo lavorato alla pubblicità per i matrimoni» disse Darcy. «Abbiamo fotografato la piccola stanza privata al piano superiore del Gavin come luogo per il cambio e per i festeggiamenti della sposa e dei suoi invitati prima della cerimonia. Tuttavia, dobbiamo completare subito la suite nuziale nell'Edificio Airone, in modo da mostrare anche quella. Pensi di riuscirci, Regan?»

Regan le fece un grande sorriso. «Sì. Ricorda, abbiamo un paio di divani in più che sposteremo in salotto. Devo mostrarvi delle foto delle sedie che voglio aggiungere alla stanza, insieme a tavolini, lampade e uno speciale specchio a tre ante a figura intera. Gli invitati vorranno vedere se hanno tutto in ordine. E abbiamo già parlato del letto matrimoniale che ho ordinato per la suite.»

«Mi sembra interessante» disse Sheena. «Diamo un'occhiata alle foto.»

Darcy indicò gli articoli che le piacevano e, sorprendentemente, Sheena assecondò tranquillamente le sue scelte.

«Come potete vedere, tutto quello che ho selezionato si sposa bene con il semplice tema della spiaggia che abbiamo scelto per l'arredamento. Ma rendono la camera molto più elegante» disse Regan. «Mi piacerebbe aggiungere biancheria da letto e asciugamani di alta gamma non solo a questa camera, ma a tutte le camere di entrambi i piani.»

Sheena si accigliò e guardò il foglio di calcolo che aveva consegnato alle sorelle. «Quanto pensate che ci voglia per farlo? So che sembra che abbiamo un sacco di soldi, e in effetti è così, ma andranno via alla svelta man mano che completeremo i lavori di ristrutturazione.»

Darcy e Regan si scambiarono uno sguardo d'intesa. Questa era più simile alla Sheena che conoscevano.

«Ti farò sapere. Nel frattempo, ho il permesso di ordinare gli articoli che ci piacciono per la suite nuziale?» chiese Regan.

Darcy guardò Sheena e fece un cenno di assenso. Anche se la stanza avrebbe mantenuto un aspetto informale, avrebbe dato una sensazione di lusso che prima non c'era. Avendo messo insieme gli arredi per l'appartamento di Austin, sapeva bene quanto fosse importante una bella biancheria da letto e la voleva anche per i loro ospiti.

Sheena si appoggiò allo schienale della sedia. «Ci sono domande sui conteggi?»

«Com'è la tabella di marcia?» chiese Darcy. «Mi dispiace che sarò via per tre settimane mentre alcune di queste attività sono ancora in corso.»

«Vai pure a goderti la luna di miele» disse Sheena. «Noi

faremo quello che possiamo il più velocemente possibile.»

«Sì, non preoccuparti per noi. Siamo così felici per te» disse Regan, sorridendo.

Il fiato che Darcy aveva trattenuto le sfuggì in un sospiro di sollievo. Erano sotto pressione con i lavori e lei non voleva essere considerata una fannullona.

Come se avesse sentito i pensieri di Darcy, Sheena disse: «Il nostro obiettivo è di finire tutto entro il primo giugno, prima che arrivi il mio bambino, ma tu stai facendo la tua parte, Darcy. Lavorerò con Tony e Brian per far venire qui le squadre nei momenti più opportuni.»

«Ho visto qualcuno lavorare al gazebo questa mattina» disse Darcy. «Sarà perfetto per i matrimoni, sia per la cerimonia che per le fotografie.»

«Sono d'accordo» disse Sheena. «Non appena sarà terminato, lavoreranno all'edificio principale per trasformare un ampio magazzino al piano terra in un'area di soggiorno e ricreazione con un patio esterno privato per la gente di Gavin.» Controllò l'orologio. «Che ne dite se andiamo a prendere un caffè o qualcos'altro da Gracie prima che chiuda?»

Darcy scosse la testa. «Penso che tornerò all'appartamento. Sto lavorando a un'idea per la segnaletica del parco dell'hotel.»

«No!» disse Regan. «Voglio dire, approfittiamo di un po' di tempo insieme finché possiamo. Giusto?»

Darcy si soffermò sul modo in cui Sheena e Regan la stavano fissando. Sollevò le spalle e le lasciò cadere. «Ok, credo di potermi prendere qualche minuto in più da passare con voi.»

Attraversarono il parco dell'hotel fino al ristorante di Gracie, fermandosi a parlare della capanna che avrebbero costruito vicino alla piscina, un luogo dove la gente avrebbe potuto rifocillarsi durante il giorno.

«Possiamo chiedere a Gracie di fornire lei il cibo» disse Darcy. «Meglio ora che mai.»

Né Sheena né Regan risposero, ma continuarono a camminare.

Darcy corse per raggiungerli. «Che cosa vi succede?»

«Sono pronta per una pausa» disse Regan. «Tutto qui.»

Darcy seguì le sorelle al ristorante.

Sheena tenne aperta la porta e Darcy entrò.

«Sorpresa!»

Darcy si fermò di colpo.

«Vai avanti, Darcy» la incitò Regan, dandole una spintarella.

Sotto shock, Darcy sbatté le palpebre quando Gracie, Bebe, Sally, Maggie, Lynn e Clyde le sorrisero. Accanto a loro, Meaghan, Holly e Nicole la salutarono con ulteriori sorrisi. Sam e Rocky si misero in disparte e le fecero un cenno di saluto con la testa.

«È una sorpresa» disse Clyde con orgoglio. «È per te. Vedi?»

Su un tavolo vicino c'era una torta, circondata da pacchi rivestiti di carta dai colori allegri.

«Grazie» disse Darcy, cercando di trattenere le lacrime. «Non mi aspettavo certo una cosa del genere.»

«Un matrimonio in famiglia è qualcosa da festeggiare» disse Sheena, abbracciandola.

Quando Darcy si guardò intorno, fu tutto ciò che vide. La sua famiglia.

CAPITOLO 25
REGAN

Venerdì sera, Brian arrivò alla lussuosa casa di Blackie con la nuova Jeep Summit bianca di Regan e parcheggiò dietro una BMW decappottabile.

La casa a un piano, in stucco color kaki, si affacciava sulla baia e, quando era stata costruita quattro anni prima, era stata utilizzata come casa per esposizioni per un gruppo di beneficenza. Era ancora impressionante, pensò Regan, mentre Brian la aiutava a scendere dalla Jeep. Si fermò un attimo a studiare ogni dettaglio, compresi gli splendidi vasi accanto all'ingresso e il paesaggio lussureggiante.

Blackie aprì la porta d'ingresso. «Benvenuti. Siamo felici che siate qui.» Diede un bacio sulla guancia a Regan e strinse la mano a Brian. «Entrate pure. Vi stavamo aspettando.»

Regan controllò l'orologio. «Non siamo in ritardo, vero?»

«No» disse Blackie, rivolgendole un sorriso misterioso. «Sei in perfetto orario.»

Regan lo seguì all'interno. L'alto soffitto dell'ingresso dal pavimento di marmo faceva sembrare lo spazio enorme. Il suo sguardo si spostò sull'ampio soggiorno davanti a lei. In un angolo della stanza c'era un pianoforte a coda. Sopra le lastre di marmo dorato erano stesi due tappeti orientali che attenuavano il suono della conversazione tra Holly e un uomo che Regan non conosceva. Greg Ryan era in piedi con una donna che Regan supponeva fosse sua moglie.

Blackie li condusse da Holly. «I nostri ospiti speciali sono qui, tesoro.»

Holly sorrise a Regan, le diede un bacio sulla guancia e abbracciò Brian. «Sono felice che siate qui. Voglio presentarvi Padre Joe. Padre, questo è mio figlio Brian e la sua fidanzata, Regan Sullivan.»

Padre Joe fece un cenno di saluto, sorrise a Regan e strinse la mano a Brian. «È un piacere che siate potuti venire.»

Regan e Brian si scambiarono uno sguardo confuso.

Blackie mise un braccio intorno alla spalla di Holly e si girò verso di loro. «Piuttosto che sposarci di nascosto, come avevamo detto, Holly e io volevamo condividere questo momento con voi.»

«Sposarvi di nascosto?» disse Brian, allargando gli occhi. «State scherzando!»

«No, invece» disse Holly. «Con il matrimonio di Darcy alle porte e il tuo fidanzamento, abbiamo deciso di fare in modo che il nostro matrimonio fosse il più semplice possibile, per non sottrarre nulla a quello che potreste organizzare voi.»

«Avrei chiesto la tua benedizione» disse Blackie, «ma così avrei svelato i nostri piani.»

«Capisco» disse Brian.

Regan infilò la mano nella sua e gliela strinse per incoraggiarlo. «Grazie per averci invitato. Sono molto felice per voi due.»

«Sì» disse Brian, annuendo. «Anch'io. Sei sicura di volerlo fare, mamma?»

Lei si lasciò sfuggire una risatina femminile e rivolse uno sguardo adorante a Blackie. «Non avrei mai immaginato di poter essere così felice. Amo questo mio uomo.»

Le guance abbronzate di Blackie diventarono rosa. «Le voglio bene, figliolo. Più di quanto lei potrà mai sapere.»

«Bene, allora cominciamo» disse Brian, baciando la madre sulla guancia.

«Grazie, Brian» disse lei, sbattendo le palpebre per

trattenere le lacrime.

Greg Ryan li raggiunse. «Brian, Regan, voglio presentarvi mia moglie, Beth.»

Una bella donna dagli occhi nocciola scintillanti, Beth strinse la mano a entrambi. «Che bella occasione. Non ho mai visto Blackie così felice. Tutto grazie a Holly.»

«A proposito» disse Greg a Brian. «Dopo che le cose si saranno sistemate, avrò bisogno di vederti. Holly ti vuole affidare il bar.»

Brian si rivolse alla madre. «Mi dai il bar?»

Lei rise. «Sì. Puoi farne ciò che vuoi. Blackie mi vuole a disposizione per viaggiare e per qualsiasi altra cosa decidiamo di fare.»

Regan osservò il modo in cui Blackie sorrideva a Holly e provò una sensazione di felicità. Ogni donna meritava di essere trattata come Blackie stava trattando Holly, come Brian trattava lei.

Alzandosi in punta di piedi, baciò Brian. «Andiamo a un matrimonio.»

Lui sorrise. «Immagino di sì.»

La cerimonia nuziale fu semplice, rapida e significativa. Gli occhi di Holly si riempirono di lacrime di gioia mentre recitava le parole che la legavano a Blackie. E Blackie, uomo d'affari a volte severo e senza peli sulla lingua, non riuscì a trattenere le lacrime mentre prometteva di onorarla e proteggerla.

Accanto a lei, Regan poteva percepire l'emozione di Brian. Gli strinse il braccio e osservò Blackie e Holly scambiarsi un abbraccio come marito e moglie.

Dopo la breve cerimonia, Blackie annunciò: «Grazie per aver partecipato al nostro momento speciale. Mia moglie ha ordinato un rinfresco per festeggiare. Vi prego di restare con noi per cena.»

Holly fece strada in sala da pranzo. L'illuminazione fioca di due lampadari appesi al soffitto diffondeva una luce calda. Un lungo tavolo di vetro e metallo era apparecchiato con sette coperti, sette isole di colore verde acqua abbinate a quello che Regan sapeva essere una tovaglietta intrecciata a mano. I segnaposto indicavano dove dovevano sedersi. Regan si sedette di fronte a Holly e accanto a Blackie, che sedeva a capotavola.

Blackie si alzò e prese una bottiglia di champagne da un secchiello d'argento per il ghiaccio che gli era stato messo vicino. Tolse il coperchio di carta stagnola, allentò e tolse la gabbietta metallica e fece scivolare fuori il tappo dalla bottiglia con un sibilo morbido e soddisfacente. Poi versò una piccola quantità di vino in un calice e lo assaggiò.

«Abbastanza buono da essere condiviso» disse con un sorriso. Riempì gli altri bicchieri e poi il suo. Alzando il bicchiere, disse: «Alla mia adorabile moglie, Holly. Grazie per avermi sposato. Sono l'uomo più fortunato del mondo.»

«No, signore» disse Brian. «Sono io. Alla salute di Regan.» La guardò con tanto amore che il sorso di champagne, che Regan aveva iniziato a mandare giù, rimase a ribollirle in bocca. Cercando disperatamente di non tossire, Regan si fece forza e deglutì.

«Stai bene?» le chiese Brian.

Annuì e bevve un sorso d'acqua. «Troppe bollicine.»

Tutti scoppiarono a ridere.

Più tardi, sdraiata a letto accanto a Brian, si voltò verso di lui. «Tutto ok? Sei stato terribilmente silenzioso.»

Lui si voltò a guardarla e le passò un dito lungo il viso. «Sto bene. Sono solo sorpreso da tutto quello che è successo. Che diavolo me ne faccio di un bar? Sono impegnato a lavorare con Tony al nostro complesso residenziale.»

«È un grande regalo, davvero. Sono sicura che tua madre voleva che tu avessi qualche opzione, nel caso in cui non potessi più lavorare nel settore edile come volevi.»

«Cascasse il mondo, non rinuncerò alla mia impresa di costruzioni. Dovrò trovare qualcuno che gestisca il bar.»

«Che ne dici di Casey? La sera è impegnato col Gavin, ma potrebbe assumere un manager e supervisionarti il locale. Conosce il settore.»

Brian sorrise. «Ti hanno mai detto quanto sei intelligente?»

Le sue parole erano dolci come la torta nuziale che avevano condiviso.

La mattina dopo, Regan raggiunse Darcy e Sheena per prendere un caffè insieme da Gracie e raccontò tutti i dettagli del matrimonio a sorpresa di Holly e Blackie.

«Come l'ha presa Brian?» chiese Sheena. «È molto protettivo nei confronti della madre.»

«È rimasto sorpreso quanto me, ma è felice per loro. Holly gli sta regalando il bar e lui non sa bene come comportarsi. Gli ho suggerito di chiedere a Casey di supervisionarlo per lui. Casey può assumere un manager e tenerlo d'occhio.»

«Ehi! Potrebbe mai prendere in considerazione l'idea di renderlo parte dell'hotel?» chiese Sheena. «Pensavamo di condividere il lungomare con il Key Hole. Ora, forse possiamo trovare un accordo per unire il tutto rendendolo una sorta di affiliato, in modo che agli ospiti sembri che non ci sia soluzione di continuità.»

Darcy se ne stava in silenzio, ma Regan poteva vedere la

sua mente lavorare.

«Intendi dire renderlo parte della Salty Key Enterprises?» chiese Darcy.

«Sì» disse Sheena. «Dovremmo chiedere a Greg Ryan di gestire le cose in modo che Brian mantenga la proprietà del bar stesso, ma gestendolo potremmo avere maggiore potere d'acquisto e partecipare ai profitti. Potremmo anche creare un'attività separata sul lungomare sotto il nostro ombrello aziendale.»

«Accidenti, Sheena, sembra che tu ci stia pensando da un po'» disse Regan, impressionata dal senso degli affari della sorella.

Sheena rise. «Greg Ryan e io abbiamo discusso diversi scenari per l'hotel. Potrebbe diventare ancora più grande di quanto lo zio Gavin avesse mai immaginato.»

«L'idea mi piace, a patto che possiamo permetterci di avere bravi consulenti esterni a diversi livelli» disse Darcy. «Sheena, ci hai detto che intendi continuare a supervisionare l'hotel. Sei disposta a portare a termine questo progetto? Con un bambino in arrivo, potrebbe essere difficile.»

«Il grosso dei lavori di ristrutturazione rimanenti dovrebbe essere finito prima del parto» disse Sheena in tono un po' brusco. «E dopo, sarò felice di avere l'opportunità di lavorare alla gestione dell'hotel mentre mi occupo di un bambino.»

«Era solo una domanda» si affrettò a dire Regan, consapevole che Sheena non voleva perdere di nuovo sé stessa dietro a un nuovo bambino con pochi stimoli esterni.

Darcy alzò il pollice. «Bene, allora. Affaroni, stiamo arrivando!»

CAPITOLO 26
SHEENA

Quel giorno, più tardi, Sheena restò da sola in cucina a rivedere i loro piani. Ogni tanto aveva bisogno di un'iniezione di fiducia anche lei, proprio come Regan. Darcy aveva ragione a mettere in dubbio la sua capacità di lavorare sui problemi dell'hotel e di fare contemporaneamente da madre a un bambino piccolo, ma non sembrava giusto essere ritenuti incapaci di fare entrambe le cose. Quella sensazione di bisogno di trovare sé stessa era ciò che l'aveva incoraggiata a raccogliere la sfida dello zio e a venire in Florida. Nessuna di loro aveva immaginato dove sarebbe arrivata.

Si accarezzò la pancia. «Io e te ce la caveremo benissimo.»

Ridendo di sé stessa per aver parlato così al bambino, Sheena tornò al suo foglio di calcolo. Avrebbe rivisto i numeri e avrebbe chiamato Greg Ryan per parlare con Brian su basi razionali.

Meaghan entrò nella stanza e si sedette su una sedia della cucina con un forte e lungo sospiro.

«Cosa c'è?» chiese Sheena.

«Sono stanca di prendere l'autobus per tornare a casa. Non puoi venire a prendermi a scuola?»

«No-oo» disse Sheena con cautela. Non aveva intenzione di farsi vincolare da una tabella di marcia del genere. Inoltre, sapeva dove si andava a parare. «E no, non avrai una macchina.»

«Ma Trish ne ha avuta una» disse Meaghan. «E ora abbiamo i soldi.»

«Stiamo lavorando sodo per finire l'hotel e mantenerlo in funzione» disse Sheena. «Tutti i fondi sono destinati a questo scopo, con l'eccezione dell'istruzione universitaria per te e Mike.»

«Lo so» disse Meaghan, annuendo con aria triste. «È solo che sono delusa che Rob non prenda più l'autobus. Suo padre gli ha comprato una macchina. E poi ho dovuto dirgli che non potevo andare alla sua festa di San Valentino per via del matrimonio di zia Darcy. Ora pensa che non mi piaccia.»

Sheena la abbracciò. «Le cose si risolveranno. Vedrai.»

«Possiamo andare a vedere la casa? Voglio controllare se hanno dipinto la mia stanza e se hanno finito la piscina.»

«Certo» disse Sheena, comprendendo la delusione di Meaghan.

Sheena attraversò l'ingresso del Ventura Village con un senso di orgoglio. Si trattava di un bel complesso a suo parere. C'erano diverse planimetrie tra cui scegliere e ognuna aveva prospetti esterni diversi, quindi le case non sembravano uguali.

Sheena entrò nel vialetto di una delle case più grandi, una casa a due piani con piscina. Dopo aver vissuto fianco a fianco con i genitori di Tony per tutto il matrimonio, Sheena era soddisfatta dello spazio su entrambi i lati che divideva la loro casa da quella dei vicini.

Scesa dall'auto, Sheena notò una Cadillac decappottabile blu ferma nel vialetto e si chiese chi fosse. Seguì Meaghan in casa e, sentendo delle voci al secondo piano, salì le scale e seguì il suono delle voci nel bagno degli ospiti.

Alla vista di ciò che le si parò davanti, si fermò sorpresa.

«Ciao, che cosa stai facendo?» chiese sgomenta.

Tony teneva il braccio intorno a una donna alta, dalle

gambe lunghe e i capelli rossi, che traballava su scarpe dal tacco alto.

Voltandosi verso di lei con uno sguardo imbarazzato, Tony si allontanò quasi con un balzo dalla donna. «Ciao, Sheena! Taylor si è slogata la caviglia. La sto aiutando a raggiungere un posto dove possa sedersi.»

E per dimostrarlo, le tenne il braccio mentre Taylor zoppicava fino al bordo della vasca dove si sedette.

Tony si raddrizzò. «Sheena, lei è Taylor Hutchison. Sta cercando di comprare una casa qui. Le stavo mostrando cosa stiamo facendo per la suite degli ospiti che stiamo usando come camera da letto di Meaghan.»

«Ciao, Taylor» disse Sheena sforzandosi di far trapelare nella voce un'amabilità che non sentiva. Riconobbe lo sguardo di desiderio che la donna stava rivolgendo a suo marito. Sheena guardò Tony, aspettando che dicesse qualcosa mentre lui continuava a stare accanto a Taylor.

Tony si schiarì la gola. «Taylor, questa è mia moglie, Sheena.»

Meaghan irruppe nella stanza. «Aspetta di vedere...» Si fermò e, vedendo Taylor, aggrottò la fronte e sbottò: «Ciao, papà! Chi è questa?»

Anche se arrossì, Tony parlò con calma. «Taylor Hutchison sta guardando case in zona. Le piace quello che stiamo facendo alla tua suite.»

«Sì, è davvero bello avere un bagno tutto mio.» Avvertendo la tensione nella stanza, Meghan guardò prima Sheena poi Tony. «Posso farti vedere una cosa, papà?»

«Certo, tesoro» le rispose lui, poi si rivolse a Taylor. «Forse Sheena può farti da guida. Fai sapere a Brian o a me quale casa scegli, così la mettiamo in programma.»

«Grazie, Tony. È stato molto dolce da parte tua dedicare così tanto tempo della tua giornata a tenermi compagnia» disse Taylor con un tono ansimante che fece venir voglia a Sheena di schiaffeggiarla.

«Non c'è di che» disse Tony, lanciando un'occhiata a Sheena prima di seguire Meaghan fuori dalla stanza.

«Vuoi che ti aiuti a scendere le scale?» Sheena chiese a Taylor.

Lei sorrise. «Ora sto molto meglio. Ma grazie.»

Sheena le andò dietro per assicurarsi che non inciampasse, ma dentro di sé era furiosa. Tony non aveva capito che intenzioni aveva Taylor? La donna, che non portava la fede, ora sembrava in grado di fare una gara di corsa di quindici chilometri.

Dopo averla salutata, Sheena tornò in casa.

Fuori, dietro la casa, Meaghan e Tony stavano parlando seduti sul muretto di cinta della zona benessere.

«Perché non vai a controllare la tua stanza?» Sheena disse a Meaghan. «Voglio parlare con papà.»

«Ok» disse Meaghan. «Quella Taylor se n'è andata? Non mi piace, mamma.»

«Non c'è niente di cui preoccuparsi. Sta solo guardando case in giro» disse Sheena, sorpresa dall'intuizione di Meaghan.

Meaghan se ne andò e Sheena si mise a sedere sul muretto accanto a Tony.

«Cos'è tutta questa agitazione?» chiese Tony. «Spero che tu non sia arrabbiata perché ho passato del tempo con Taylor.»

«La cosa mi ha messo un po' a disagio, ma non sono arrabbiata, Tony. Il suo interesse per te era così evidente da essere quasi allarmante. Hai molte potenziali clienti così?»

Tony scosse la testa. «È Brian che segue i potenziali acquirenti. È occupato con un'altra cosa oggi, così mi sono offerto di farle fare un giro. Tutto qua. Regan sarà presto sul posto, e poi lei o qualcuno che assumerà parlerà con le persone interessate al complesso e le porterà in giro.»

«Pensavo che Regan si occupasse dell'arredamento per i clienti» disse Sheena, preoccupata all'idea che Regan fosse assente per così tanto tempo mentre erano impegnate nei lavori di ristrutturazione dell'hotel.

«È così. Pensavamo di assumere Nicole per il marketing. In questo modo lei potrebbe scegliere un venditore e lasciare a Regan più tempo per l'hotel. Stiamo ancora cercando di definire i dettagli.» Tony infilò la mano in quella di Sheena. «Non sei davvero preoccupata che io vada con altre donne, vero?»

Sheena studiò il suo viso, vide l'amore nei suoi occhi e scosse la testa. «No, ma mi dà fastidio quando una come Taylor va dietro a uomini che sa essere sposati.» Gli toccò la fede d'oro sulla mano.

Con un'aria straordinariamente soddisfatta, Tony sorrise. «Mi piace quando ti ingelosisci.»

Sheena rise. «Credo di essere gelosa, sì. Soprattutto ora che sono incinta e mi sento un po' grassa.»

«Sei bellissima, Sheena. Credici» disse Tony, dandole un bacio così appassionato che non sentirono la figlia avvicinarsi.

«Che schifo» disse Meaghan. «Voi due siete così sdolcinati.»

Sheena fu contenta di quell'affermazione. Un giorno Meaghan avrebbe capito l'importanza di continuare a essere così.

Sheena preparò le tazze di caffè per le sorelle e si sedette al tavolo della cucina con loro. «È ora di parlare di logistica» disse e spiegò la situazione al complesso residenziale. «Se Brian e Tony assumono Nicole per gestire il loro programma di vendite e marketing, le rimarrà abbastanza tempo per occuparsi del nostro marketing?»

«Non dimenticate che la sera lavora al Gavin» disse Regan. «E volevamo che si occupasse del marketing del Key Hole.»

«Perché non lasciate che ci parli io?» chiese Darcy. «Io mi occuperò del marketing dell'hotel insieme a lei, ma per Nicole è una grossa responsabilità occuparsi di tutti e tre i progetti. Possiamo offrirle abbastanza denaro per invogliarla a farlo?»

«E se offrissimo grandi incentivi per tutti e tre: il Ventura, l'hotel, compresi il Gavin, il ristorante di Gracie e il Key Hole?» chiese Sheena. «Lavorare a questi tre progetti lo renderebbe un lavoro a tempo pieno, con poco tempo da dedicare ad altro.»

«Mi piace l'idea» disse Regan. «Al Ventura io non posso fare molto più che arredare gli interni se continuo a supervisionare i lavori di ristrutturazione dell'hotel. Le vendite al complesso residenziale aumenteranno e noi abbiamo ancora molto da fare qui.»

«Ok, voglio sistemare le cose prima del matrimonio. Papà e Regina saranno qui prima che ce ne accorgiamo, e allora nessuna di noi riuscirà a lavorare molto mentre ci prepariamo per i festeggiamenti.» Darcy agitò le mani in modo insolito. «Comincio a essere un po' nervosa.»

«Sarà stupendo» la rassicurò Sheena. «Una cerimonia bella, piccola e dolce.»

«Sarà un buon modo per testare le nostre strutture prima del nostro primo matrimonio ufficiale» disse Regan. «Spero che Mo e io abbiamo pensato a tutto.»

Darcy lanciò a Sheena e Regan sguardi preoccupati. «Ve la caverete senza di me, vero? Tre settimane sono tante per stare via.»

«Ce la caveremo» disse Sheena. *Se la sarebbero cavata, giusto?*

CAPITOLO 27
DARCY

Mentre Darcy esaminava la posta del mattino, il cuore le smise di battere alla vista di una busta proveniente da New York. La sollevò alle labbra, la baciò come portafortuna e la aprì. Vedendo la fredda e impersonale lettera di rifiuto dell'editore, la accartocciò e la gettò a terra. Era la quarta risposta di quel tipo. Per quanto detestasse quelle lettere, aveva letto che avrebbe dovuto ritenersi fortunata anche solo a riceverla una risposta. Allison Berkhardt non aveva avuto fortuna con i suoi contatti nel settore e aveva informato Darcy che aveva fatto tutto il possibile.

Questo business fa schifo!

Darcy batté i pugni sulla scrivania in preda alla frustrazione. Sperava di poter sorprendere Austin con un successo editoriale come regalo di nozze speciale. Con solo un'altra risposta da ricevere, se la riceveva, per il momento non aveva più opzioni. Anche se aveva giurato di non arrendersi, sapeva di doverlo alle sue sorelle e di doversi concentrare sull'attività alberghiera. Sheena aveva detto che se la sarebbero cavata anche senza di lei, ma stavano succedendo troppe cose nella vita privata di quelle due per non preoccuparsi.

Prese il telefono per chiamare Nicole. Il giorno prima non erano riuscite a incontrarsi. Quel giorno sperava che sarebbe andata meglio.

Nicole rispose con un allegro «Ciao! Scusa se non ti ho risposto ieri. Sono stata a Miami per un paio di giorni.»

«Spero che fosse per qualcosa di divertente» disse Darcy. «Possiamo vederci per pranzo? Ho bisogno di parlarti di una cosa.»

«Sarebbe fantastico» disse Nicole. «Ho una notizia entusiasmante da condividere con te.»

«Non hai trovato un altro lavoro, vero?» Darcy sbottò.

«Nooo, perché me lo chiedi?»

«Ne parliamo a pranzo» rispose Darcy. «Incontriamoci al ristorante di Gracie a mezzogiorno.»

«D'accordo» rispose Nicole.

Mentre aspettava che Nicole arrivasse per pranzare insieme, Darcy studiò i lavori che venivano fatti al patio per la gente di Gavin. Stavano costruendo una cascata come parte della piccola piscina termale. Quando lei e le sue sorelle avevano chiesto suggerimenti per abbellire l'area, sia Gracie che Bebe avevano pensato che il suono dell'acqua sarebbe stato un elemento rilassante dopo lunghe ore di lavoro in una cucina caotica.

«Ciao, Darcy!»

Darcy si girò verso Nicole. «Ehi, stai benissimo! Come va?»

«Per essere una donna innamorata, me la cavo molto bene» disse Nicole, raggiante.

«Tu e Graham? Che meraviglia!» Darcy gettò un braccio intorno a Nicole.

Nicole scosse la testa. «Non Graham. Io e Casey. Dopo aver lavorato insieme quasi tutte le sere negli ultimi due mesi, abbiamo scoperto che ci piaceva molto stare insieme. Graham è un bravo ragazzo, ma tra noi non c'era la stessa magia che condivido con Casey. Voglio qualcuno di sexy che non solo mi piaccia, ma che mi faccia venire la pelle d'oca. Capisci?»

Darcy sorrise. «Oh, sì, so esattamente cosa intendi. Come

me e Austin.»

A Nicole brillarono gli occhi. «Abbiamo parlato per ore e ore di ciò che vogliamo dalla vita e siamo d'accordo quasi su tutto.»

«Cosa ne pensa del tuo lavoro?» chiese Darcy, prendendo Nicole a braccetto e conducendola all'interno del ristorante.

«Gli piace che abbia preso interesse per il settore alberghiero. Perché?» chiese Nicole, rivolgendole uno sguardo interrogativo.

Darcy condusse Nicole al tavolo di famiglia nell'angolo. «Godiamoci il pranzo e poi lascia che ti dica cos'abbiamo in mente io e le mie sorelle.»

Nicole sorrise. «Vuoi fare la gradassa, vero?»

«Oh, accidenti! Te lo dico subito.» Darcy espose il piano e aspettò di vedere la reazione di Nicole.

«Davvero?» chiese Nicole, a occhi spalancati. «Mi affidereste la gestione di tutte le location? È un lavoro grosso.»

«Ho un appuntamento per te al Ventura. Dopo pranzo, se sei d'accordo, ti accompagno. Vedrai Brian.»

«Sarebbe fantastico!» disse Nicole. «Casey mi ha detto che gestirà il bar per conto di Brian. Potremmo lavorare insieme al portafoglio pubblicitario che sto mettendo insieme per il bar e coordinarlo con il lavoro che sto già facendo per l'hotel.»

Maggie si avvicinò al loro tavolo. «Pronte a ordinare?»

Darcy sorrise. «Sì, grazie.»

Lei e Nicole ordinarono il pranzo e, mentre mangiavano, discussero i dettagli dell'accordo. Quando furono pronte a lasciare il ristorante, Darcy era quasi certa che Nicole sarebbe stata favorevole al loro piano. L'unica difficoltà sarebbe stata quella di trovare un broker affidabile e degli agenti immobiliari che si occupassero del Ventura. Nicole poteva guidarli, ma non aveva la licenza di agente immobiliare.

#

Darcy si mise d'accordo di vedersi con Brian alla casa modello del Ventura Village, in modo da poterlo mettere al corrente della sua precedente conversazione con Nicole. Ma oltre a quello, voleva stare un po' da sola con lui per discutere del futuro. Le spiaceva che Regan non parlasse di un matrimonio a breve, quando Darcy sapeva quanto Regan desiderasse sposarsi.

Quando arrivò, Brian era già in ufficio e stava esaminando diverse planimetrie di case.

«Ehilà!» disse lui allegramente.

«Ciao, Brian. Possiamo parlare in privato?»

«A proposito di Nicole? Certo.»

«No, a proposito di te e Regan» disse lei, sperando di non oltrepassare i limiti. Ma la famiglia era la famiglia e lei amava sua sorella. «Perché Regan non parla di progetti di matrimonio? C'è qualcosa che non va tra voi?»

Brian ridacchiò. «Niente affatto. Anzi, abbiamo già la licenza di matrimonio. Stiamo solo aspettando che tu e Austin vi sposiate. Regan non voleva fare nulla che vi togliesse la scena nel vostro giorno speciale. Quindi, non appena ci darà il permesso, faremo il grande passo. Niente di eclatante. Anzi, probabilmente ci sposeremo in segreto.»

«Oh, ma saranno tutti dispiaciuti di non poter partecipare alla festa.»

«Vedremo» disse Brian. «Ora parliamo di Nicole.»

Qualche minuto dopo, Nicole entrò nella stanza.

Darcy assistette alla riunione tra Brian e Nicole, colpita dall'entusiasmo per il progetto che Brian riuscì facilmente a trasmettere a Nicole. Quando i due cominciarono a parlare di stipendio, Darcy si allontanò, dando loro la privacy che meritavano.

D'impulso, decise di controllare i progressi della casa di

Tony e Sheena. Mentre si dirigeva verso l'abitazione, una donna dai capelli rossi salì su una Cadillac decappottabile blu e se ne andò.

Quando Darcy raggiunse la porta d'ingresso, Tony la aprì. «Ciao, Darcy. Cosa ci fai qui?»

«Ho portato Nicole Coleman a fare un colloquio con Brian per il posto di direttore vendite. E tu cosa ci fai qui?»

Tony si passò le dita tra i riccioli scuri. «Sinceramente non lo so. Taylor Hutchison sostiene di essere interessata a comprare una casa da noi, ma non riusciamo a capire quale.»

Darcy alzò di scatto le sopracciglia. «Taylor Hutchison? La stessa donna di cui mi ha parlato Sheena?»

«Sì. Fammi un favore, ok? Non parlarne con Sheena. Non le piacerà l'idea del mio incontro con Taylor.»

La preoccupazione per la sorella portò Darcy ad accigliarsi. «Perché non la può incontrare Brian invece di te?»

«Lui doveva incontrarsi con Nicole, ricordi?» sbottò Tony. La sua espressione si ammorbidì. «Scusa. Sto solo cercando di fare la mia parte e di vendere. Brian lo fa sembrare così facile, ma io non riesco a concludere quello che dovrebbe essere un semplice affare. Sono più un tipo da cantiere, comunque.»

Darcy gli rivolse uno sguardo fermo. «Va bene, non dirò nulla a Sheena, ma se fai del male a mia sorella, non ti perdonerò mai.»

Tony alzò una mano in segno di difesa. «Non ho alcuna intenzione di farlo, credimi. Andiamo, ti riaccompagno in ufficio.»Mentre passeggiavano lungo il nuovo marciapiede, Tony si voltò verso di lei. «Sei eccitata per il matrimonio?»

Darcy sorrise. «Per quello e per la luna di miele. Non vedo l'ora di andare in viaggio con Austin. Mi mostrerà alcuni dei suoi posti preferiti.»

«Speravo di poter fare qualche viaggio con Sheena, ma credo che ora non sia più possibile con l'arrivo di un nuovo bambino.»

Darcy si voltò verso di lui. «Sei dispiaciuto?»

«Stranamente no» rispose Tony. «Pensavo che lo sarei stato dopo un giorno o due di eccitazione, ma non è così che mi sento. Godiamo di una sicurezza finanziaria molto maggiore e questo farà la differenza per entrambi, spero.»

Darcy si fermò e gli diede una pacca sulla schiena. «Sei un brav'uomo, Tony.»

«Grazie. Non dirai niente di Taylor a Sheena. Giusto?»

Darcy scosse la testa. *Uomini!*

Due giorni dopo, dopo aver concluso tutti gli accordi con Nicole e Casey per i loro nuovi ruoli, Darcy si vide con loro, Sheena e Tony, Regan e Brian e Austin nella piccola sala da pranzo privata al secondo piano del Gavin.

Sheena sollevò il suo bicchiere di acqua frizzante per brindare. «Ai due nuovi membri del nostro gruppo, Nicole e Casey. Vi diamo il benvenuto alla Salty Key Enterprises.»

«Bravi! Bene!» fu la risposta.

Brian si alzò in piedi. «E, Nicole, ti diamo il benvenuto nello staff del Ventura Village. Ci auguriamo che questo porti a molte vendite.»

Nicole rise. «Lo spero anch'io!»

Darcy si guardò intorno e sospirò soddisfatta alla vista di tutti i presenti lì riuniti. Per lei rappresentavano una famiglia in crescita. Suo padre sarebbe arrivato presto e, mentre lei era presa dai preparativi per il matrimonio, lui avrebbe cercato una nuova casa. Il matrimonio avrebbe allargato ancora di più la sua famiglia. Voleva già bene al nonno di Austin, Bill Blakely, e col tempo avrebbe conosciuto meglio anche i suoi genitori. Con lui, le avevano fatto il più bel regalo che si potesse immaginare.

CAPITOLO 28
REGAN

Diversi giorni dopo, Regan cercava di nascondere il suo disagio come faceva sempre quando affrontava la telecamera per fare uno dei suoi annunci per i ristoranti di Arthur Weatherman. La luce rossa che segnalava che era in onda lampeggiò davanti a lei, e poi tutto ciò che la circondava sembrò scomparire mentre si concentrava sulle parole da dire. Aveva imparato che se memorizzava attentamente il copione, le parole sarebbero state in grado di farle superare il momento di disagio davanti all'obiettivo. Stare sotto i riflettori in quel modo non era diventato più facile col tempo. Anche quando il suo viso era stato a detta di tutti "perfetto", non aveva mai voluto che vi si concentrasse troppa attenzione. Ora che le cicatrici erano evidenti e il labbro le cadeva ancora da un lato, era ancora più difficile.

Regan sorrise come le era stato detto di fare e pronunciò le parole che le erano state date, contenta che il denaro che guadagnava per essere la portavoce della catena di ristoranti fosse una risorsa di cui intendeva fare buon uso sostenendo una serie di enti di beneficenza. Il suo primo progetto sarebbe stato quello di aiutare Cyndi Jansen a raccogliere fondi per i figli dei veterani di guerra per ottenere borse di studio per il college. Cyndi e suo marito Tom, veterano di guerra rimasto invalido, erano stati tra i primi ospiti dell'hotel grazie a uno speciale sconto per militari offerto da lei e dalle sue sorelle. Erano rimasti clienti fedeli e avevano incoraggiato altri a venire. Poiché Regan non era mai riuscita a entrare all'università, era particolarmente impaziente di aiutare Cyndi in questo modo.

«Questo è tutto» disse il cameraman. «Il signor Weatherman sarà soddisfatto di questa campagna speciale. Ottimo lavoro, Regan!»

«Grazie» disse lei, sentendo la tensione dei muscoli delle guance diminuire. Non si poteva sorridere più di tanto. Era più facile quando condivideva la telecamera con un bambino o un animale. Ma Emily aveva deciso che nemmeno a lei piaceva stare davanti all'obiettivo.

Regan lasciò lo studio e tornò a casa. Le piaceva vivere con Brian nel cottage nella proprietà di Kenton, ma le dava fastidio il fatto che stesse facendo esattamente ciò da cui sua madre l'aveva messa in guardia: vivere con un uomo prima del matrimonio. Erano fidanzati, tuttavia...

Al cottage, si cambiò mettendo qualcosa di più adatto al lavoro al Ventura Village. Lei e Mo avevano allestito il suo ufficio al cantiere e quel pomeriggio doveva incontrare un nuovo cliente. Prima, però, doveva controllare i progressi dell'hotel.

Arrivata all'ingresso del Salty Key Inn, si fermò ad ammirare le piante recentemente messe a terra in insiemi ben studiati per dare risalto ai corridoi panoramici del complesso e per fornire un po' di privacy agli ospiti seduti in piscina e nelle loro verande o balconi. I nuovi ibiscus, gli oleandri, le bouganville e le palme conferivano al parco un aspetto decisamente tropicale.

Per abitudine, si fermò nel parcheggio dietro la palazzina che ospitava le otto suite che dovevano ancora essere ristrutturate. Lo spazio era ormai vuoto, a parte il furgone dell'hotel e le auto della famiglia di Sheena. Di sera, il parcheggio veniva riempito dagli avventori del Gavin.

Regan scese dalla jeep e studiò l'edificio. L'insegna

raffigurante un piovanello che aveva scolpito Austin era stata montata all'inizio dell'anno e indicava il nome ufficiale che avevano dato alla palazzina delle suite. Sperava che la squadra di Brian potesse iniziare la demolizione e la riconfigurazione degli interni dell'edificio non appena la famiglia di Sheena si fosse trasferita, poco prima del matrimonio di Darcy.

Una delle ultime cose che Mo le aveva fatto fare prima di partire per la California era stata la riprogettazione degli spazi all'interno di ogni suite. Le sue sorelle avevano concordato con Mo e con lei che le suite dovevano essere comode e pratiche per i soggiorni a lungo termine, che era il modo in cui molti piccoli hotel e resort della zona ottenevano buoni risultati nei mesi invernali. Ogni suite avrebbe avuto un frigorifero di dimensioni standard, un fornello, una lavastoviglie, molti armadi e cassetti in cucina e armadi più grandi del normale per i vestiti e gli effetti personali.

Attraversando il prato che portava all'Edificio Airone, Regan si fermò per annusare un bellissimo fiore di ibisco rosa. Amava i colori vivaci della flora tropicale. Più consapevole dei colori e delle tonalità, ora che ci lavorava ogni giorno si meravigliava della bellezza della natura.

I colpi di un martello le fecero alzare la testa. Sorrise alla vista dei carpentieri che costruivano l'intelaiatura di un bar all'aperto in stile bohémien, vicino alla piscina. Aperto e con un tetto di palme, sarebbe stato un piccolo spazio in cui gli ospiti avrebbero potuto rilassarsi con un drink e spuntini leggeri.

Regan salutò Sheena, che stava lavorando in ufficio, e poi si affrettò ad arrivare all'Edificio Airone. Per le stanze al piano superiore, lei e Mo avevano scelto uno schema di colori leggermente diverso da quello delle stanze al piano terra. Le pareti giallo tenue, i tappeti color sabbia e il blu tenue dei mobili dipinti a mano erano ancora al loro posto. Ma al posto dei blu, dei gialli e degli arancioni dei tessuti del piano terra, il colore predominante era il verde, che rifletteva il colore delle palme e delle altre piante tropicali all'esterno.

Il principale progetto di ristrutturazione delle stanze del secondo piano riguardava i bagni. I lavandini erano stati rimossi mesi prima per essere reinstallati nelle stanze del piano inferiore. Poiché ora avevano abbastanza soldi, volevano sostituire i lavabi con ripiani a due lavandini e avrebbero anche eliminato le vasche per installare docce walk-in con soffioni grandi e rilassanti. Dispositivi doccia simili avevano già sostituito quelli delle stanze del piano inferiore.

In ogni stanza, una nuova poltrona completava il piccolo divano che Regan aveva acquistato quando aveva conosciuto Mo.

In uno dei bagni Regan trovò un paio di operai che stavano finendo di stuccare la doccia. «Buon pomeriggio! Come va?»

«Si va avanti» rispose il più anziano dei due con una voce che metteva in guardia da troppe chiacchiere.

«Siamo ancora nei tempi previsti?»

«Sì» rispose l'uomo. «Tutte le docce dovrebbero essere fatte in una decina di giorni o meno.»

«Bene» disse Regan, felice che la parte rumorosa dello smontaggio dei vecchi impianti fosse finita. Nella maggior parte dei bagni era stato installato il nuovo mobile che conteneva i lavandini. Una volta sistemate le docce, si sarebbe potuto installare il pavimento e poi posizionare i nuovi servizi igienici e collegarli alla linea idrica e fognaria.

A Regan non piaceva l'idea di perdere l'opportunità di aprire queste stanze prima di marzo, ma ne sarebbe valsa la pena se il risultato fosse stato quello atteso.

Al piano di sotto, controllò una stanza vuota. I nuovi condizionatori che avevano fatto installare erano più silenziosi ed efficienti. Le poltrone per queste stanze, acquistate di recente presso il loro negozio di arredamento preferito, contribuivano a riempire piacevolmente lo spazio dando un senso di comfort.

Soddisfatta che le cose procedessero a un ritmo accettabile, Regan lasciò l'edificio e andò a parlare con Sheena.

Sheena era al telefono e sembrava angosciata quando Regan entrò nell'ufficio. Regan si mise in disparte ad ascoltare.

«No, certo che non sapevi di lei. Andrà tutto bene. Ti chiedo solo di tenerla d'occhio attentamente. Non mi fido di lei per molte ragioni. Sì, va bene. Capisco. Buona fortuna, Nicole.»

«Che cos'è successo?» chiese Regan.

«Nicole ha assunto Taylor Hutchison per lavorare all'ufficio vendite del Ventura Village. Ha già lavorato nel settore immobiliare e Bett Ryder, l'agente immobiliare che Nicole ha assunto ieri, ha dato il suo benestare, così come Brian. Ha mostrato molto interesse per il progetto.»

«Ma?»

Sheena sospirò. «L'ho sorpresa con Tony in una situazione un po' compromettente. Ha finto di essersi fatta male alla caviglia, ma, cosa non così strana, quando Tony è uscito di scena, è miracolosamente guarita.»

Regan restò a bocca aperta per la sorpresa. «Tony? Non è possibile. Com'è questa Taylor?»

«È molto attraente: alta, snella, capelli rossi. Confido che Tony non faccia niente, ma questa donna assomiglia un po'... forse alla vecchia compagna di stanza di Darcy, Alex Townsend. Sai, arrogante, sicura di sé, desiderosa di fare a modo suo. Questa è stata la mia impressione iniziale di Taylor.»

«Mmmh. Nicole non può dirle che c'è stato un errore?»

«Credo di no. Ha già iniziato a lavorare. Ora è in ufficio.»

«Sto andando là per un appuntamento nel tardo pomeriggio. La terrò d'occhio.»

Quando Regan entrò nel complesso che Brian e Tony stavano creando, la sua eccitazione crebbe alla prospettiva di aiutare i clienti a fare di una casa la loro casa. Chiunque sarebbe stato grato di avere una di queste belle case di lusso, ma Regan sperava che, con il suo aiuto, gli acquirenti sarebbero stati ancora più entusiasti della loro nuova abitazione e del suo arredamento.

Parcheggiò vicino alla casa campione che conteneva il suo ufficio e l'ufficio vendite, e rifletté sulla donna che aveva flirtato con Tony. Non era da Sheena allarmarsi per una cosa del genere. Forse erano gli ormoni della gravidanza al lavoro. Tuttavia, Regan era determinata ad assicurarsi che Tony non fosse distratto da una certa Taylor Hutchison. Era un bell'uomo.

All'interno della casa, nell'ufficio di fronte, una donna più grande, con capelli biondi tagliati in modo elegante e morbido appena sopra le spalle, le sorrise mentre continuava una conversazione al telefono. Regan la salutò e tornò indietro attraverso la casa fino al suo ufficio, allestito in quello che normalmente sarebbe stato il soggiorno. Sugli scaffali su un lato del camino erano allineati i campionari di carta da parati, tessuti, moquette e pavimenti. Le selezioni di accessori e complementi per la cucina e il bagno, così come i campioni di mobili, erano appoggiati sugli scaffali dall'altro lato del camino. Lungo un'altra parete si trovavano due lunghi tavoli da utilizzare per sfogliare gli album. Contro il muro erano impilate alcune sedie pieghevoli. La scrivania di Regan si trovava al centro della stanza, lasciando così ai visitatori un ampio spazio per passare attraverso le porte scorrevoli in vetro che davano sulla veranda e sulla piscina.

Regan si fermò a studiare la scena, entusiasta di avere un'attività in proprio. Da liceale aveva sognato di andare alla RISD, la Rhode Island School of Design. Ma non essendo riuscita a superare i test, quel sogno le era stato tolto. Era stato Mo a presentarle un'altra occasione per realizzare il suo sogno.

Regan si sistemò dietro la scrivania e controllò i messaggi telefonici. La sua cliente aveva chiamato per riconfermare l'orario. Regan la richiamò subito e, dato che era libera, le disse di venire prima dell'orario stabilito. Regan non vedeva l'ora di iniziare a lavorare al progetto.

Mentre riagganciava il telefono, le si avvicinò una giovane donna dai capelli rossi. «Tu sei Regan Sullivan?»

Regan si alzò in piedi. «Sì, e tu sei?»

La donna tese la mano. «Taylor Hutchison. Sono la nuova responsabile vendite del Ventura Village.»

Mentre le stringeva la mano, Regan sbatté le palpebre per la sorpresa. «Responsabile vendite? Pensavo che fosse Nicole Coleman la nuova responsabile vendite.»

«Oh, be', ma sono io che mi occupo dell'ufficio» disse Taylor con una sicurezza tale che Regan quasi le credette.

«Giusto, gestisci l'ufficio per Nicole e Bett Ryder, che si occupa delle vendite immobiliari» disse Regan, rivolgendo a Taylor uno sguardo fermo.

«Be', sì» disse Taylor. «Ma intendo essere la persona migliore che abbiano mai assunto. Spero persino di trasferirmi qui dopo aver venduto la mia casa. Ma si sa com'è dopo un divorzio. Ci vuole tempo per reinserirsi e conoscere un nuovo uomo.»

Sopraffatta dal disgusto, Regan rimase in silenzio. Era decisamente una donna a caccia di una preda.

«Bett e io abbiamo lavorato insieme ad altri progetti, quindi sono sicura che sarà fantastico. Comunque, piacere di conoscerti, Regan. Spero che potremo lavorare bene insieme. Mi sembra di capire che ti occuperai dell'arredamento degli interni.»

«Sì» disse Regan. «Non vedo l'ora di iniziare. Leslie Tanner arriverà a breve per il suo primo appuntamento. Cercherò di tenerti aggiornata sul mio programma lavori.»

«Sì, grazie» disse Taylor. «Aggiorna il tuo calendario e dammi l'accesso. Dovrebbe bastare.»

Taylor si girò e se ne andò, congedando Regan con la stessa efficacia con cui un preside potrebbe congedare uno studente ottuso.

Regan entrò in ufficio. Quando la donna più anziana la vide, si affrettò ad alzarsi in piedi.

«Ciao, tu devi essere Regan. Io sono Bett Ryder. Sono felice di conoscerti. Ho sentito parlare molto bene di te e del tuo lavoro. Infatti, verrò al Salty Key Inn per andare a cena con Nicole al Gavin questa settimana.»

«Fantastico! Ti piacerà! Il cibo è eccezionale!»

«Dov'è questo posto?» chiese Taylor entrando nella stanza sui tacchi alti.

«Il ristorante Gavin al Salty Key Inn dovrebbe avere una cucina favolosa» disse Bett. «Dovrai tenerlo a mente quando i clienti ti chiederanno dove andare a cena.»

«Oh, Brian me ne ha parlato. Ha detto che sperava che lo provassi. Era sicuro che mi sarebbe piaciuto.» Controllò l'orologio. «Forse riesco a raggiungerlo prima che se ne vada. Ha detto che mi avrebbe aiutata con un progetto per la mia casa. Sto cercando di venderla, sai, e tutto dev'essere perfetto.»

Quando Taylor uscì dall'ufficio, Regan si lasciò cadere su una sedia, con le ginocchia così traballanti da non riuscire a stare in piedi. *Brian stava aiutando Taylor con un progetto speciale a casa sua?* Dal luccichio negli occhi di Taylor, Regan poteva ben immaginare cos'avesse in mente.

Ignara della sensazione di nausea che aveva travolto Regan, Bett le sorrise. «Il tuo Brian è proprio un bravo ragazzo. Lui e Tony stanno facendo un ottimo lavoro con questo complesso. Sono molto felice di dirigere la squadra vendite.»

«Taylor mi ha detto che era lei la responsabile vendite» riferì Regan.

Bett rise. «Quella donna ha manie di grandezza. Però è una brava nei rapporti interpersonali, e in questo lavoro conta molto. Riesce a convincere la gente a credere a qualsiasi cosa dica.»

«Capisco» disse Regan, chiedendosi se fosse quello che era successo con Brian. Ingoiò la bile. Tutte le sue vecchie paure su Brian e le altre donne giocavano a rimpiattino nella sua mente.

CAPITOLO 29
DARCY

Darcy si infilò un semplice abito azzurro acqua a maniche lunghe e si studiò allo specchio. Non male. L'abito era di buona fattura e le stava perfettamente. Agganciando una fascia d'argento al collo, approvò anche questo accessorio con un cenno silenzioso. Da quando si era fidanzata e aveva iniziato a mettere insieme un guardaroba per i viaggi, Darcy aveva imparato che semplicità e qualità andavano bene insieme. A Natale aveva studiato la madre di Austin, osservando attentamente come si vestiva, come parlava e come si comportava.

«Pronta, tesoro?» Austin entrò nella loro camera da letto e fece un fischio. «Sei uno schianto, Darcy!»

Darcy si girò verso di lui. «Grazie. Voglio essere carina per i tuoi genitori.»

«Non preoccuparti. A loro non importa» disse Austin. «Ti vogliono bene perché te ne voglio io.»

Darcy sorrise, ma non ne era così sicura. Mentre la sua famiglia a volte sembrava soffocante, quella di Austin sembrava distaccata. Certo, i suoi genitori passavano la maggior parte del tempo in viaggio per lavoro. Viaggi che comprendevano anche i fine settimana e, a volte, le festività.

Darcy si mise un leggero scialle intorno alle spalle e uscirono dall'appartamento. Una corrente fredda era scesa dal Midwest, portando nell'aria una nota gelida che sperava non sarebbe rimasta per il suo matrimonio. «Non vedo l'ora di cenare al Don» disse. «Quando ci siamo trasferite qui, io e le mie sorelle siamo venute con la macchina a vederlo da fuori. Avevamo sentito parlare del Don CeSar, ma finché non abbiamo visto il suo grande edificio rosa, non abbiamo capito quanto fosse elegante.»

«È un complesso molto ben tenuto» concordò Austin.

Si diressero a St. Pete Beach, sulla costa, e si fermarono nel vialetto davanti all'hotel. Un giovane in uniforme si affrettò ad aprire la portiera dell'auto a Darcy. Lei scese e aspettò che Austin facesse il giro dell'auto e la prendesse a braccetto. Quando entrò nella hall, il suo sguardo si soffermò sul pavimento di marmo, sui pilastri e sui lampadari scintillanti e un brivido di nervosismo le scosse le spalle. Sapeva che non avrebbe dovuto sentirsi in ansia all'idea di incontrare i genitori di Austin a cena, ma non poteva evitarlo. Considerato che sua madre era venuta a mancare, desiderava un rapporto stretto con la madre del suo fidanzato. Anche se erano stati gentili con lei, aveva comunque bisogno di essere rassicurata che non le si sarebbero rivoltati contro come avevano fatto i genitori del suo vecchio fidanzato.

Dopo aver ricevuto le indicazioni, Darcy e Austin entrarono nel ristorante. Charles li salutò da un tavolo di fronte a una vasca di pesci d'acqua salata e si alzò in piedi. Accanto a lui, Belinda, la madre di Austin, sorrise e salutò con la mano.

Darcy fece un respiro profondo e sorrise, concentrandosi su Charles, che le tendeva le braccia.

Si scambiarono un rapido abbraccio e Darcy si accomodò a sedere in modo di stare di fronte a Belinda.

«Come stai, cara?» chiese Belinda. «Mancano pochi giorni al matrimonio.»

«Sono emozionata e nervosa allo stesso tempo. È un giorno così speciale.»

«Oh, sì! Sono così contenta che tu abbia reso felice il mio Austin. È semplicemente raggiante quando ti guarda.»

Darcy sentì che parte della tensione la abbandonava.

«Cosa prendete? Abbiamo già ordinato da bere. Cosa possiamo ordinarvi?» Charles fece segno a un cameriere, che si avvicinò subito.

Austin ordinò una vodka e tonica e Darcy un Texas margarita, il suo preferito.

Quando arrivarono i loro drink e i menu, Charles sollevò il suo bicchiere. «A voi due. Auguri e tanti anni felici insieme.»

La conversazione si mantenne leggera, mentre si raccontavano le ultime novità. Durante una pausa, Belinda disse: «Abbiamo un regalo di nozze molto insolito per voi. Spero che lo accettiate.» Lei e Charles si scambiarono uno sguardo enigmatico.

«Di che si tratta?» chiese Austin con una nota di sospetto nella voce che sorprese Darcy.

Belinda si protese in avanti. «Vorremmo affidarvi la nostra compagnia di viaggi. Io e papà siamo un po' stanchi e abbiamo guadagnato abbastanza per andare in pensione. Tuttavia, l'attività è troppo redditizia per cederla a degli estranei. Sappiamo che Darcy vuole viaggiare e questo sarebbe un buon modo per guadagnarvi da vivere insieme.»

Austin aggrottò la fronte preoccupato. «E il mio studio dentistico? Ho lavorato sodo per laurearmi in odontoiatria.»

Charles prese la parola. «È una professione ammirevole e che avrai sempre a disposizione. Se decidi di non continuare a lavorare nel settore dei viaggi, puoi sempre trovare un lavoro in odontoiatria.»

«E l'hotel della mia famiglia?» chiese Darcy. «Non posso negare il mio contributo alle mie sorelle, glielo devo.»

Belinda alzò una mano per fermare le loro obiezioni. «Vi chiediamo solo di pensarci. Abbiamo organizzato un bel viaggio per la vostra luna di miele. Avrete così l'opportunità di decidere se è una cosa che volete fare.»

«Non ci sono molte aziende come la nostra: di altissimo livello e molto soddisfacenti quando il lavoro è fatto bene» disse Charles.

«E farete tante esperienze diverse insieme» aggiunse Belinda.

Darcy si appoggiò allo schienale della sedia. Si sentiva come se avesse ricevuto un pugno nello stomaco. Lei e Austin avevano pianificato la loro vita. Ora, altre possibilità mandavano in frantumi quei piani. Tutto questo a meno di una settimana dalle nozze.

«Non preoccupiamocene adesso» disse Charles. «Avete tutto il tempo per decidere. Ne riparleremo, dopo la luna di miele. Per ora, ordiniamo qualcosa da mangiare. I piatti elencati sembrano molto interessanti.»

Darcy guardò bene il menu, alla ricerca di nuove idee per il Gavin. Le piaceva vedere combinazioni insolite di ingredienti e Graham era sempre aperto ai suggerimenti. Optò per la tartare di filetto di prima scelta come antipasto e per il dentice con risotto al limone Meyer come piatto principale. Austin e Charles scelsero la costoletta di agnello, mentre Belinda prese un piatto di pollo con funghi e asparagi.

La conversazione proseguì con toni più leggeri mentre consumavano il pasto, parlando soprattutto delle attività dei genitori di Austin e del loro ultimo gruppo di viaggiatori. Con mille pensieri in testa, Darcy continuò a guardare i pesci che guizzavano nell'acquario, sentendosi in trappola come loro.

Più tardi, dopo aver salutato i genitori di Austin, loro due si avviarono verso casa. Il silenzio all'interno dell'auto le pulsava nelle orecchie. Finalmente Austin parlò. «Cavolo! Non me l'aspettavo!»

«Nemmeno io» disse Darcy. «Cosa ne pensi?»

«Non sono assolutamente sicuro di rilevare l'attività dei miei genitori. Io e te abbiamo parlato di avere una famiglia. Non voglio lasciare dei figli soli come loro hanno fatto con me.»

Darcy annuì comprensiva. «Sembra una buona opportunità, ma anch'io ho dei dubbi.»

Austin sporse il braccio e le diede una stretta. «Cerchiamo di non pensarci e godiamoci semplicemente il nostro matrimonio. Sembra che la luna di miele sarà ancora più bella.»

«A quanto pare sarà tutto di prima classe.»

Con un sorriso, Austin la guardò inarcando le sopracciglia. «Posso essere all'altezza di quegli standard.»

Darcy rise. «È una sfida che non vedo l'ora di affrontare.»

CAPITOLO 30
REGAN

Regan era in attesa che Brian tornasse al cottage. Le aveva mandato un messaggio dicendole che sarebbe arrivato tardi, che aveva degli affari da sbrigare. Mentre leggeva le sue parole, si chiese se lui fosse consapevole che lei sapeva che gli affari, senza dubbio, includevano una certa Taylor Hutchison.

Guardò l'anello che le brillava al dito, ricordò il momento indimenticabile in cui Brian le aveva chiesto di sposarlo e sospirò. Sapeva che era una brava persona e che non avrebbe dovuto preoccuparsi per lui, ma le sue vecchie paure le riaffioravano nella mente. Per quanto fosse ansiosa di essere rassicurata, decise di non dirgli niente delle sue preoccupazioni, per dargli la possibilità di sollevare lui stesso l'argomento. Sembrava la cosa più giusta da fare.

Quando finalmente Brian apparve, lei uscì a salutarlo. «Ciao, tesoro! Giornata impegnativa?»

«Sì, come al solito. Cosa c'è per cena? Sto morendo di fame!» Mentre si chinava per baciarla, un distinto aroma di profumo le invase le narici.

«Ehi! Dove sei stato?»

Lui si accigliò. «Perché?»

«Hai un odore di profumo» rispose lei, sforzandosi di mantenere la voce ferma.

«Ah, dev'essere di Taylor. L'ho aiutata a chiudere la porta di casa e mi ha abbracciato.»

«Cosa c'è tra te e Taylor? L'ho incontrata oggi pomeriggio e dava ad intendere che voi due foste particolarmente uniti.»

Brian alzò le sopracciglia di scatto per la sorpresa. «Davvero? Pensavo che Taylor andasse dietro a Tony. Me ne ha parlato lui stamattina. Non piace a nessuno dei due, ma finché ci farà un buon lavoro, la lasceremo restare. È difficile trovare qualcuno disposto a lavorare di sera.» Le mise un braccio intorno alle spalle. «Dammi il tempo di prendere una birra e mangiamo. È stata una giornata lunga. Sono felice di essere a casa.»

Regan fece un sospiro di sollievo. Non doveva preoccuparsi di Brian, anche se non si fidava ancora di Taylor.

Dopo cena, Regan e Brian si misero a guardare la televisione. Raggomitolata con lui sul divano, Regan era concentrata sul giallo quando Brian si raddrizzò. Sollevandole il mento, la fissò negli occhi. «Ti amo, Regan. Andiamo a letto.»

«Non vuoi vedere la fine del programma?» chiese lei, sorpresa.

Con un sorriso sexy, lui disse: «No, voglio vedere te.»

Regan spense il televisore e si alzò. Era davvero un'ottima idea.

Più tardi, sdraiata a letto accanto a Brian, Regan gli tracciò le cicatrici sulle braccia.

Lui fece una smorfia e la studiò. «Non so cos'avrei fatto se tu non mi avessi sostenuto così tanto in ospedale. Molte volte, quando facevo quei maledetti esercizi, cercavo di mostrarmi al meglio per far colpo su di te.»

Lei ridacchiò. «Lo sapevo, e lo sapeva anche il fisioterapista. Per questo continuava a chiedermi di restare a guardare.»

«Ah, Regan, resta sempre così.»

Lei si staccò da lui e studiò il suo volto. «Brian? Sposiamoci al più presto. Non posso fare a meno di pensare a mia madre e so quanto mi sentirò meglio quando non ci limiteremo a convivere. Potrà sembrarti sciocco, ma per me è importante.»

«Per me anche domani, se va bene anche a te» disse lui.

«Ma non posso rovinare il matrimonio di Darcy» ribatté Regan.

«Chi dice che deve saperlo? Potremmo fare le nostre cose senza clamore e aspettare fino a dopo il matrimonio per annunciarlo. Penso che l'importante non sia la cerimonia. Sono le promesse che ci si scambia ogni giorno.»

A Regan vennero le lacrime agli occhi. «È così dolce! E sono d'accordo con te. Non abbiamo bisogno di una cerimonia elegante. Solo amici e parenti che festeggino con noi. Facciamoci venire qualche idea più tardi, dopo che Darcy si sarà sposata. Non manca molto.»

«Ok» disse Brian. «Mi sembra un buon piano. Ti proporrò alcune opzioni. Ti fidi di me?»

«Certo» disse Regan, sospirando per la felicità. Lui la attirò accanto a sé e lei si sdraiò tra le sue braccia, inspirando l'aroma sexy che era solo suo, poi chiuse gli occhi. Amava quest'uomo.

Regan era nella suite di Sheena con le sue sorelle, tutte sedute tra gli scatoloni accatastati nella zona giorno. Ora che il matrimonio di Darcy si stava avvicinando e Sheena stava facendo i bagagli per trasferirsi nella nuova casa, cercavano di riunirsi regolarmente per brevi incontri. Poiché Casey stava assumendo la gestione del Key Hole oltre a quella del Gavin, il suo ruolo nell'aiutarle a supervisionare l'hotel era ancora in fase di definizione. Sheena voleva gestirlo lei stessa con solo i consigli di Casey, ma sia Regan che Darcy temevano che Sheena non avesse abbastanza tempo per farlo dopo l'arrivo del bambino. Tuttavia, avevano segretamente deciso di lasciare che Sheena vedesse se era in grado di riuscirci. Era venuta in Florida per la libertà di essere sé stessa e loro non avevano intenzione di toglierle questa libertà.

«Domani ti aiuterò a sistemare la cucina nella nuova casa» disse Darcy a Sheena. «Tony ha già spostato gli scatoloni che avevate messo nel garage di Paul e Rosa?»

Sheena sorrise e annuì. «Sì, lo hanno aiutato i miei suoceri. Rosa ha detto che avrebbe aiutato anche me.» Si mise a ridere. «Ha dovuto trovare il tempo tra le partite di golf e i gruppi di bridge.»

«E i mobili che hai comprato?» chiese Regan. «Posso aiutarti a sistemarli.»

«Grazie, sarebbe fantastico» disse Sheena. «La consegna è prevista per domani, giusto?»

«Sì. Il negozio è riuscito ad anticipare la data di consegna dal giorno successivo al matrimonio di Darcy a domani.»

Sheena fece un sospiro. «Traslocare non è mai facile, ma la casa e la zona mi piacciono molto. Vorrei solo che una certa persona non si occupasse dell'ufficio vendite.»

Regan lanciò a Sheena uno sguardo sorpreso. «Stai parlando di Taylor Hutchison? Sai di lei e di Tony?»

Sheena spalancò gli occhi per lo shock. «Cosa intendi con Taylor e Tony? C'è qualcosa che devi dirmi?»

«Ieri sera temevo che Brian sarebbe tornato tardi a casa perché stava facendo un "progetto" a casa di Taylor. A quanto pare c'era un problema con la serratura della porta d'ingresso. Quando gli ho detto che ero preoccupata che Taylor gli andasse dietro, Brian ha detto che pensava che invece andasse dietro a Tony. Tutto qui. Tony ne ha parlato con lui e hanno deciso di tenerla all'ufficio vendite perché è difficile trovare qualcuno disposto a lavorare la sera di quando in quando.»

Darcy sbuffò. «Lavorare la sera? Ce la vedo.»

«Aspetta un attimo» disse Sheena. «Tony ne ha parlato con Brian?»

«Sì, perché?»

«Ok, allora non sono preoccupata» disse Sheena. «Ma mi sembra che quella donna sia un disastro annunciato. Ne hai parlato con Nicole?»

«No, ma ho parlato con Bett Ryder. Ha già lavorato con lei e, a quanto pare, Taylor è molto brava nel suo lavoro. Taylor mi ha detto di essere la responsabile vendite, ma io l'ho messa al suo posto chiarendo che la responsabile vendite è Nicole e che delle vendite vere e proprie se ne occupa Bett.»

«Dovremo cercare di tenerla d'occhio tutti» disse Darcy. «Parlerò io stessa con Nicole. Oggi pomeriggio io e lei ci vediamo per parlare della campagna di marketing primaverile. Entro il primo marzo avremo completato tutte le quaranta camere dell'Edificio Airone, giusto?»

«Direi di sì. Ma le suite non saranno finite prima del primo aprile, se riusciamo a far rispettare le tempistiche ai vari fornitori.»

«E se si presentano» brontolò Sheena. «I lavori al patio della gente di Gavin si sono fermati. Ma dopo averli tormentati prima che voi due arrivaste, ho ottenuto la promessa che verranno domani.»

«Il gazebo è finito» annunciò Regan. «Si può pubblicizzare come location per piccole cerimonie. Le piante intorno ormai dovrebbero essere ben radicate. Anche il capanno del bar della piscina è pronto. Come procede l'open house per i wedding planner?»

«Bene» disse Sheena. «Ho parlato con Bebe della possibilità di fare dei dolci per l'occasione e abbiamo iniziato ad annotare diversi modelli di torte in un quaderno. Sto preparando una lettera da inviare agli interessati e Nicole mi aiuterà con gli annunci e gli inviti ai wedding planner della

Florida e degli stati vicini.»

«Ottimo» commentò Darcy. «Ero preoccupata di partire per la mia luna di miele, ma sembra che andrà tutto bene fino al mio ritorno.» Fece una pausa. «Quando tornerò, voglio sedermi a discutere dei piani a lungo termine per l'hotel.»

«Va tutto bene?» chiese Regan.

«Non ne sono sicura», disse Darcy.

«Non sei incinta, vero?» disse Regan, stupendosi della preoccupazione che Darcy aveva scritta in faccia.

«Perché? Sarebbe un problema?» chiese Sheena con un tono seccato.

«No, no, non lo sarebbe» rispose Regan. «Almeno non proprio. Ma avremo bisogno di tutto l'aiuto possibile per completare l'hotel e gestirlo come si deve.»

«Allora perché non rinunci alla tua attività di arredatrice d'interni?» sbottò Darcy.

Sconvolta dalla reazione della sorella, Regan aprì la bocca per parlare.

«Scusa» disse Darcy. «Non volevo dirlo in quel modo. Credo di essere più turbata di quanto pensassi per questioni personali.»

«Vuoi parlarne?» Sheena chiese con calma.

«No, grazie. Ci sono cose che devo risolvere da sola.»

«Come tutti» disse Regan, guardando le sorelle.

La tensione residua tra le sorelle fu accentuata dallo sforzo di aiutare Sheena a traslocare nella sua nuova casa. Il rumore della carta stropicciata, il calore che entrava dalla porta lasciata aperta per consentire la consegna dei mobili e i fraintendimenti tra di loro crearono momenti di nervosismo.

Rosa rimase il più a lungo possibile, poi se ne andò per preparare la cena per la famiglia di Sheena.

Erano appena rientrate tutte e tre dopo aver portato in garage un mucchio di scatoloni da aprire, quando Sheena disse: «Sono distrutta. Facciamo una pausa.»

Tirò fuori dal frigorifero delle bottiglie d'acqua fredda e ognuna di loro si sedette su uno dei nuovi sgabelli della cucina.

Stavano riposando, sorseggiando i loro drink, quando suonò il campanello.

«Ci penso io» disse Regan, facendo cenno a Sheena di tornare al suo posto. «So quanto sei stanca.» Sheena era rossa in viso, aveva i capelli umidi sotto la fascia per i capelli e la maglietta sporca e sudata.

Regan aprì la porta e si trovò davanti Taylor. Tra le mani aveva un mazzo di rose rosse dentro un vaso di vetro. «Ciao, Regan. Ho una consegna per Sheena Morelli. Posso entrare?»

Regan si fece da parte e Taylor le passò accanto, lasciando dietro di sé una scia di profumo che Regan riconobbe. Dirigendosi verso la cucina con una gonna corta che metteva in mostra le lunghe gambe e una camicetta scollata che copriva a malapena il suo seno perfetto, Taylor aveva un'aria calma e disinvolta.

Affrettandosi a seguirla, Regan entrò in cucina mentre Taylor proclamava: «Tutti noi dell'ufficio vi auguriamo di essere felici nella vostra nuova casa. Volevo dare queste rose a Tony, ma lui mi ha chiesto di portarle a te.»

«Grazie. È stato gentile da parte sua e apprezzo che tu le abbia portate qui. Mi dispiace, non posso offrirti niente da bere. Come puoi vedere, siamo nel bel mezzo del trasloco.»

«Oh, sì, certo, capisco» disse Taylor, studiando Sheena. Si guardò intorno incuriosita. «È tutto così bello. Mi piacerebbe vivere in una casa come questa.» Sorrise. «E con una persona gentile come Tony.»

«Ma davvero» osservò Sheena con tono gelido.

All'insolito lampo di rabbia negli occhi di Sheena, Regan si precipitò al fianco di Taylor. «Ti accompagno fuori.»

Quando Regan tornò da sola in cucina, Sheena le disse: «Grazie. So che posso sembrare una delle meschine compagne di classe di Meaghan, ma non posso farci niente. Credo di odiare quella donna.»

CAPITOLO 31
SHEENA

Sheena si sedette sul letto, costringendosi a non sdraiarsi. Lei e le sue sorelle avevano messo lenzuola e coperte leggere sui letti di ciascuna camera. Dopo aver fatto le scelte finali sarebbero seguiti copriletti e cuscini decorativi.

Guardando i mobili, inspirando l'odore di nuovo che si respirava ovunque, Sheena sentì il suo corpo combattere l'eccitazione contro la stanchezza. Regan aveva fatto un ottimo lavoro aiutandola a scegliere i mobili che avrebbero valorizzato l'ambiente. La casa era bella e confortevole. L'architetto che aveva lavorato con Tony e Brian era una donna, come dimostravano le piccole nicchie per gli oggetti decorativi, i numerosi ripostigli e la grande e bella cucina progettata da qualcuno a cui evidentemente piaceva cucinare.

Sentendo il rumore di un'auto che entrava nel vialetto d'ingresso, Sheena si alzò in piedi con un sorriso. Avrebbe riconosciuto l'auto di Michael ovunque. Quando entrò in cucina, Michael e Meaghan fecero irruzione dalla porta.

«Ci siamo trasferiti tutti?» chiese Michael.

«La mia stanza è pronta?» chiese Meaghan, con gli occhi pieni di eccitazione.

«Le cose basilari sono fatte. Nei prossimi giorni aggiungeremo gli ultimi ritocchi. Dopo aver fatto merenda, voglio che lavoriate insieme in garage a smontare le scatole e a imbustare il materiale da imballaggio.»

«Ok» disse Michael. «Cosa c'è per merenda? E cosa c'è per cena?»

Sorridendo, Sheena scosse la testa. Michael era ancora un ragazzo in crescita. «Cerca le bevande in frigo. Biscotti, cracker e formaggio sono sul bancone della cucina. stasera ci preparerà la cena nonna Rosa.»

Meaghan le si avvicinò e le diede un rapido abbraccio. «Stai bene? Sembri stanca. Va bene se prima controllo la mia stanza?»

Sheena avvolse un braccio intorno a Meaghan, toccata dalla sua preoccupazione. «Certo. Magari più tardi possiamo parlare del copriletto che volevi. E poi potrai disfare le scatole che hai fatto arrivare da Boston. Sono nella tua nuova camera da letto.»

Meaghan uscì di corsa dalla stanza dirigendosi verso le scale. Guardandola, Sheena sorrise, felice che Meaghan fosse così entusiasta della loro nuova casa.

Sheena era seduta in cucina con Rosa quando Tony entrò nella stanza. «Ciao, mamma!» Si guardò intorno. «Accidenti, Sheena! Avete fatto tutte un ottimo lavoro con la casa.»

Lei accettò il bacio di Tony. «Abbiamo fatto il minimo per renderla vivibile. Gli ultimi ritocchi sono un'altra cosa. Ci vorrà più tempo.»

«Sheena ha lavorato tutto il giorno come una campionessa» disse Rosa, alzandosi in piedi. «Suggerisco che tu e i ragazzi vi occupiate di mettere i piatti in tavola e di pulire.»

Tony fece un finto saluto militare alla madre. «Lo farò. Grazie per aver portato la cena.» Gli brillarono gli occhi. «Sento il profumo della ricetta di famiglia per la piccata di pollo?»

Rosa ridacchiò. «Forse.» Diede un rapido abbraccio a entrambi. «Devo andare. Io e Paul dobbiamo incontrare degli amici per cena.»

Osservandola uscire, Sheena e Tony si scambiarono uno sguardo divertito. Da quando si erano trasferiti in Florida, i suoi genitori si erano dati a un'intensa vita sociale.

«Vado a prendere una birra e poi possiamo parlare» disse Tony, andando verso il frigorifero.

Sheena bevve un altro sorso d'acqua. «Taylor ha portato le rose. L'ufficio lo fa per tutte le persone che si trasferiscono?»

«Sì, è una bella idea. Ci ha pensato Nicole.»

«Non ne ho parlato con nessun altro, ma ho pensato che forse agli acquirenti delle nuove case potremmo omaggiare un pacchetto di regali da parte del ristorante di Gracie, del Gavin e dal Salty Key Inn. Forse anche del Key Hole.»

«Buona idea. Ne parlerò a Taylor.»

«No» dichiarò Sheena. «Parlerò con le mie sorelle e poi con Nicole. Non voglio che Taylor abbia niente a che fare con i nostri affari.»

Tony la studiò. «Non ti piace proprio, vero?»

«Per niente.»

Tony si sedette al tavolo della cucina di fronte a lei. «Ho parlato con Brian del modo in cui si comporta a volte. Lui non vuole sbarazzarsi di lei e nemmeno io, ma prometto di tenere lontano da lei i nostri affari privati e quelli dell'albergo.»

«Grazie» disse Sheena. «Non mi succede spesso, ma a volte mi capita di avere brutte sensazioni sulle persone. E con lei sono davvero brutte.»

Tony le rivolse uno sguardo penetrante. «Ti rispetto, Sheena. In passato avevi ragione su uno dei miei clienti.»

«Chi l'avrebbe mai detto che Hank Walker avrebbe finito per uccidere qualcuno?» Al ricordo di un orribile omicidio nella loro cittadina del Massachusetts, un brivido le percorse le spalle.

«Vuoi che insista con Brian affinché venga licenziata?»

chiese Tony a bassa voce.

«No. Se lui è a suo agio e Regan è a suo agio, non voglio rovinare quella che per voi è una buona situazione. Ma stai attento, Tony. Sta tramando qualcosa.»

Il giorno dopo, Regan aiutò Sheena ad appendere i quadri, a sistemare le piante finte in tutta la casa e ad acquistare la biancheria da letto che piaceva ai ragazzi. Il tema della cameretta di Meaghan era passato dal rosa al viola a un verde tenue con accenti rosa. Michael aveva scelto il blu navy e il bianco, come la squadra di baseball dei Tampa Bay Rays.

Standosene tra gli articoli di biancheria da camera del negozio, Sheena ammirò gli adorabili motivi delle trapunte per neonati e si chiese come sarebbe stato il suo bambino e se il nuovo arrivato sarebbe stato facile come Michael o difficile come Meaghan.

«Pronta a partire?» disse Regan. «Abbiamo un'altra tappa da fare. Volevi dei cuscini decorativi e io ho un'idea carina per la veranda. I mobili dovrebbero essere consegnati entro fine settimana.»

«Ok, e poi facciamo uno spuntino pomeridiano. Voglio sedermi e rilassarmi un attimo.» Sheena esitò. «E devo parlarti di una cosa.»

Regan le rivolse uno sguardo interrogativo. «Va tutto bene?»

«Spero di sì. Te ne parlerò quando potremo parlare in privato.»

«Non vedo l'ora. Andiamo subito a fare quello spuntino» disse Regan.

Ridendo, Sheena seguì Regan fuori dal negozio. Regan aveva un pessimo rapporto con i segreti. Da bambina era stata tremenda a Natale: voleva aprire i regali in anticipo e dire agli altri cosa aveva comprato per loro.

Seduta a un tavolo rotondo fuori da un caffè, Sheena sorseggiò la sua limonata alla fragola e si chiese da dove cominciare. Non voleva sembrare meschina o cattiva.

«Ok, sputa il rospo» disse Regan, spremendo il succo di uno spicchio di lime nella sua bevanda dietetica.

«Ieri sera Tony e io abbiamo parlato... di Taylor Hutchison. Devo dirti di stare attenta a quella donna.»

«Si tratta del fatto che ha una cotta per Tony?»

Sheena scosse la testa. «Dopo averla vista ieri, mi sono chiesta perché la mia reazione nei suoi confronti fosse così negativa, e mi sono ricordata di essermi sentita così solo una volta in passato. È stato con Hank Walker.»

«Oh mio Dio! Il tizio che ha ucciso la sua ragazza?» sussultò Regan. «Non avevi avuto qualche conflitto con lui?»

Sheena raccontò la storia di Hank Walker, cliente di Tony, che aveva avuto degli scontri verbali con lei riguardo al saldo della sua fattura. Le conversazioni erano diventate allarmanti quando lui aveva minacciato di ucciderla. «Non credo che Taylor Hutchison abbia intenzione di uccidere qualcuno, ma ho delle brutte sensazioni su di lei e non voglio che abbia accesso ai nostri affari.»

«Oka-a-ay. Perché dovrebbe?»

«Ho un'idea per promuovere tutte le nostre attività alberghiere al Ventura Village. Invece di ricevere solo rose quando le persone si trasferiscono, riceverebbero anche un pacchetto di offerte scontate da parte nostra. Ma voglio che tutto il nostro materiale passi attraverso Nicole. E nessun altro.»

«Avere il controllo di queste cose ha senso» disse Regan. «Per noi vale molto.»

«Stavo per lasciar perdere» disse Sheena, «ma la notte scorsa ho fatto un sogno su di lei che mi ha sconvolta. Dovevo dirti come mi sento e avvertirti di non fidarti di lei.»

Lo sguardo violetto di Regan rimase su di lei. «Non sei una sciocca, Sheena. Grazie per avermelo detto. Dovremo fare in modo di informare Darcy.»

«Sì, credo che sarebbe saggio. Ma forse dovremmo aspettare fino a dopo il suo matrimonio. Non voglio che niente disturbi il suo momento di felicità.»

«Sono d'accordo» disse Regan, distogliendo lo sguardo.

Sheena si accigliò. Regan stava cercando di nascondere qualcosa?

CAPITOLO 32
DARCY

Darcy si trovava all'interno dell'aeroporto di Tampa cercando invano di calmare i nervi. L'arrivo di suo padre e di Regina segnava l'inizio dei festeggiamenti per il suo matrimonio. Quella sera avrebbe cenato solo con i suoi parenti più stretti e l'indomani i genitori di Austin avrebbero intrattenuto tutti per le prove generali della cena al Don CeSar.

Accanto a lei, Sheena e Regan sembravano nervose quanto lei. Non ne avevano parlato molto, ma sapeva che ognuna di loro aveva delle riserve sul trasferimento del padre in Florida. Dopo un paio di birre, Patrick poteva diventare rumoroso e antipatico. Sheena non voleva che facesse qualcosa che offuscasse la crescente reputazione del Salty Key Inn come un posto piccolo, tranquillo e affascinante. Regan aveva ammesso che la presenza del padre la riportava indietro ai tempi in cui era ritenuta una bella oca. Per quanto riguardava lei stessa, Darcy non voleva che il padre mettesse in imbarazzo lei o la sua famiglia di fronte ai genitori di Austin. Era bastato un lasso di tempo sorprendentemente breve perché il suo vecchio fidanzato Sean cambiasse idea sul fidanzamento, dopo che i suoi genitori avevano deciso che la sua famiglia non era niente di speciale ai loro occhi. Questo le aveva spezzato il cuore e l'orgoglio.

«Sarà strano avere papà e Regina qui in via definitiva» disse Sheena. «Dovremo ricordarci di contattarli. Soprattutto Regina.»

Darcy diede una gomitata a Regan. «Ecco papà!»

I tre si precipitarono in avanti per abbracciarlo.

Pat Sullivan le abbracciò, fece un passo indietro e le guardò ammirato. «Ah, le mie incantevoli figlie. È così bello vedervi.»

«Dov'è Regina?» chiese Darcy.

L'espressione di Pat si fece seria. «Regina e io abbiamo parlato a lungo un paio di settimane fa. Io ho proceduto a comprare una piccola casa a The Villages, a circa due ore dal Salty Key Inn. Lei non vuole una vita con me che gioco a golf. Vuole una vita tranquilla vicino a sua figlia. Ho cercato di spiegarle che a The Villages ci sono molte attività divertenti per lei, ma non credo che nessuno di noi due sia pronto a risposarsi. Io di certo non voglio vivere in California. Non quando le mie tre ragazze sono tutte in Florida.»

«Oh, papà, mi dispiace» disse Sheena. «Stai bene?»

Lui fece un sorriso incerto. «Certo. Niente può impedire a Pat Sullivan di divertirsi un po' nel poco tempo che gli resta.»

«Non sei malato, vero?» chiese Regan.

«No, sto solo invecchiando come tutti gli altri tipi della mia età» disse lui, dandole una pacca sulla spalla. Si rivolse a Darcy con un sorriso. «Ma non troppo vecchio per provare piacere nel portare mia figlia all'altare.»

Darcy provò un inaspettato bruciore di lacrime. Suo padre sembrava più vecchio di quanto non fosse solo pochi mesi prima. Riconoscente per la sua presenza, un'ondata d'amore le riempì il cuore.

«Andiamo» disse Sheena. «Prendiamo i tuoi bagagli e sistemiamoti in albergo. Sei sicuro che non ti dispiacerà restare lì da solo?»

«No, no, andrà bene.» Descrisse il suo bagaglio e consegnò a Darcy i biglietti per il ritiro dei bagagli.

Mentre Darcy e Regan si affrettavano ad allontanarsi, Sheena prese il braccio del padre e lo accompagnò verso l'area di ritiro bagagli. «Quando ti trasferirai in Florida?»

«Non appena venderò la casa a Boston. Non ci vorrà molto. Ci sono già tre persone interessate. Ho comprato la casa in Florida arredata, quindi non mi serve molto per farla mia.»

«Puoi sempre chiedere suggerimenti a Regan» disse Sheena.

«Suggerimenti per cosa?» chiese Regan, avvicinandosi e trascinandosi dietro una valigia con le rotelle.

«Ho comprato la casa in Florida ammobiliata, ma ho bisogno che mi aiuti con tutti gli aggeggi che piacciono a voi donne.»

Regan rise. «Ti aiuterò a renderla carina. Niente di troppo elaborato.»

Darcy li raggiunse tirandosi dietro una grossa valigia. «Solo queste due valigie, vero, papà?»

Lui annuì e sorrise. «Ho preso dei vestiti nuovi da indossare per tutti i festeggiamenti. Ho pensato che avrei avuto bisogno di abiti migliori per la mia nuova vita qui.»

Darcy scambiò un sorriso segreto con le sorelle. Se era come il suo solito stile stravagante, chissà mai cos'aveva scelto.

All'hotel, Darcy lavorò con le sorelle per disfare le valigie e sistemare il padre nella sua stanza. Nascose un sorriso vedendo le camicie in stile hawaiano che suo padre aveva comprato. Tuttavia, sapeva che in qualche modo gli sarebbero state bene. La sua figura alta e massiccia e il suo modo di fare estroverso attiravano facilmente l'attenzione della gente. Lo studiò mentre se ne stava nel patio fuori dalla sua stanza, a sorseggiare una lattina di birra.

Aveva le spalle leggermente curve, i capelli grigi erano folti come lo erano sempre stati. Ma la sua postura era quella del pompiere tenace che era stato per la maggior parte della sua vita, con i piedi ben piantati a terra. A volte era difficile, chiassoso e troppo testardo per ascoltare gli altri, ma sapeva anche essere dolce e gentile.

Darcy si chiese se dovesse ricordargli quanto fosse importante essere affabile con i genitori di Austin e si disse di lasciar perdere. Non avrebbe giocato al vecchio gioco di cercare di far rispettare agli altri lei o la sua famiglia. Erano persone buone e gentili.

Sheena le si avvicinò. «Che ne pensi? Papà non sembra triste all'idea di perdere Regina.»

«Penso che si divertirà molto. Non mi è mai piaciuta l'idea che la sposasse.»

«Le signore lo adoreranno lì. È bello e indipendente.»

«Sì, ma è difficile e irascibile» sbottò Darcy.

Sheena rise. «È anche questo.»

Pat entrò in casa. «Credo che andrò a pranzo da Gracie. Posso addebitarlo alla camera, vero?»

«Sì, e ora puoi addebitare alla tua camera anche i pasti che farai al Key Hole» rispose Sheena.

«Ma papà» disse Regan. «Non pagherai la stanza. Insistiamo che tu sia nostro ospite.»

«Ho pensato che fosse un gesto carino» brontolò lui. «Per voi e per quel mio fratello. Per dimostrarvi che rispetto quello che ha fatto per voi.»

Darcy, Sheena e Regan lo abbracciarono a turno.

«Che pensiero gentile!» disse Regan.

«Sono felice che tu capisca» disse Sheena. «È importante per me.»

«E anche per me» disse Darcy. «Se lo zio Gavin non avesse fatto tutto questo per noi, tante cose non sarebbero mai accadute. Cose belle. Come il mio matrimonio con Austin.»

«Parli come una vera sposa» disse Pat, facendole un sorriso. «Be', la famiglia è la famiglia. Alcune cose sono belle.

Altre non molto. Voi tre ragazze siete le migliori.»

Darcy notò che non era l'unica a sorridere con gratitudine.

Darcy guardò la sua famiglia riunita nella nuova casa di Tony e Sheena per una cena a base di pesce. La casa, con gli evidenti ritocchi di Regan, era stata arredata in fretta ma con gusto. Darcy era contenta perché, prima che vincessero la sfida dello zio Gavin, c'erano stati dei dubbi su quando, dove e come Sheena avrebbe finalmente avuto la casa che aveva sempre desiderato.

Fuori, gli uomini del gruppo stavano bevendo della birra mentre osservavano Tony e suo padre, Paul, che grigliavano delle bistecche. Meaghan e Michael facevano a gara a chi nuotava più veloce in piscina.

All'interno, le donne si erano riunite in cucina a sorseggiare vino aiutandosi a vicenda nella preparazione del buffet. In quanto ospite d'onore, a Darcy non era stato chiesto di portare nulla, ma lei e Austin avevano acquistato due bottiglie di costoso vino rosso per accompagnare il pasto.

«Sei emozionata?» le chiese Rosa, la madre di Tony.

«Più che altro sono nervosa. Il ricevimento si terrà al Gavin, ma ci sono molti dettagli da curare prima di allora.»

Rosa sorrise. «Andrà tutto bene. E, Darcy, sarai una sposa bellissima.»

«Grazie» disse Darcy, augurandosi che i genitori di Austin fossero calorosi e meravigliosi come i suoceri di Sheena. Poi si sentì in colpa per aver pensato una cosa del genere. Non era colpa di nessuno se non aveva avuto il tempo di stringere amicizia con loro. E la loro offerta di affidare a Austin e a lei la loro attività nel settore dei viaggi era molto generosa.

«Un penny per i tuoi pensieri» disse Regan, avvicinandosi

e cingendola con un braccio.

«Stavo solo pensando alla famiglia» disse Darcy. Lei e Austin non avrebbero parlato dell'offerta dei suoi genitori con nessuno finché non avessero preso una decisione.

«Papà sembra davvero felice» disse Regan. «Penso che abbia fatto bene a non sposare Regina. Lei era abbastanza carina, ma non avevano molto in comune. L'ho sentito parlare con Paul. Andranno a giocare a golf insieme.»

«Bene» disse Darcy, sorridendo mentre Austin le si avvicinava.

Lui le diede un rapido bacio. «Allora, futura sposa, hai ancora intenzione di convolare a nozze?» scherzò. «Il tempo per fuggire sta per scadere.»

«Non c'è alcuna possibilità che me lo perda» disse lei, con il cuore gonfio d'amore.

«Ragazzi, è ora di mangiare» chiamò Sheena, e la festa continuò.

La serata finì presto.

Mentre usciva dal complesso del Ventura Village con Austin, Darcy notò la Cadillac decappottabile blu di Taylor Hutchison ferma nel vialetto della casa campione. «Immagino che Taylor lavori fino a tardi. Speriamo che stia scrivendo un contratto. Vorrei che Tony e Brian avessero molto successo con questo progetto.»

«Anch'io» disse Austin. «Sono bravi ragazzi. Mi piace molto la tua famiglia, Darcy.»

«È un bene, perché ora è anche la tua famiglia.»

«Tutti quanti?» scherzò Austin.

Risero entrambi. Come aveva detto Pat, le famiglie erano famiglie e Austin stava per averle tutte, nel bene e nel male.

Mentre Brian e Regan seguivano Rosa e Paul fuori dal complesso del Ventura Village, Regan notò l'auto di Taylor nel vialetto della casa campione.

«Cosa ci fa Taylor qui a quest'ora?»

«Probabilmente sta scrivendo qualcosa per Bett» disse Brian. «Non mi preoccuperei. Andiamo a casa» disse sorridendole. «Con tutti quei i discorsi sulla luna di miele di Austin e Darcy, sono pronto a fare pratica al cottage.»

Regan rise e scosse la testa. Era contenta che a Brian piacesse così tanto fare l'amore con lei.

Brian allungò il braccio le prese la mano. «Sei ancora disposta a fare un matrimonio lampo? Ho un'idea su una cosa, ma devo sapere se sei seriamente intenzionata a farlo.»

«Lo sono, ma cos'è questa idea?»

«Non posso dirlo. Non ancora. Ti farò sapere quando sarà il momento.»

Regan si accigliò. «Non puoi dirmelo prima?»

«Non lo so» disse Brian. «È tutto quello che ho intenzione di dire al riguardo, per ora.»

Regan adorava le sorprese, e le odiava allo stesso tempo. A volte erano meravigliose, altre volte non tanto. Fece per metterlo in guardia in proposito, ma decise di lasciar perdere. Dovevano superare il matrimonio di Darcy prima che potesse accadere qualcosa. Gliene avrebbe parlato allora.

###

Dopo aver fatto l'amore con Brian, che ora dormiva pacificamente, Regan si infilò una maglietta extralarge, si avvolse intorno una coperta soffice e si diresse silenziosamente in punta di piedi verso il patio affacciato sull'acqua.

Sistemandosi su una sedia, Regan guardò la luna e ammirò le stelle scintillanti nel cielo color ebano. Un senso di pace si insinuò in lei. Era rimasta sorpresa dalla rottura di suo padre con Regina. Si chiese se avesse amato sua madre più di quanto aveva pensato. L'idea le piaceva.

I suoi pensieri volarono a Darcy. Le era sembrata così bella quella sera, con le guance arrossate dall'anticipazione del grande giorno. Regan era felice per sua sorella, ma si rese conto che a lei stessa non interessava un matrimonio in grande stile. L'incidente in moto aveva cambiato molte cose. C'erano stati giorni in cui aveva temuto per la guarigione di Brian. Adesso contavano la sua salute e la sua felicità. L'indomani avrebbe detto a Brian che poteva organizzare qualsiasi cosa avesse in mente. Dopo aver fatto l'amore quella sera, voleva solo essere sua moglie, senza complicazioni e senza clamore.

La luce della luna illuminava la cresta delle onde che si infrangevano sulla riva e si allontanavano di nuovo, scintillando come oro davanti a lei, ricordandole le vere ricchezze che possedeva. Mai prima di allora si era sentita così appagata come persona, così riconosciuta per quello che era veramente: non la "bellezza", come l'avevano sempre chiamata, ma la persona sentimentale che aveva imparato cos'era il vero amore.

Tornò in casa e si infilò nel letto accanto a Brian. Avvolgendogli le braccia intorno, si mise a cucchiaio accanto a lui, spostando il suo corpo in modo che corrispondesse alle sue curve. Contenta di lasciare che il futuro prendesse semplicemente il suo corso, chiuse gli occhi.

Il giorno dopo, Regan non ebbe tempo per preoccuparsi del futuro. Si recò da Sheena di prima mattina per supervisionare la consegna dei mobili da giardino che aveva aiutato a scegliere. Poi, appesero i campanelli a vento e un lampadario da esterno con candele a batteria.

«Peccato che tutto questo non sia stato consegnato ieri» disse Sheena.

«Sarà perfetto per la colazione del giorno dopo che stai preparando prima che Austin e Darcy partano per la luna di miele.»

«È difficile credere che starà via per tre settimane intere. Sembrerà così... così... tranquillo mentre è via.»

Regan rise. «Darcy è un vero fascio di energia. Ma sono felice che abbia questa opportunità. Ha sempre voluto viaggiare.»

«Sì, anch'io sono felice. Ma mi mancherà.»

Fecero un passo indietro per ammirare l'arredamento e le decorazioni.

Mi sembra che vada bene» disse Regan. «Ci vediamo più tardi. Stanno appendendo le tende nelle stanze al piano superiore dell'Edificio Airone. Devo assicurarmi che lo facciano come si deve.»

«E i copriletti?» chiese Sheena. «Sono arrivati?»

«Non ancora. Si potrebbe pensare che sia una cosa facile, ma non lo è. Soprattutto con ordinativi personalizzati.»

«Ok, ci vediamo dopo. Ci incontriamo al Don per la cena di prova alle sei. Giusto?»

«È quello che dicevano gli inviti. Ci vediamo dopo allora.»

Regan si affrettò a uscire dall'appartamento di Sheena. Ma quando passò davanti alla casa campione, notò la decappottabile blu di Taylor e un'altra auto a fianco. Controllò l'orologio. Mancavano venti minuti alle dieci. Non c'era da stupirsi che Brian e Tony avessero deciso di tenere Taylor. Era una gran lavoratrice. L'ufficio non apriva ufficialmente prima delle dieci.

All'hotel, Regan trovò il tempo di andare da Gracie per una tazza di caffè caldo.

Maggie la salutò all'ingresso. «Ti sei appena persa Darcy. È così eccitata per il matrimonio e io non vedo l'ora di vederla vestita da sposa. Dovrebbe essere una cerimonia deliziosa. Bebe è già al lavoro per creare un nuovo design per la sua torta.»

«Sì, sarà un matrimonio divertente. Sono felice che tutti voi partecipiate.»

«Sei qui per questo?» chiese Sally, avvicinandosi a loro con un sorriso e una tazza di caffè fumante.

Regan sorrise. «Grazie. Devo scappare. Oggi montano le tende.»

Sally le mise una mano sul braccio per fermarla. «Prima che tu te ne vada, voglio ringraziare te e le tue sorelle. Il patio della piscina privata sta diventando bellissimo. Ci piace un sacco!»

«Ne sono felice. Speriamo che sia finito presto» rispose Regan. «Quando sarà pronto, dovremo fare una festa di inaugurazione!»

Maggie, che aveva sentito tutto, le fece il segno del pollice in su. «Ogni scusa è buona per divertirsi.»

Regan lasciò il ristorante soddisfatta della conversazione. Quando Sheena, Darcy e lei erano arrivate per la prima volta all'hotel, più di un anno prima, i vecchi amici di Gavin erano stati molto insicuri nei loro confronti non conoscendo le loro intenzioni. Ora era chiaro che Regan e le sue sorelle volevano fare ciò che lo zio desiderava.

Portando con sé il caffè, Regan si diresse verso l'Edificio Airone e salì al secondo piano. Sebbene i colori dei copriletti e dei cuscini ordinati fossero diversi da quelli delle camere del primo piano, le tende sarebbero state tutte dello stesso beige neutro intonato con la moquette, consentendo di cambiare in futuro le combinazioni di colore.

Lavorando con Mo, Regan aveva imparato a essere presente al montaggio: un osservatore silenzioso che pretendeva un buon lavoro.

Era quasi l'ora di chiusura del ristorante di Gracie quando Regan riuscì a pranzare. Dopo un mezzo panino e un bicchiere di tè freddo, tornò all'Edificio Airone per supervisionare l'ultimo montaggio delle tende.

Dopo che gli operai ebbero ripulito e se ne furono andati, Regan lasciò un biglietto a Bernice, la cugina di Mo, chiedendole che il suo staff passasse l'aspirapolvere nelle stanze. Poi andò a vedere come stava suo padre prima di andare a casa a cambiarsi per la cena di prova.

Regan bussò alla sua porta.

«Un attimo!» disse la voce di Patrick.

Un paio di minuti dopo, Pat si affacciò alla porta, con i capelli scompigliati e gli occhi che mostravano ancora i segni del sonno.

«Come stai, papà?» chiese Regan, scioccata dal suo aspetto. Sembrava vecchio, stanco e infelice.

«Bene. Sono solo un po' stanco, tutto qui. Entra pure.»

Regan entrò nella stanza e vide le lenzuola spiegazzate. «Hai fatto un pisolino?»

«Sì, più lungo di quanto volessi. A che ora vieni a prendermi per la festa di stasera?»

«Tra circa un'ora. Sarai pronto?»

«Certo. Grazie per essere passata, Regan.»

«Se hai bisogno di me per qualsiasi cosa, sono qui» rispose lei, cercando di nascondere la sua preoccupazione. Sembrava depresso e si comportava di conseguenza.

«Grazie, significa molto. Immagino che sia difficile pensare di essere da solo.» Le fece l'occhiolino. «Ma ce la farò.»

Lei lo abbracciò. «Certo che sì. A presto.»

Mentre tornava al cottage, Regan si chiese se fosse una buona idea che suo padre si allontanasse dalle figlie. Il residence non era distante, ma non era nemmeno vicino come avrebbe potuto essere.

Al cottage, Regan si fece una doccia. Godendosi la sensazione dell'acqua calda sulla pelle, chiuse gli occhi.

«Speravo di trovarti qui» disse Brian, facendola trasalire.

Lei sobbalzò e si girò verso di lui.

Brian rise e la baciò. «Mi piace sempre fare la doccia con te.» Era tardi quando finalmente uscirono dal bagno.

Regan si asciugò in fretta i capelli e si vestì.

Brian si stava annodando la cravatta quando Regan uscì dal bagno dopo essersi truccata.

«Sei bellissima, tesoro» le disse, chinandosi a darle un bacio sulla guancia.

«Anche tu sei piuttosto bello» rispose lei, notando il sano bagliore di soddisfazione sul suo volto. Stava diventando ogni giorno più forte, sempre più simile a com'era prima dell'incidente ora che svolgeva ulteriori lavori fisici in cantiere.

Quando si fermarono nel parcheggio vicino alla stanza con giardino in cui Patrick alloggiava all'hotel, Regan vide suo padre nel patio. Con una camicia color lavanda brillante sotto un blazer blu, suo padre sembrava la pubblicità di una vecchia versione di GQ Men. I pantaloni grigi sembravano nuovi di zecca. Le scarpe erano lucide. Con il suo corpo robusto e i folti capelli grigi, sembrava... be'... bello e molto soddisfatto di sé.

Li vide e si avvicinò alla Jeep. «Come sto? Pronto per una serata di classe?»

Regan sorrise. «Sei molto bello. Tutte le cameriere vorranno servirti.»

«Bene» disse lui, accomodandosi sul sedile posteriore dell'auto. «Stiamo andando al grande, lussuoso, hotel rosa. Giusto?»

«Sì, ai genitori di Austin piace quel posto. Dovrebbe essere una serata molto piacevole.»

«Speriamo che non siano soffocanti. Non sopporto le persone soffocanti» disse Patrick, e Regan si rese conto che aveva già bevuto un paio di birre.

CAPITOLO 34
DARCY

Darcy attese che la sua famiglia si presentasse a cena. Lei e Austin avevano incontrato i genitori e il nonno di lui all'hotel in anticipo, per condividere alcuni momenti di tranquillità, e ora era ansiosa di vedere le sue sorelle. Da una speciale area privata che era stata bloccata per loro in uno dei ristoranti, controllò ancora una volta l'ingresso.

Sedendosi accanto a lei, Austin le mise un braccio intorno alle spalle. «Non preoccuparti» mormorò. «Arriveranno presto.»

Apparvero Sheena e Tony e seguirono la hostess al tavolo.

Il padre e il nonno di Austin si alzarono per salutare Sheena e stringere la mano a Tony.

«Mi dispiace che siamo un po' in ritardo» spiegò Sheena alla madre di Austin mentre prendeva posto di fronte a lei. «La vita con gli adolescenti non è sempre prevedibile.»

Belinda sorrise. «E ora stai per avere un bambino. Sono così contenta per te.»

Sheena arrossì leggermente. «È stata un po' una sorpresa, ma ne siamo felici.»

Darcy si rilassò. Sheena e Tony erano sempre di buona compagnia. Alzò lo sguardo quando Regan, Brian e suo padre entrarono nella stanza. Notando lo stress di Regan e il sorriso con le guance rosse sul volto del padre, Darcy si irrigidì. *Oh, Dio! Mio padre ha già bevuto un paio di birre? Se è così, anche se non è ubriaco, farà un gran chiasso e chiacchiere a vuoto.*

Mentre gli uomini si scambiavano i saluti, Regan si mise a sedere accanto a Darcy. «Mi dispiace, non avrei dovuto lasciare papà da solo. Temo che abbia già bevuto un paio di birre.»

«Non è colpa tua» disse Darcy, con una gran voglia di piangere. Non c'era dubbio che non sarebbe stato possibile fare buona impressione sui genitori di Austin.

Dopo aver fatto accomodare tutti al tavolo, un cameriere venne a prendere le ordinazioni delle bevande. Darcy rabbrividì quando suo padre annunciò: «Una birra per me, e niente roba di lusso importata. Solo una buona birra americana di quelle di una volta, trainata dai cavalli, se capite cosa intendo.» Guardò Darcy e fece l'occhiolino.

Darcy tenne a freno la lingua, ma avrebbe voluto scagliarsi contro di lui, insistere perché ordinasse del caffè bollente e senza zucchero.

Le bevande arrivarono prontamente e furono servite in silenzio.

Il padre di Austin, Charles, si alzò e sollevò il bicchiere per brindare. «Siamo lieti di avervi tutti qui per celebrare l'imminente matrimonio di Darcy e Austin. È meraviglioso quando due giovani innamorati scelgono di vivere la loro vita insieme. Spero che voi, Darcy e Austin, siate felici come lo siamo stati io e Belinda. Alla salute di entrambi!»

«Udite! Udite!» disse Tony, e un coro lo seguì.

«Austin è davvero fortunato ad averla, maledizione» disse Patrick. I suoi occhi si riempirono di lacrime. «Le mie figlie sono tutte donne favolose.» Fece segno al cameriere. «Che ne dici di un'altra birra?»

Darcy si irrigidì per la mortificazione.

«Ok, allora, qualcun altro vuole un altro giro di drink prima della cena e del vino?» chiese Charles.

Nessun altro accettò l'offerta.

«Accidenti! Mi dispiace. Immagino che non avrei dovuto ordinare per me, eh?» disse Patrick. «Oh, che diavolo. Questa è una grande festa.»

Non appena ebbero ordinato da mangiare, Darcy sgattaiolò nel bagno delle donne. In piedi davanti al lavandino, si tamponò gli occhi, cercando di non far traboccare le lacrime e di non rovinare il trucco.

Sentì il rumore di qualcuno che entrava nella stanza e nello specchio vide Belinda che si dirigeva verso di lei. Irrigidendosi, Darcy si girò.

«Ehi, tesoro, volevo solo sincerarmi che stessi bene» disse Belinda, facendole un sorriso comprensivo.

Darcy annuì cupamente. «È mio padre...»

Belinda le mise un braccio intorno. «Oh, tesoro, non è un problema. Non preoccuparti per lui. E se rilevi l'attività di viaggi, avrai a che fare con molte persone che hanno bevuto troppo. Patrick è affascinante. Inoltre, non ti giudicheremo per questo. Ti vogliamo bene, Darcy. Ti vogliamo bene davvero.»

Questa volta Darcy non riuscì a trattenere le lacrime. Quando le braccia di Belinda la circondarono, Darcy ci si rannicchiò. Sapeva che avrebbe ricordato quel tenero momento per tutta la vita.

Belinda fece un passo indietro. «Ok, ora ricomponiti e festeggiamo.»

Darcy fece un sorriso che le veniva dal cuore. «Ok, andiamo!»

Le sorelle la guardarono incuriosite quando tornò al tavolo insieme a Belinda, ma lei le rassicurò con un sorriso.

Charles si alzò leggermente dalla sedia. «Ah, il ritorno delle belle signore.»

«Appena in tempo» disse Patrick. «È arrivata la pappa.»

Austin accarezzò il ginocchio di Darcy. «Tutto bene?»

mormorò.

«Bene, grazie. Io e tua madre abbiamo sistemato tutto.»

Gli occhi di Austin si illuminarono di gioia.

Patrick si acquietò dopo aver mangiato un sacco di buon cibo e aver preso un caffè, e il resto della serata trascorse in piacevoli conversazioni. Quando Darcy capì di non doversi preoccupare per suo padre, si godette la festa e si guardò intorno osservando la sua famiglia. Superati i primi sintomi della gravidanza, Sheena aveva sviluppato una luminosità che la rendeva ancora più attraente. Tony e Brian erano diventati come fratelli, si prendevano in giro l'un l'altro, ma ovviamente si volevano bene.

Brian catturò il suo sguardo e le fece l'occhiolino. Darcy gli sorrise a sua volta.

Accanto a lei, Regan rise del loro scambio.

Darcy si chiese se Regan avesse capito quanto Brian fosse perfetto per lei.

Alla fine della cena, Darcy ringraziò Charles e Belinda per la splendida serata e salutò Austin con un bacio.

«So che sembra sciocco, ma penso che l'idea di Sheena di farmi passare la notte prima del matrimonio con lei sia dolce. Così avremo il tempo di stare insieme, di farci i capelli e le unghie e di essere pronte per la cerimonia.»

«Mi mancherai» le sussurrò Austin all'orecchio, trasmettendole un brivido di desiderio.

CAPITOLO 35
SHEENA

In macchina, mentre tornavano a casa, Sheena passò il tempo a guardare fuori dal finestrino pensando a suo padre. La serata era stata un'altalena di emozioni con lui. A volte era irritante con la sua sbruffoneria, ma poi diceva cose bellissime. Sapeva quanto fosse importante per Darcy essere accettata dalla famiglia di Austin e sperava di avere la possibilità di parlare privatamente con Patrick del suo alcolismo prima del matrimonio.

«Immagino che non ti rendessi conto che avresti usato la stanza degli ospiti così in fretta» le disse Darcy dal sedile posteriore.

Sheena si girò e le sorrise. «Sei solo fortunata che il letto sia stato consegnato questo pomeriggio e che io e Meaghan abbiamo avuto la possibilità di prepararlo.»

«È molto carino da parte tua ospitarmi per la notte. È una buona idea, in un certo senso aumenta l'eccitazione prima della cerimonia vera e propria, anche se ho già a che fare con molta più suspense di quanto tu sappia.»

«Bene, allora sei brava a non lasciarlo trapelare» disse Sheena. «I genitori di Austin sembrano molto piacevoli. Sono contenta che tu e Belinda andiate d'accordo.»

«Starci insieme è molto più facile di quanto pensassi all'inizio. Quando tornerò dalla luna di miele, c'è qualcosa di cui voglio discutere con te e Regan.»

«C'è qualcosa di cui dovremmo parlare prima che tu parta?» chiese Sheena.

Darcy scosse la testa. «No. Prima devo andare in luna di miele.»

«Da quello che ha detto Austin, sembra che vi aspetti un bel viaggio» disse Tony.

«Sì» confermò Darcy. «È di questo che potrei aver bisogno di parlarvi.»

La conversazione si interruppe quando Tony imboccò il vialetto di casa loro, anche se a Sheena rimase il dubbio su cosa stesse succedendo esattamente a sua sorella.

Nella camera da letto principale al piano di sotto, Sheena si accoccolò a letto con Tony. Si era persa molte delle attività tradizionali del matrimonio ed era contenta che Darcy avesse accettato di passare la notte da lei. Sua madre si era assicurata che Sheena facesse la stessa cosa prima del suo semplice matrimonio con Tony: una breve cerimonia celebrata da un prete nel suo ufficio per fare un favore a sua madre.

«A cosa stai pensando?» chiese Tony.

«Al nostro matrimonio. Fu così semplice.»

Tony si sollevò su un gomito e la studiò. «Alcune coppie si sposano per la seconda volta. È questo che vuoi, Sheena?»

«No, una volta è stata sufficiente. Non abbiamo bisogno di ripetere le nostre promesse. Ma voglio che sia un momento memorabile per Darcy e Regan. Per questo motivo offrirò a tutte le donne i preparativi prima della cerimonia. Anche a Meaghan.»

Lui sorrise. «Ti hanno mai detto che sei una bella persona, Sheena?» Le accarezzò la pancia. «E sei una mamma fantastica.»

Lei gli mise una mano sulla guancia e lo fissò nei suoi espressivi occhi castani. «Ti amo, Tony.»

Le sue labbra incontrarono le sue. Quando il loro bacio si

intensificò, Sheena capì esattamente perché se ne era innamorata.

Sheena si svegliò sentendo Tony sotto la doccia e si girò. Quel sabato mattina non aveva bisogno di alzare i bambini e portarli a scuola.

Tony entrò in camera loro in mutande e si fermò accanto al letto. «Ehi, bellezza. È ora di alzarsi. Oggi tua sorella si sposa, io devo andare al lavoro e tu mi hai chiesto di assicurarmi che fossi sveglia.»

Sheena gli lanciò un'occhiataccia e si alzò in piedi. Aveva organizzato in segreto una colazione pre-matrimoniale per Darcy, Regan e Meaghan e doveva mettersi al lavoro. Fin da bambina Darcy adorava i muffin ai mirtilli.

Più tardi, Regan arrivò mentre lei stava togliendo i muffin dal forno. Le diede un bacio e chiese: «Dov'è la sposa?»

«Fuori a fare una passeggiata. Ha detto che è troppo nervosa per stare ferma» rispose Sheena.

«Sono felice che sia così entusiasta di tutto. Lo rende divertente» disse Regan.

Sheena la guardò. «E tu? Quando lo faremo per te e Brian?»

Regan scosse la testa. «Chi lo sa? Non voglio niente di sofisticato.» Si sedette su una sedia al tavolo della cucina. «Ma mi dà fastidio convivere con Brian. Sai come la pensava su queste cose la mamma. Lo faceva sembrare un peccato orribile...» La voce di Regan si spense.

Sheena agitò la mano per tranquillizzarla. «Non preoccuparti. Tu e Brian siete fidanzati, il che rende chiaro a tutti il vostro impegno reciproco.»

Darcy entrò nella stanza con indosso dei pantaloncini, una maglietta e scarpe da ginnastica. Le salutò con un sorriso. «È una bellissima giornata! Penso che mi sposerò.»

Regan e Sheena si misero a ridere.

«È troppo tardi per tirarsi indietro» disse Regan.

«Anche per te» disse Darcy.

Sheena le rivolse uno sguardo tagliente.

«Insomma, fate entrambe parte del mio matrimonio. Non potete tirarvi indietro adesso.»

Sheena sorrise. «Non me lo perderei per nulla al mondo. Svegliamo Meaghan e iniziamo la giornata con una colazione speciale. Ho anche il necessario per il mimosa, anche se io e Meaghan dobbiamo prenderlo analcolico.»

«Vado a chiamarla io» disse Regan e uscì dalla stanza.

Darcy le rivolse uno sguardo preoccupato. «Sheena, spero che alla fine della giornata non sarai arrabbiata con me.»

«Cosa? Perché dovrei essere arrabbiata con te? Che succede?»

Darcy alzò le spalle. «Credo di essere solo preoccupata che non sia tutto perfetto.»

Sheena le mise un braccio intorno. «Non lasciamo che niente rovini il giorno del tuo matrimonio, ok?»

«Ok. Grazie.»

Sheena non aveva più tempo per pensare alle preoccupazioni di Darcy. Quando arrivò Meaghan, la loro giornata iniziò sul serio. Eccitatissima per ogni piccola cosa, Meaghan gioì per la manicure che ognuna di loro si fece fare e rimase estasiata dal lavoro che la parrucchiera fece con tutte loro. Osservandola, Sheena si immaginò il giorno in cui Meaghan sarebbe stata la sposa e non una damigella. E quando vide i capelli ramati di Meaghan acconciati in riccioli sulla nuca e osservò i suoi occhi nocciola, i lineamenti dei Sullivan e la carnagione più scura del padre, Sheena capì che quel momento sarebbe arrivato fin troppo presto.

Sheena aiutò Darcy a mettere in valigia il suo vestito e i suoi effetti personali per trasferirsi nella stanza privata al piano superiore del Gavin, dove le donne avrebbero indossato gli abiti per la cerimonia. Regan era andata a casa a prendere il suo vestito e le avrebbe raggiunte lì. Sheena e Meaghan sarebbero arrivate più tardi, dopo essersi assicurate che Tony, Michael e suo padre fossero pronti. Tony aveva accettato di incontrare Patrick per pranzo.

Andando in hotel con Darcy, Sheena non poté fare a meno di pensare a tutto quello che era successo in poco più di un anno. Il matrimonio di Darcy con Austin era una delle cose migliori. E, col tempo, Regan avrebbe sposato Brian, allargando la loro famiglia.

Sheena parcheggiò l'auto vicino al Gavin e, seguendo Darcy all'interno, si fermò a parlare con Nicole. «È tutto pronto per il ricevimento?» le chiese Sheena.

Gli occhi di Nicole brillarono. «Oh, sì. Ce ne siamo assicurati io e Casey.»

Al piano superiore, Sheena entrò nella sezione della sala da ballo che era stata allestita per il ricevimento del matrimonio di Darcy. Trasalì per la piacevole sorpresa. Tutti e quattro i tavoli da otto erano rivestiti di tovaglie bianche. Tovaglioli grigi, quasi argentati, fiancheggiavano i posti tavola, facendo da contraltare ai bicchieri di cristallo e all'argenteria scintillante. Al centro di ogni tavolo rotondo si trovava un vaso grigio che conteneva gigli orientali bianchi bordati di rosa pallido. L'effetto era stupefacente, per niente banale, come Sheena aveva temuto un tempo.

«È favoloso» disse Darcy, raggiungendola. «Sapevo che con l'aiuto di Regan lo sarebbe stato.»

«Sì, è bellissimo. Rilassiamoci. Abbiamo meno di un'ora prima che tu vada in spiaggia per il tuo matrimonio.»

«Spero che il vento si plachi» disse Darcy, lanciandole un'occhiata preoccupata. «Doveva essere calmo per tutto il giorno.»

«Andrà tutto bene» disse Sheena, sperando di aver ragione. Dal punto di vista meteorologico, quel periodo dell'anno era complicato.

Sheena attendeva l'arrivo di Darcy a piedi nudi sulla sabbia, accanto a Regan e Meaghan. Austin se ne stava in disparte, con un'aria eccitata e allo stesso tempo nervosa.

«Quando arriva?» sussurrò Meaghan a voce abbastanza alta che gli altri riuscirono a sentirla, provocando qualche risata.

Sheena lanciò un'occhiata alla folla riunita, provando un'ondata di amore per le persone lì riunite. Accanto a lei, Regan e Meaghan sembravano angeli nei loro abiti bianchi. Tony, Michael e Brian erano uno accanto all'altro, vestiti allo stesso modo con pantaloni grigi e camicie bianche a collo aperto. Paul e Rosa stavano dietro di loro. I vecchi amici di Gavin, vestiti con abiti di diversi colori, formavano un gruppo a parte. Holly e Blackie, che si scambiavano sorrisi e baci da sposini, erano dietro a Brian. I genitori di Austin e suo nonno erano accanto ad Austin. Belinda era bellissima nel suo abito bianco, mentre Charles e Bill indossavano i pantaloni grigi e la camicia bianca richiesti per abbinarsi al vestito di Austin. Dietro di loro si era riunito un gruppo di sei amici della famiglia Blakely.

Un prete, che indossava un colletto clericale su una camicia nera a maniche corte e pantaloni neri, aspettava la sposa accanto a un piccolo altare portatile che era stato ancorato nella sabbia. Sheena sorrise vedendolo, e si rese conto che quell'uomo, amico della famiglia di Austin, non era nuovo ai matrimoni sulla spiaggia.

Il tempo aveva collaborato facendo calmare il vento e

schiarendo il cielo per terminare con un delizioso tramonto. Strisce di arancione, rosso e viola tingevano l'orizzonte, aggiungendo la loro benedizione all'occasione.

Nicole e Casey, impegnati nei preparativi al Gavin, si affrettarono a raggiungere il gruppo riunito.

Poi, arrivò il momento dell'arrivo di Darcy e di suo padre.

Sentendosi più madre che sorella, Sheena trattenne il respiro.

Alla vista di suo padre, in pantaloni grigi e camicia bianca stirata, che conduceva Darcy verso di loro, Sheena ebbe un sussulto. Era così bello che suo padre facesse parte della cerimonia. Le ricordava sua madre e lo zio Gavin.

A braccetto al suo fianco, Darcy sembrava fluttuare verso di loro con il suo semplice abito bianco senza spalline, con un top di perline e una gonna fatta di strati di organza che si sollevavano e si gonfiavano intorno a lei nella morbida brezza. Una sottile fascia di seta grigia le cingeva la vita. Tra le mani aveva un bouquet di gigli bianchi bordati di rosa pallido. In cima ai riccioli rossi, un piccolo giglio era l'unica decorazione.

Sheena vide gli occhi di Austin riempirsi di lacrime alla vista di Darcy e sorrise. Erano una bella coppia.

Gli occhi di Darcy brillavano d'amore mentre si avvicinava ad Austin.

Mentre si guardavano, Patrick diede a Darcy un bacio sulla guancia e fece un passo indietro per raggiungere Tony e gli altri uomini.

«Cari familiari e amici, siamo qui riuniti oggi per celebrare il matrimonio di Darcy Elizabeth Sullivan e Austin William Blakely...» esordì il prete.

Durante la cerimonia, i pensieri di Sheena vagarono fino a quando Darcy iniziò a parlare con voce tremante guardando Austin in viso.

«Ho cercato il modo migliore per esprimere a parole il mio

amore per te. Ho passeggiato a piedi nudi nella tiepida acqua della spiaggia e ho pensato che sì, l'amore è costante come le onde che si infrangono sulla riva e tornano indietro. Ho guardato il cielo e ho pensato che sì, l'amore è luminoso come il sole che aiuta le cose a crescere. Ho setacciato la sabbia con le dita e ho pensato: sì, l'amore è infinito come i granelli di sabbia sotto i miei piedi. E quando pensavo al vero amore, il tuo volto era tutto ciò che potevo vedere. Il mio amore per te è costante, luminoso e bello, illimitato come la magia che ci circonda, la magia che mi fai sentire quando sono con te. Mi hai dato il coraggio di essere una persona migliore, degna di te. Prometto di esserci per te, di sostenerti in qualsiasi cosa decideremo di fare della nostra vita e di dimostrarti in ogni modo che so come renderti felice e pieno d'amore come tu hai fatto con me. Te lo prometto per sempre.»

Quando Darcy finì di parlare, Sheena non fu l'unica a tamponarsi gli occhi con un fazzoletto.

Austin asciugò le lacrime dalle guance di Darcy con i pollici e cominciò a parlare. Le sue parole, così simili nel significato, furono altrettanto dolci e sentite, e fecero piangere entrambi i suoi genitori.

Patrick, naturalmente, aveva pianto fin dall'inizio della funzione.

Quando furono pronunciate le parole «Ora puoi baciare la sposa» tutti emisero un enorme sospiro di soddisfazione. Sheena decise che era stato uno dei matrimoni più dolci di sempre.

«Ben fatto! Ben fatto!» disse Patrick. «Ora, andiamo a festeggiare!»

Darcy e Austin condussero il gruppo alla sala del primo piano del Gavin. Mentre gli invitati entravano, ebbero la possibilità di baciare la sposa e congratularsi con lo sposo.

A un'estremità della sala era stato allestito un open bar, al centro c'erano dei tavoli da pranzo e all'altra estremità della sala era stata allestita una piccola pista da ballo. Una musica dolce e romantica proveniva da altoparlanti controllati da un DJ.

Mentre gli ospiti sorseggiavano un drink prima della cena, Sheena si mescolò alla folla, facendo conoscenza con gli amici dei Blakely e parlando con quelli di Gavin. Fu sorpresa come tutti gli altri quando apparvero Mo e Kenton.

Sorridendo, Darcy si precipitò da loro e li accompagnò nella stanza.

«Ciao! Che sorpresa!» disse Regan, affrettandosi a raggiungerli.

Sheena si avvicinò mentre Regan abbracciava entrambi.

«Non sapevo che sareste venuti» disse Regan. «Pensavo che foste alle Hawaii.»

«Scusate il ritardo. Siamo appena arrivati in aereo» disse Mo. «Per fortuna Brian ha fatto in modo che ci venissero a prendere.»

Sheena era confusa quanto Regan. *Brian? Che cosa stava succedendo?*

CAPITOLO 36

REGAN

Raggiante, Brian si avvicinò a Mo e Kenton. «Ciao, ragazzi! Sono contento che siate venuti. Prendete qualcosa al bar. Sheena vi presenterà a suo padre e agli altri.»

Sheena gli lanciò un'occhiata perplessa, ma disse amabilmente: «Certo, ma prima di conoscere Patrick, è meglio che prendiate il vostro drink.»

Kenton ridacchiò. «Mi sembra una buona idea.»

Brian prese Regan per il gomito. «Vieni con me. Dobbiamo parlare.»

«Non possiamo lasciare la festa!» protestò Regan, meravigliandosi del suo strano comportamento.

Brian procedette ad attraversare la stanza e la condusse nella stanza privata di fronte alla sala da ballo. La tirò dentro e chiuse la porta.

All'interno, si girò verso di lei con un'espressione un po' incerta. «Sai che ti amo più di ogni altra cosa, vero?»

«S-sìì.»

«E tu volevi sposarti nel modo più semplice e veloce possibile. Giusto?»

Le ginocchia di Regan cedettero improvvisamente. «Aspetta! Stai pensando che dovremmo sposarci adesso, davanti alla nostra famiglia e ai nostri amici?» Le si agitò lo stomaco per l'eccitazione. «Ma non possiamo! Questo è il matrimonio di Darcy, non il mio.»

«Ma tutta questa idea è di Darcy. Vuole condividere l'occasione con te. Quando lei e Austin hanno scoperto che ci stavamo trattenendo dall'andarci a sposare di nascosto per via del loro matrimonio, Darcy ha proposto questa idea. Sia Darcy che Austin pensano che sarebbe fantastico. Entrambi volevano annunciarlo in anticipo, ma non volevo che facessero qualcosa che togliesse importanza al loro matrimonio e dovevo assicurarmi che fosse davvero quello che volevi. A me va bene l'idea di una cerimonia breve e semplice come quella che volevi tu, davanti alle persone riunite qui a festeggiare tutti insieme. Cosa ne pensi?»

Regan lo abbracciò, così eccitata al pensiero che quasi non riusciva a pensare. Poi sorrise. «È un'ottima idea, ma prima devo parlare con Darcy, per assicurarmi che sia davvero quello che vogliono lei e Austin. Sheena lo sa?»

Brian scosse la testa.

«Per favore, chiedi a Darcy e Sheena di venire qui e poi deciderò.»

«Ti amo, Regan. Farò tutto quello che vuoi. Voglio solo che tu sia mia.» Brian abbassò le labbra sulle sue.

Un senso di pace la pervase. Sia Brian che Darcy la conoscevano abbastanza bene da sapere che era stata seriamente intenzionata a non avere nulla di speciale per sé.

«Ok, cosa sta succedendo?» chiese Sheena con la sua voce da sorella maggiore, entrando di corsa nella stanza. «Tutto ok? Perché Mo e Kenton sono qui? Pensavo fossero alle Hawaii.»

Regan guardò Darcy. «Vuoi spiegare tu?»

Darcy avvolse il braccio intorno a Regan e si girò verso Sheena. «Una sera, quando Brian ha incontrato me e Austin al Key Hole, gli ho chiesto quando lui e Regan si sarebbero sposati. Mi spiegò che volevano una cerimonia privata, ma non volevano rovinare il mio matrimonio. È stato allora che mi è venuta questa idea.»

«Che idea?» chiese Sheena.

«Che si sposassero durante il ricevimento del mio matrimonio. In questo modo, amici e parenti avrebbero potuto almeno vederli sposati.»

Sheena guardò Regan stringendo gli occhi. «Ti saresti sposata senza di noi?»

Regan le rivolse un'occhiata imbarazzata. «Volevo solo sposarmi senza clamore e senza problemi. Non pensavo che vi sarebbe dispiaciuto.»

«Ci avrebbe ferite» disse Darcy.

«Siamo tutte sorelle, ricordi?» disse Sheena con tono severo.

«Allora, vuoi che io e Brian andiamo avanti con questa cosa? Lo vuoi davvero?»

Darcy le sorrise. «Sì.»

«Come faremo?» disse Regan, con la testa che le girava.

«È semplice» rispose Darcy. «Chiederemo l'attenzione di tutti. Il prete ha già accettato di celebrare la cerimonia, Brian ha gli anelli e la tua famiglia e i tuoi amici faranno tutti da testimoni.» Sorrise. «Mo si sta già mettendo dei pantaloni grigi e una camicia bianca.»

Regan si coprì la bocca con le mani, rendendosi conto di quanto lavoro fosse già stato fatto per realizzare tutto questo. «Oh, è tutto così dolce, così sensazionale! Assicurati che ci sia anche Meaghan al fianco di Mo. Le ho promesso che avrebbe partecipato al mio matrimonio.» A Regan sfuggì una risatina nervosa. «Mio Dio! Sapevo che Brian mi amava, ma questo? Oh, mio Dio!»

«Allora?» disse Brian, facendo capolino nella stanza.

«Facciamolo» disse Regan.

«Siete sicuri di voler procedere in questo modo?» Sheena chiese alle sorelle.

Regan e Darcy si scambiarono uno sguardo determinato e annuirono.

Regan si rivolse a Brian. «Sei pronto?»

Brian sorrise. «È tutta la vita che sono pronto a sposarti.»

«Ok, Brian» disse Darcy. «Di' ad Austin che si può fare e aspetta il nostro segnale.»

Regan guardò Sheena e Darcy. «Questo va bene come abito da sposa?»

Entrambe le sorelle sorrisero. «È perfetto.»

«Aggiungiamo una coroncina di fiori ai capelli o qualcosa da sposa» disse Sheena.

Darcy sorrise. «Puoi usare il mio bouquet. E ho già ordinato una coroncina di fiori da mettere in testa. È in frigo.» Si avvicinò al piccolo frigorifero, tirò fuori una scatola e la porse a Regan. «Quando ti ho chiesto dei fiori per il mio matrimonio, una volta hai parlato di fresia. Così ho fatto preparare questo in una varietà di colori tenui.»

Regan sollevò il fresco copricapo floreale e ansimò: «È bellissimo. Assolutamente stupendo. Grazie!»

Sheena glielo prese e glielo mise in testa. «Perfetto.»

Regan sentì gli occhi riempirsi di lacrime. «Grazie mille.»

«Ok, tu e Sheena aspettate qui. Avverto Austin e il prete e chiamo papà. Ti accompagnerà in sala» disse Darcy. Si voltò verso di loro con un sorriso. «Sono così felice che stia andando così.»

Pochi minuti dopo, Darcy tornò nella stanza con Patrick al seguito.

«Che succede, Regan? La mia bambina si sposa adesso?»

«Sì, papà. Io e Brian vogliamo sposarci e Darcy e Austin ci hanno offerto di usare questa occasione per sposarci adesso.» Non riuscì a trattenere il sorriso che sentiva diffondersi sul suo viso. «Piuttosto diverso, eh?»

«Puoi ben dirlo» rispose Patrick, «ma voi ragazzi di oggi

avete un sacco di idee.»

«Vi lascio soli e vado a controllare la situazione là fuori» disse Sheena.

Se ne andò con Darcy e Regan si girò verso il padre. «Lo faccio, in parte, per far piacere alla mamma. Non le piacerebbe l'idea che io conviva con Brian. Sia io che lui vogliamo ufficializzare la cosa.»

«Tua madre, che Dio la benedica, aveva un sacco di idee su molte cose. Credo che sarebbe contenta di sapere quanto voi ragazze vi vogliate bene. C'è stato un periodo in cui, quando eravate più giovani, si preoccupava di questo aspetto.» Le prese il braccio. «Va bene, andiamo. Dobbiamo aspettare in corridoio finché Darcy non ci darà il segnale.»

In piedi nel corridoio fuori dalla sala da ballo, Regan si sforzò di sentire Austin parlare.

«Mia moglie Darcy e io siamo molto felici di condividere un momento speciale con tutti voi. Con la nostra benedizione, sua sorella Regan e il fidanzato di Regan, Brian, hanno deciso di scambiarsi le promesse di matrimonio davanti a voi. Passo il programma al reverendo Davis e raggiungo Brian sul podio che abbiamo allestito.»

Si levarono mormorii di sorpresa, poi iniziarono applausi entusiasti.

Sapendo che non si poteva tornare indietro, Regan si sentì la bocca secca.

CAPITOLO 37
DARCY

Ricordando quanto si era sentita nervosa sulla spiaggia mentre andava incontro a Austin, Darcy fu sorpresa da quanto Regan apparisse calma quando entrò nella stanza al braccio del padre. Vestita con un abito estivo di cotone bianco e con la coroncina di fiori sui capelli scuri lunghi fino alle spalle, gli occhi violetti di Regan brillavano di felicità. Sembrava una pubblicità di profumi o di anelli di diamanti. Era stupenda.

Sheena si accomodò sulla sedia accanto a Darcy e le prese la mano. Insieme guardarono la sorella attraversare la stanza fino a raggiungere il punto dove Austin e Brian la stavano aspettando. Di fronte a loro, Mo e Meaghan guardarono Regan con un sorriso.

Il prete parlò a bassa voce, ma abbastanza forte perché tutti potessero sentire nel silenzio che riempiva la stanza. Sentendo le parole che le erano state dette poco prima, Darcy ascoltò con un senso di rinnovato stupore. Le parole, la promessa di amare e rispettare, avevano un significato ancora maggiore per lei. Guardò Austin in piedi da un lato e sorrise quando lui con le labbra pronunciò le parole: «Ti amo».

Quando lo sposo ebbe il permesso di baciare la sposa, tutti i presenti si alzarono in piedi e applaudirono. Darcy pensò che fosse un momento magico. Non un matrimonio, ma due, avevano regalato alle sorelle Sullivan un giorno davvero speciale.

Holly si precipitò da Brian e Regan. «Oh, miei cari! Sono così felice per voi.»

E poi tutti si raccolsero intorno a loro.

Austin si avvicinò a Darcy e le diede un bacio sulla guancia. «È andata bene, non credi?»

Darcy gli sorrise. «Tutti pensavano che avrebbe rovinato il nostro matrimonio. Io credo che lo abbia reso ancora più bello grazie a quello che ho imparato.»

Lui sorrise. «E cosa sarebbe?»

«Che se si ha abbastanza amore, è facile condividerlo.»

Lui rise. «Immagino che un giorno finirà in uno dei tuoi libri, eh?»

«Magari» rispose lei, augurandosi di non aver ricevuto un'altra lettera di rifiuto. Aveva sentito storie dell'orrore di tutti i tipi su quanto era difficile entrare nel mondo editoriale, ma non aveva intenzione di arrendersi.

Durante la cena la stanza si riempì di allegre chiacchere. Era come se non uno, ma due matrimoni fossero motivo di ulteriore celebrazione.

Darcy guardò i commensali, felice di vedere che tutti, anche la timida Bebe e la silenziosa Sally, conversavano felici con gli altri ospiti.

Suo padre si stava godendo la festa più di tutti, ripetendo la storia di come Darcy e Regan litigassero da bambine, ma di come ora avessero dimostrato sincero affetto reciproco.

La situazione si trasformò in una sorta di cabaret quando prima una persona e poi un'altra si alzarono per fare un brindisi. Quando si alzò Blackie, Darcy trattenne il respiro.

«Non riesco a ricordare un'occasione, a parte il mio matrimonio con Holly» si fermò per sorriderle, «che mi dia motivo di festeggiare più di questa. Spero che Gavin abbia un buon posto in paradiso e che stia festeggiando anche lui. Quello che sognava per Sheena, Darcy e Regan è diventato una realtà sia personale che professionale. Era un brav'uomo e la vostra presenza oggi ne è la prova. Salute agli sposi!»

Darcy studiò l'espressione solenne del padre e pregò che non obiettasse.

Quando si alzò, Darcy lanciò un'occhiata a Sheena e vide la preoccupazione che provava.

«Gavin era mio fratello, e anche se non andavamo sempre d'accordo, nel profondo io... gli volevo bene» disse Patrick. «E gli sarò sempre grato per quello che ha fatto per le mie ragazze.»

«Udite! Udite!» gridò Sheena.

Gli altri si unirono e Tony saltò in piedi, costringendo Patrick a sedersi. «Vorrei fare un brindisi a Darcy e Regan.» Alzò il bicchiere e fece un cenno di saluto a Darcy e poi a Regan. «Vi auguro tutta la felicità del mondo. Austin e Brian sono fortunati ad essere sposati con una delle sorelle Sullivan. Auguro a voi quattro tutta la felicità che ho avuto con la mia sposa. Salute!»

Dopo aver bevuto un sorso di vino, Tony continuò. «E a Sheena. Siamo sposati da molto tempo, ma vederla qui così, quasi una sposa lei stessa, mi ricorda come sempre quanto siamo fortunati io e i miei figli.»

«Anche il bambino in arrivo» disse Meaghan.

Tra le risate che seguirono, Darcy incrociò lo sguardo di Sheena e le soffiò un bacio.

Dopo che i tavoli furono sparecchiati, un cameriere arrivò con un carrello contenente una torta nuziale, piatti da dolce e posate. Li portò al tavolo dove sedevano Darcy e Austin.

Darcy fece cenno a Regan e Brian di raggiungerli.

La torta a tre piani era ricoperta di glassa bianca e decorata in cima con un mazzo di rose bianche e rosa pallido che scendevano lungo i lati.

«È bellissima!» Darcy si alzò. «Bebe, per favore, alzati.

Questa cara amica è un'artista delle torte.»

Con le guance rosse, Bebe si alzò in piedi e inclinò timidamente la testa in risposta agli applausi scroscianti.

Il personale di servizio servì la torta, insieme a caffè, tè e amari.

Dopo aver portato via i piatti, Austin si alzò. «Vi prego di unirvi a me e Darcy e a Regan e Brian sulla pista da ballo.»

Sulle note di un vecchio brano romantico che aveva scelto con il nonno di Austin, Bill, Darcy volteggiò tra le braccia di Austin. La vicinanza, la consapevolezza che lui era veramente suo le provocarono un'ondata di desiderio.

Austin le sorrise. «Non resteremo fino a tardi. Andremo al Don appena possibile.»

Lei rise e si accoccolò più vicino.

Qualcuno diede un colpetto sulla spalla di Austin.

Darcy guardò il padre negli occhi lucidi di lacrime. «Ti va bene se ballo con la mia bambina?» chiese ad Austin.

Austin si allontanò e andò a cercare sua madre.

«Sei proprio una bella sposa» disse Patrick sorridendole con le lacrime agli occhi. «Non riesco a credere che le mie ragazze siano cresciute e stiano per conto loro.»

«È da un po' che siamo uscite di casa, papà» disse Darcy.

«Sì, ma questo è diverso. Ora avete delle famiglie vostre.» Patrick si guardò intorno. «E anche belle, maledizione.»

«Non sarai solo. Avrai ancora noi.»

Lui guardò dall'altra parte della stanza. «Ho parlato con Lynn. Sembra molto simpatica.»

Darcy ricordò la storia di Lynn, che le aveva raccontato di come suo marito, Benny, fosse andato a cercare l'oro con Gavin e di come Gavin avesse pagato le loro spese mediche dopo che Benny era morto in seguito a una lunga e tormentata battaglia contro il cancro. Vedendola ora, vestita in modo elegante che rideva per qualcosa che le aveva detto Bill, Darcy si rese conto di quanto Lynn fosse attraente e del motivo per cui sia suo padre che Bill sembravano avere una cotta per lei.

«Tutti i vecchi amici di Gavin sono molto speciali. Trattali con grande rispetto.»

«Certo» disse suo padre. «Se Gavin li considerava suoi amici, dovevano essere speciali.»

Darcy alzò lo sguardo. «Sono felice che tu abbia capito lo zio Gavin. Era un uomo divertente, affettuoso, gentile e generoso. Gli somigli molto, sai?»

«Davvero?» Un sorriso si allargò sul bel viso di Patrick. «Anche Lynn lo pensa. Sheena ha chiesto a Rocky di portarci a trovare Duncan nei prossimi giorni, e io ho accettato di andarci. Voglio conoscere mio nipote.»

«Se riesci a superare le prime impressioni, vedrai che è un Sullivan a tutti gli effetti.»

Gli occhi di suo padre si riempirono di tristezza. «Vorrei aver saputo molte cose prima. Ora è troppo tardi.»

«Non è mai troppo tardi, papà» disse piano Darcy, pensando a tutte le cose che aveva già dovuto imparare su sé stessa e sugli altri. Il suo pensiero volò a Nick Howard, il suo mentore del giornale. Dio, quanto le mancava!

Brian diede un colpetto alla spalla di Patrick. «Ti spiace se mi intrometto? La mia sposa sta aspettando di fare il ballo padre/figlia.»

«Oh sì» disse Patrick. Baciò Darcy sulla guancia e se ne andò.

Brian prese la mano di Darcy e le cinse la vita con un braccio. «Grazie di tutto, Darcy. Hai reso Regan e me molto felici.»

Darcy lo guardò raggiante. «Immagino che abbiamo preparato una bella sorpresa per Regan. Ma, davvero, è andata bene. Io ho avuto il mio momento e lei il suo. E ora possiamo condividerlo con amici e parenti. È perfetto.»

Brian le diede un bacio sulla guancia. «Ho sempre pensato che tu fossi piuttosto speciale.»

«Anche dopo quello che ho fatto quando ci ho provato con te?»

Lui rise. «Be', forse non così speciale. Ma come sorella sei la migliore.» Si allontanò quando si avvicinò il padre di Austin.

«Posso avere questo ballo con la mia nuova figlia?» chiese Charles, con gli occhi castano chiaro che scintillavano.

Darcy fece una piccola riverenza. «Ma certo.»

Lui le prese la mano e la fece volteggiare con grazia. «Mi piace molto la tua famiglia, Darcy, e sono felice che tu faccia parte della nostra.»

«Grazie» disse Darcy, contenta che la serata fosse andata così bene.

«Hai pensato ancora all'offerta mia e di Belinda?» le chiese lui.

Darcy scosse la testa. «Io e Austin eravamo d'accordo di parlarne dopo la luna di miele. Per ora vogliamo solo goderci questi momenti insieme.»

«Ottima idea. Se voi due decidete di intraprendere l'attività, sono sicuro che avrete successo. È un lavoro molto duro, ma ne vale la pena.»

Darcy lanciò un'occhiata alla sua famiglia. Se lei e Austin avessero accettato la sua offerta, non li avrebbe visti molto. Scacciando quei pensieri preoccupanti, continuò a ballare con Charles.

Non appena i primi ospiti se ne furono andati, Darcy rispose allo sguardo interrogativo di Austin con un sorriso e si alzò.

«Io e Austin andiamo in albergo. Ci vediamo tutti domattina.»

«Oppure no» disse Austin tra le risate.

«Venite quando potete. Il volo per Londra non parte prima di sera, e siete sempre benvenuti» disse Sheena.

Austin prese Darcy per il braccio e la condusse alla sua auto. La sua vecchia Volvo era stata sostituita con una nuova, ma per le serate usavano volentieri la Mercedes di Darcy.

Mentre uscivano dal parcheggio, sentirono un rumore dietro di loro e Austin fermò l'auto.

Si guardarono in faccia a occhi spalancati.

Poi Darcy si mise a ridere. «Michael mi aveva detto che avrebbe fatto qualcosa per aiutarci a festeggiare.» Scese dall'auto e guardò dietro. Al retro dell'auto erano legati diversi barattoli di latta vuoti.

Austin ridacchiò. «Dovrò punirlo per questo.» Tirò fuori dai pantaloni un coltellino. «Il portafortuna dovrebbe aiutare.» Tagliò le corde intorno al paraurti.

«Presto, leghiamoli alla Jeep di Regan» disse Darcy, ridendo.

Dopo essersene occupati, uscirono dal parcheggio, pronti a festeggiare in un modo molto diverso.

CAPITOLO 38

REGAN

Regan e Brian salutarono Holly, Blackie e gli altri e andarono via.

«Come sorpresa, ho organizzato un'escursione di un paio di giorni» disse Brian.

«Oh, Brian, è così dolce! Dove andiamo?»

«Te lo dirò in macchina, dopo che avremo preso le nostre cose al cottage nella proprietà di Kenton.»

Mo e Kenton li raggiunsero. «È questa la nuova macchina?» chiese Mo, con gli occhi scuri che brillavano mentre fissava la Jeep bianca. Cinse Regan con un braccio. «Niente è troppo bello per la nostra sposa.»

Brian rise. «Sali. Ti lasciamo a casa, prendiamo le nostre cose e ce ne andiamo.»

Mentre Brian usciva dal parcheggio, un rumore dietro l'auto lo fece fermare. Scese dall'auto, diede un'occhiata e cominciò a ridere.

Regan, Mo e Kenton lo raggiunsero. Quando videro i barattoli di latta, Regan disse: «Scommetto che è stato Michael.»

Sorridendo, Michael si avvicinò. «Cosa? Io? Io e Meaghan li avevamo legati alla macchina di Darcy e loro devono averli trasferiti sulla tua.»

«Ti voglio bene, Michael» lo prese in giro Regan dandogli un veloce abbraccio, contenta che avesse preso parte alla giornata.

Mentre Brian slegava i barattoli, Regan si rivolse a Mo e

Kenton. «Grazie a entrambi per essere venuti fin qui. Non sarebbe stato il nostro giorno speciale se voi due non ne aveste fatto parte.»

«È stato un piacere» disse Kenton. «Siamo felici di essere qui.»

«Non lo dimenticherò» disse Regan, dando a ciascuno un bacio sulla guancia.

«Be'» disse Kenton, «forse potrete fare altrettanto per noi quando sarà il momento.»

Regan guardò l'espressione felice sul volto di Mo e sentì gli occhi gonfi di lacrime. Sembrava che anche loro avessero trovato l'amore.

Quando Regan uscì di casa con la valigia, fu sorpresa di vedere una limousine bianca parcheggiata nel vialetto. Si voltò verso Brian. «Che cos'è?»

«La nostra carrozza ci aspetta» disse Brian, facendole un sorriso smagliante.

L'autista tenne aperta la portiera mentre salivano all'interno. Nella penombra dell'abitacolo, luci scintillanti rilucevano dal soffitto come piccole stelle in un cielo buio. Videro una bottiglia di champagne in un cestello pieno di ghiaccio incorporato in un bancone retroilluminato su un lato della cabina passeggeri. Sul ripiano c'erano due calici. Sulla parete dietro il bancone brillava un piccolo schermo televisivo. Una musica dolce e romantica riempiva l'abitacolo.

L'autista chiuse la portiera e si mise al volante. «Ora chiudo il divisorio. Bussate al finestrino se avete bisogno di qualcosa.»

«Grazie» disse Brian. Quando l'auto partì, si rivolse a Regan. «Ho organizzato un soggiorno al Ritz Carlton a Naples, lungo la costa, per un paio di notti. Più avanti, nel corso dell'anno, spero di portarti a Napoli, in Italia, per una vera e propria luna di miele.»

«Davvero? Oh, Brian, sarebbe un sogno che si avvera!» E improvvisamente cominciò a piangere.

«Che succede?» chiese Brian, con un'aria affranta. «Sei delusa? Avremmo potuto aspettare. Volevo solo renderti felice.»

Altrettanto improvvisamente, Regan iniziò a ridere. «Oh, Brian! Non hai idea di quanto ti amo. Tu, questo giorno, tutto è stato meraviglioso.»

«Per fortuna! Mi hai fatto preoccupare per un po'.» Brian estrasse la bottiglia di champagne dal cestello del ghiaccio. «Festeggiamo.»

Stappò la bottiglia con facilità e versò lo champagne nei due bicchieri. Fece tintinnare il bicchiere contro quello di lei e disse: «A te, Regan Harwood, mia bellissima sposa.»

«E a te, Brian Harwood.»

Le bollicine le solleticarono il naso mentre sorseggiava il liquido e rise di pura gioia per il suo nuovo marito e per l'intera giornata.

Mentre giaceva a letto nuda accanto a Brian, sazia dopo aver fatto l'amore, Regan non poté fare a meno di pensare a sua madre. Senza il pensiero assillante della disapprovazione della madre per la convivenza con Brian prima del matrimonio, aveva provato un nuovo senso di abbandono facendo l'amore con lui.

Brian allungò il braccio per tirarla contro di sé. «Mmmh, signora Harwood, mi fa piacere che abbiamo deciso di non aspettare a sposarci.» La strinse a sé mettendosi nella posizione del cucchiaio.

Quando il respiro di Brian si fece più profondo, Regan si

alzò dal letto, si infilò una vestaglia e andò in punta di piedi sul balcone. Voleva stare da sola per assaporare la giornata, per pensare alla sua famiglia e al futuro. Non avrebbe mai immaginato che il giorno del suo matrimonio si sarebbe svolto in quel modo. La generosità di Darcy significava tutto per lei. Da bambine litigavano, e poi si erano praticamente ignorate fino a quando non erano state costrette a vivere insieme in Florida.

Col pensiero volò a Sheena e Tony. Era grata a entrambi per aver concesso a Brian e a lei qualche giorno di vacanza per festeggiare. La loro assenza comportava un aggravio di lavoro per ciascuno di loro, ma sia Sheena che Tony erano sembrati sinceramente felici di farlo. Suo padre l'aveva sorpresa partecipando all'occasione. La sua presenza aveva aggiunto significato a entrambi i matrimoni.

Fissando il cielo notturno, un parco giochi di luci e ombre, ringraziò le stelle per tutto ciò che le era stato dato. Non solo per la sua famiglia, ma anche per quella di Brian. Holly e Blackie avevano chiarito quanto fossero felici che lei ne facesse parte.

Il movimento costante delle onde sotto di lei le fece rallentare il respiro e calmare la mente. Sospirando felice, Regan rientrò in casa e si infilò di nuovo a letto con suo marito.

CAPITOLO 39
SHEENA

Dopo i festeggiamenti del matrimonio, Sheena lasciò il Gavin con suo padre e lo accompagnò nella sua stanza d'albergo.

«Che bella giornata» mormorò. «Due matrimoni in contemporanea. Chi l'avrebbe mai detto?»

«Scommetto che altri uomini vorrebbero che accadesse nelle loro famiglie. Un modo per liberarsi di due figlie in una volta sola.»

Sheena sorrise. Le sue parole burbere nascondevano il fatto che i suoi occhi stavano lacrimando per l'emozione.

«Mi chiedo cosa ne avrebbe pensato la mamma.»

«Forse l'idea non le sarebbe piaciuta, ma si sarebbe ricreduta. Però Regan mi ha detto perché voleva sposarsi subito, e questo avrebbe fatto piacere a tua madre.»

«La povera Regan sentiva molto la pressione a fare la cosa giusta. Probabilmente a causa mia» disse Sheena mestamente.

Suo padre smise di camminare e la studiò. «Di tutte le sue figlie, tu eri la preferita di tua madre. Certo, si arrabbiò quando non andasti all'università, ma voleva bene a Tony e adorava i tuoi figli. Non devi scusarti. Capito?»

Sheena si chiese se aveva il coraggio di porre la domanda che la tormentava da tempo. Cercò il modo giusto per formularla e alla fine parlò. «Papà, tu eri felice che la mamma avesse un figlio quando sono nata, vero?» Aspettò, pensando che la sua risposta l'avrebbe aiutata a capire se era lui suo padre e non Gavin.

«Oh sì! Quando tua madre mi disse che stavi per arrivare, piansi come un bambino, davvero» disse Patrick. «Ci stavamo provando da tempo. Ci fu qualche problema lungo il percorso, e quando ti analizzarono il sangue, scoprimmo che hai il mio gruppo sanguigno. Siamo gli unici due della mia famiglia con il gruppo B. Immagino che questo abbia reso la cosa ancora più speciale. Naturalmente, essendo io in servizio, c'è stato uno stacco tra te e le tue sorelle, ma abbiamo accolto con gioia anche loro.»

«E Gavin era uno zio speciale per me, come diceva lei?»

Patrick la studiò pensieroso. «A Gavin si spezzò il cuore quando tua madre decise di sposare me invece di lui, ma ha sempre amato lei e la nostra famiglia. Pensa a quello che ha fatto per te e per le tue sorelle.»

Sheena si sentì cedere le ginocchia e si aggrappò al braccio di suo padre per non perdere l'equilibrio.

Lui la guardò accigliato. «Stai bene?»

«È solo un malessere legato alla gravidanza» disse lei, stordita dall'informazione che suo padre aveva appena condiviso. Aveva idea che sua madre e Gavin si scrivevano lettere? Che sua madre gli mandava delle foto?

«Si tennero in contatto nel corso degli anni, ma sapevo che la mia Eileen mi era fedele, così come io lo ero a lei. Forse non è stato un matrimonio perfetto, ma abbiamo fatto del nostro meglio.»

Raggiunsero la stanza di Patrick in silenzio.

«Buona notte, papà. Sogni d'oro!» disse Sheena abbracciandolo forte. «Michael verrà a prenderti domattina per la colazione, così potrai salutare Darcy e Austin.»

Gli diede un bacio sulla guancia e proseguì per la sua strada, sentendo un enorme groppo in gola. Sua madre e suo padre erano stati fedeli l'uno all'altra, ma erano stati felici come lei e Tony? Darcy e Austin? Regan e Brian? Pensava di no. E sapeva con certezza che Gavin non lo era stato.

Quando gli ultimi ospiti se ne furono andati, Sheena si lasciò cadere esausta sul divano del salotto.

«Bel lavoro, tesoro» disse Tony. «Vado giù in ufficio a controllare come vanno le vendite. Bett ha detto che mi avrebbe raggiunto.»

«Vai pure. Meaghan e Michael possono aiutarmi a sistemare. Poi mi prendo il resto della giornata libera. Domani mattina ho una riunione con Casey, Nicole e Graham per vedere com'è andato il matrimonio. Abbiamo le nozze di un cliente tra tre settimane e vogliamo essere pronti.»

«Resta seduta per un po' prima di tentare di fare qualsiasi cosa.» Tony andò verso le scale e chiamò: «Michael? Meaghan? Venite qui, per favore.»

Quando si presentarono, disse: «Michael, devi pulire la veranda, sistemare le sedie e assicurarti che tutti i bicchieri, le tazze e i piatti siano portati dentro. Meaghan, devi iniziare a caricare la lavastoviglie e a pulire la cucina. Tua madre è esausta e ha bisogno del nostro aiuto.»

I ragazzi la guardarono, esitarono e poi Michael disse: «Ok, ci pensiamo noi.»

Una vampata di gratitudine le riscaldò le guance. «Grazie.»

Dopo una giornata tranquilla e una bella dormita, Sheena si sentì rinata. Rimasta sola in casa, dopo che i ragazzi erano andati a scuola, si prese un momento per riflettere sul weekend. Tenendo in mano la moneta d'oro che lo zio Gavin le aveva regalato da bambina, pensò a ciò che suo padre le aveva raccontato sul matrimonio con sua madre. Erano brave persone, fedeli l'una all'altra. Ora credeva che Gavin non fosse suo padre. Ma era più che mai sicura che sua madre e Gavin si fossero amati, non per un breve periodo della loro vita, ma fino alla morte.

Mettendo via la moneta d'oro, Sheena fece un voto silenzioso a sé stessa: l'avrebbe usata per ricordarsi di fare del suo matrimonio un matrimonio d'amore, in modo che né lei né Tony avessero rimpianti. E un giorno, quando sarebbe stato opportuno, avrebbe passato la moneta e la storia che c'era dietro a uno dei suoi figli, in modo che capissero quanto fosse importante amare ed essere amati.

Sheena era seduta a un tavolo del Gavin con Nicole, in attesa che Casey e Graham si presentassero per il loro incontro.

«Grazie mille per aver supervisionato i preparativi per il matrimonio di Darcy» le disse Sheena, poi rise. «Intendo sia il matrimonio di Darcy che quello di Regan.»

Nicole sorrise. «È andata davvero bene. Sono felice per entrambe.»

Casey entrò di corsa. «Scusate, sono un po' in ritardo. Stavo controllando come andava al Key Hole. Ho assunto un buon manager, ma non mi sentirò tranquillo finché non vedrò di persona che tutto è in ordine.»

Baciò Nicole sulla guancia e si sedette accanto a lei.

Graham si presentò con pantaloni a quadri e una maglietta bianca. Quando lui e il suo staff iniziavano a cucinare, indossava la divisa da chef.

«Graham! Il cibo per il ricevimento di Darcy e Regan era favoloso!» esclamò Sheena. «Le poche persone che non avevano ancora mangiato al Gavin hanno detto che avrebbero prenotato. È un ottimo modo per incrementare gli avventori.»

«Sono d'accordo» disse Nicole. «E visto che i matrimoni organizzati in località distanti da casa stanno diventando sempre più popolari, avrai la possibilità di farti un'ottima reputazione, Graham.»

«Purché non ci abbandoni» lo ammonì Sheena scherzando.

«Sono molto grato di essere lo chef qui» disse Graham con un tono sorprendentemente serio. «Mio zio Nick sarebbe molto orgoglioso di tutti noi per quello che stiamo costruendo al Gavin.»

«Sembra che il ricevimento di nozze sia andato bene» disse Sheena. «Ma cosa possiamo fare per migliorare le cose per te e il tuo staff?»

Discussero animatamente di fiori, musica per il ricevimento, piste da ballo e torte nuziali.

«Il punto fondamentale è che dobbiamo stringere degli accordi commerciali con un paio di wedding planner che siano disposte a venire all'hotel e al ristorante e a supervisionare matrimoni e ricevimenti» disse Nicole.

«Sarebbe più facile assumere del personale per farlo?» chiese Sheena.

Nicole scosse la testa. «No, a meno che non troviate una professionista che venga qui.»

«E poi, se non hai matrimoni in programma, cosa ci fai con lei e il suo tempo libero?» disse Casey.

«E se assumessimo qualcuno che coordini i matrimoni ma che possa svolgere anche altri lavori per noi?»

«E se lo facessi io?» disse Nicole. «Posso occuparmi sia di questo che delle mie attività di marketing.»

«Puoi occuparti del marketing dell'hotel, del Gavin, del Ventura e del Key Hole?» chiese Sheena.

«Sì, credo di poterlo fare. Sono tutti collegati tra loro. È questo che lo rende così facile. E quando inizieremo ad avere molti clienti, assumeremo qualcuno part-time per aiutarmi.»

Sheena sentì un sorriso attraversarle il viso. «Come

abbiamo fatto ad avere la fortuna di averti a bordo?»

Casey mise un braccio intorno a Nicole. «Nicole e io ci impegniamo a rimanere qui in Florida insieme, a lavorare per voi.»

«Va bene, allora. Chiederemo a Greg Ryan di redigere un contratto con un buon programma di incentivi» disse Sheena. «Potrete lavorare al nostro primo matrimonio tra qualche settimana, e quando Darcy sarà tornata, io e le mie sorelle potremo prendere una decisione definitiva.»

«Mi sembra una buona idea» disse Nicole.

Graham prese la parola. «Sheena, come mi avevi chiesto, ho messo insieme tre proposte di cene di ricevimento per matrimoni, con diverse opzioni e un'analisi dei costi per ciascuna proposta. In futuro avremo bisogno di più personale per gestire queste occasioni. Vorrei assumere e formare almeno altri sei addetti al servizio, che siano part-time e da impiegare in base alle esigenze, in modo che siano pronti per il prossimo matrimonio. Poi, potrebbero essere disponibili su richiesta per futuri matrimoni o altri tipi di banchetto.»

A Sheena balenarono in testa le cifre. Ogni volta che pensava che potessero fare un passo avanti dal punto di vista finanziario, sorgevano nuove spese. Grazie all'esperienza che aveva acquisito lavorando per la ditta di Tony a Boston, sapeva meglio delle sue sorelle che gli affari erano altalenanti. Le cose con l'hotel stavano migliorando, ma i costi erano più alti di quanto pensasse.

«Ok, fai pure» disse a Graham. «Nicole, visto che vuoi fare da coordinatrice per i matrimoni, parliamo di prenotazioni. Finora ci hanno prenotato tre matrimoni. Mi rendo conto che non possiamo competere con strutture come il Don, il Vinoy o il Ritz Carlton, ma possiamo rivolgerci a una nicchia di matrimoni più piccoli in stile familiare. Concentriamoci su quelli.»

«Va bene» disse Nicole. «Ti farò sapere.»

Dopo aver discusso altri punti, ognuno di loro andò via con più lavoro da fare.

Sheena era seduta tra suo padre e Rocky nel furgone di quest'ultimo, e nessuno dei tre parlava. Era andata a trovare Duncan in un paio di occasioni precedenti. Ogni volta era stata travolta dal dolore al pensiero della vita che quell'uomo era costretto a vivere.

Guardò suo padre e si rese conto che digrignava ritmicamente i denti da quanto era nervoso. Stringendogli la mano, gli rivolse un sorriso incoraggiante. «Sono felice che tu abbia la possibilità di conoscere Duncan. Forse non reagirà a te, ma sono convinta che saprà che sei lì.»

«Gavin sarebbe contento di sapere che l'hai fatto» disse Rocky. «Ha fatto in modo che venisse fatto ogni sforzo per far stare Duncan il più possibile a suo agio. È ben accudito, ma è un bene che la sua famiglia vada a trovarlo.»

«La sua badante, Elena Garcia, è una persona straordinaria che fa in modo che lui abbia tutto ciò di cui ha bisogno, anche se non ha modo di dirglielo» spiegò Sheena. «È una situazione così triste.»

Patrick si agitò inquieto. «Suppongo di sì, anche se non ho mai sentito dire che sia successo qualcosa di simile al resto della nostra famiglia.»

La loro conversazione terminò quando Rocky accostò alla piccola casa in mattoni rossi di Ybor City dove Duncan viveva con la sua badante.

Sheena seguì il padre fuori dal furgone e si fermò un attimo, preparandosi alla visita. Non poté fare a meno di pensare al bambino che stava crescendo dentro di lei e ringraziò mentalmente il cielo per l'esito degli esami che avevano dimostrato che il suo bambino era perfettamente normale.

Elena li salutò sulla porta con un sorriso caloroso e poi studiò Patrick. «Rocky aveva detto che assomigliavi a Gavin. Voi due sembrate proprio fratelli.»

Patrick annuì con la testa. «Mi dispiace, non sapevo di Duncan fino a poco tempo fa.»

«Come sta oggi?» chiese Sheena.

I suoi occhi si riempirono di tristezza. «Come sempre, ma entrate pure.»

Sheena seguì Patrick e Rocky all'interno. Sulla soglia della camera di Duncan, la schiena di suo padre si irrigidì quando guardò dentro la stanza. Anche se non gridò, gli si afflosciarono le spalle e si cinse le braccia intorno. Dopo aver fatto alcuni respiri profondi, Patrick avanzò e si inginocchiò davanti alla sedia di Duncan.

Le braccia di Duncan erano solo dei moncherini che sporgevano dalle spalle. Le gambe, quasi altrettanto deformi, erano nascoste sotto una coperta. I suoi occhi erano vuoti. Dalla bocca semiaperta colava della bava. Avrebbe potuto essere un bell'uomo se gli fosse stata data una possibilità, ma la crudeltà della natura gliel'aveva tolta.

Per un breve momento, lo sguardo di Duncan si posò su Patrick come se potesse vederlo. «Ciao, Duncan» disse Patrick, anche se capiva che non poteva sentirlo. «Sono tuo zio Pat. Sei proprio un Sullivan. Assomigli a mio padre.»

«E ha i miei capelli» disse piano Sheena, mettendosi accanto a lui.

Gli occhi di Patrick si riempirono di lacrime. Si alzò in piedi e uscì dalla stanza.

Sheena disse: «Ciao, Duncan. Sono Sheena. Le tue due cugine, Darcy e Regan, si sono sposate un paio di giorni fa. Mi sarebbe piaciuto che ci fossi stato anche tu.» Si chinò e gli diede un bacio sulla testa.

Quando andò in salotto, trovò suo padre seduto sul divano, con il volto nascosto tra le mani e le spalle che tremavano.

Sheena si avvicinò e gli massaggiò la schiena. «Va tutto bene, papà.»

«No, Sheena» disse lui, scuotendo ferocemente la testa. «Non è affatto giusto. Come si può vivere così?»

Lei non aveva una risposta. Si era posta la stessa domanda più volte.

Sheena era al lavoro in ufficio quel pomeriggio quando ricevette una telefonata da Mary Lou Webster, la nonna della loro prima sposa.

«Il nostro piccolo matrimonio privato è passato da diciotto a trenta persone. Potete ospitarci in albergo?» chiese la donna, con un filo di panico nella voce.

Sheena fece una rapida revisione a mente. Con l'imminente apertura delle venti nuove camere nell'Edificio Airone, avrebbero avuto spazio. Controllò la tabella delle prenotazioni e scoprì con sgomento, ma anche con piacere, che avrebbero avuto due camere in meno. Aveva letto di alberghi che facevano overbooking perché le cancellazioni erano inevitabili, ma lei voleva farlo senza deludere gli ospiti.

«Non vorremmo che qualcosa andasse storto adesso» disse Mary Lou. «È troppo tardi per cambiare i piani.»

«Certo, possiamo accontentarvi. Ci mandi l'elenco dei nomi via email e li inseriremo nel nostro sistema» disse Sheena con tono allegro. «Con il suo permesso, aggiungerò il deposito per le loro camere al conto che le abbiamo creato.»

«Nessun problema» disse Mary Lou. «Basta che le camere siano pronte.»

Dopo aver riattaccato il telefono, Sheena bloccò le stanze,

facendo una doppia prenotazione per due, attivò il sistema telefonico di emergenza e corse all'Edificio Airone per controllare i progressi delle stanze al piano superiore.

Le lenzuola e i copriletti nuovi erano al loro posto. I quadri erano nelle stanze ma appoggiati per terra, in attesa che Rocky li appendesse. I televisori erano nelle rispettive camere, ma nelle scatole, non ancora montati e collegati. E in alcune stanze dovevano ancora essere installati i telefoni. Chip Carson, che aveva installato la maggior parte dei sistemi informatici, aveva promesso di occuparsi di questi ultimi dettagli.

Sheena sospirò. Di solito Regan era brava a seguire questo genere di cose, ma era impegnata a girare altre campagne pubblicitarie per Arthur, oltre a lavorare alla ristrutturazione della palazzina delle suite.

In ufficio, Sheena chiamò Rocky e Chip per assicurarsi che finissero il loro lavoro. Poi chiamò Tony.

«Ciao, tesoro!» disse Tony. «Che c'è?»

«Ho bisogno che tu finisca di controllare l'impianto idraulico ed elettrico prima di far venire gli ispettori edili per avere l'agibilità delle venti stanze dell'ultimo piano dell'Edificio Airone.»

«Sheena, sai quanto sono impegnato con Brian in luna di miele. Si può rimandare?»

«Che ne dici se facciamo una cena leggera e io ti aiuto a sbrigare le pratiche questa sera?»

Tony rimase in silenzio per un attimo e poi disse: «Immagino che vada bene. Ci vediamo stasera.»

«Grazie» disse Sheena, ben consapevole dello stress a cui entrambi erano sottoposti.

Riattaccò e consultò il programma lavori delle suite. Dovevano essere completate entro il primo aprile. Studiò i progressi. Avevano affidato il lavoro di costruzione all'impresa di Brian e Tony, ma i loro uomini erano lenti nel portare a termine il lavoro. Sheena decise di aspettare il ritorno di Regan e Brian prima di discutere la situazione con Tony. Non voleva causare attriti tra loro.

Quando Sally venne a darle il cambio, Sheena si prese un po' di tempo per dare un'occhiata alla proprietà. Il capanno del bar a bordo piscina era stato costruito e attendeva l'installazione di frigoriferi, lavandini, pozzetti e altre attrezzature. Casey aveva già assunto un paio di studenti universitari per gestirlo e per supervisionare la distribuzione di asciugamani e sedie da spiaggia.

Sheena studiò l'edificio principale. Una mano di vernice fresca era stata data all'edificio sul retro, dove la costruzione del patio privato per la gente di Gavin era in gran parte completata. Strinse gli occhi per osservare meglio il tetto. Sembrava a posto, anche se erano stati avvertiti che sarebbe stato necessario sostituirlo. Era un lavoro che avevano programmato per l'anno a venire, sperando che avrebbero potuto permetterselo con le entrate.

Sentì un'arietta fredda quando passò davanti alla piscina, dove alcuni ospiti si stavano rilassando al sole, protetti dalla leggera brezza grazie agli arbusti tropicali che circondavano la vasca.

Si avvicinò al lungomare. Una ditta avrebbe dovuto ricostruire il molo nelle due settimane successive. Lei e le sue sorelle avevano deciso di spendere un po' di soldi in più facendo costruire delle panchine all'estremità allargata del molo. La stessa ditta avrebbe costruito delle rastrelliere per i kayak e le tavole da paddle e un'area sicura per i salvagenti e le pagaie.

Si sedette su una delle sedie prendisole di legno e studiò il gazebo e il traliccio accanto. Ognuno di essi offriva una scenografia incantevole per le foto del matrimonio, oltre che un luogo per la cerimonia vera e propria.

Chiudendo gli occhi, Sheena si appoggiò alla sedia e alzò il viso verso il sole. I caldi raggi rilassarono la tensione che sentiva sempre dopo aver esaminato i numeri dell'hotel. I suoi pensieri andarono alla sua famiglia. Presto Michael avrebbe saputo se era stato ammesso all'università che aveva scelto. La relazione con Kaylee lo aveva davvero distrutto, poverino. Ma si disse che era maturato molto per questo motivo. Era stato molto gentile, molto disponibile quando aveva saputo della sua gravidanza. Sheena si accarezzò la pancia. Aveva già sentito il bambino muoversi, il che aveva reso l'idea di un nuovo bambino una solida realtà. Se il bambino fosse stato un maschio, avrebbe voluto chiamarlo Gavin. Sperava che suo padre avrebbe capito.

Pensando al futuro, decise di parlare con Tony dell'idea di concedere a Meaghan l'uso della sua Volkswagen decappottabile. Avrebbero avuto bisogno di un'auto più grande per trasportare il bambino e tutta l'attrezzatura necessaria. Avere un mezzo di trasporto proprio avrebbe permesso a Meaghan di spostarsi da sola e di farle le commissioni.

Sheena aprì gli occhi e si tirò su a sedere. Quando si rese conto che la persona che le stava venendo incontro era Maggie, sorrise e si alzò a fatica dalla scomoda sedia.

«Ehilà!» la chiamò Sheena.

«Ciao» disse Maggie. «Ti ho vista qui e volevo parlarti da sola.» Fece una pausa, si sedette accanto a Sheena su una delle sedie e si leccò le labbra nervosamente. «Mi chiedevo se potessi prendere in considerazione l'idea di usarmi come tata dopo la nascita del tuo bambino. Sto cercando di staccarmi dal mio lavoro al ristorante. So che non posso rinnovare la mia licenza di infermiera, ma voglio lavorare con pazienti di tutte le età come tata o assistente.»

«Gracie sa che è questo che vuoi fare?» chiese Sheena. Non avrebbe mai voluto fare arrabbiare Gracie.

«Sì, lo sa e lo capisce» disse Maggie. «Dovremo comunque ampliare il nostro staff di camerieri, quindi troverà qualcuno che mi sostituisca quando sarà necessario.»

Sheena guardò Maggie negli occhi. Come tutti i vecchi amici di Gavin, aveva storie tristi alle spalle. Sul volto di Maggie si leggevano ancora dolore e delusione. Era già stata punita per aver aiutato il padre con gli antidolorifici che si era sentita costretta a prendere dal suo datore di lavoro.

«Averti come tata? Sarebbe meraviglioso» disse Sheena. «Sono sicura che mi farebbe comodo il tuo aiuto.»

A Maggie spuntarono le lacrime agli occhi. «Grazie!»

Si alzarono e si abbracciarono, poi Sheena disse: «Credo sia meglio che vada. Ho altro lavoro d'ufficio da fare a casa.»

Mentre rientrava, Sheena pensò a tutto ciò che sarebbe stato necessario per continuare il suo lavoro all'hotel e si chiese se sarebbe stata in grado di affrontare la sfida.

CAPITOLO 40
REGAN

Regan si svegliò con un sorriso. Quello era il primo giorno della sua vita da signora Harwood.

Sdraiato accanto a lei, Brian aprì gli occhi. Un sorriso gli apparve lentamente in viso. «Come sta la mia sposa?»

«Felice» rispose lei, passandogli una mano lungo il corpo. Era guarito bene, ma si sarebbe sempre chiesta cosa sarebbe potuto accadere se non lo avesse afferrato per il braccio per avvertirlo del camion che gli stava venendo addosso durante il loro giro in moto. Le cicatrici sul suo viso erano meno evidenti, ma avrebbero sempre ricordato l'incidente che li aveva uniti. Il movimento delle labbra le stava lentamente tornando, ma anche quello non sarebbe mai più stato perfetto.

«Andiamo in piscina prima di fare colazione» gli propose. «Più tardi sarà affollata, ma ora dovremmo essere in grado di fare delle vasche.»

«Di che tipo di colazione stavi parlando?» chiese Brian, lanciandole un'occhiata sorniona.

Alla sua battuta, Regan scosse la testa. «Vedremo.»

«Che fine ha fatto la parte dell'amore e dell'obbedienza?» disse lui fingendosi inorridito.

«Non ho mai detto "obbedire". Ricordi?»

Lui rise. «Tanto non sarebbe servito a niente.»

«Esatto» disse lei, scendendo dal loro lussuoso letto.

Si mise il costume e rimase a guardare Brian che si infilava il boxer da bagno. Il suo corpo robusto era in gran parte abbronzato a causa del lavoro al sole. Guardandolo, pensando a tutto ciò che la aspettava, sperava di avere un giorno un figlio che assomigliasse al suo bel papà.

«Sei pronta?» chiese Brian, voltandosi verso di lei.

Lei gli sorrise. Era pronta per tutto. La sua vita non le era mai sembrata migliore.

Più tardi, dopo una nuotata tonificante e una colazione veloce e leggera al piano della concierge dove Brian aveva prenotato la loro stanza, Regan propose una passeggiata lungo la spiaggia.

«Ok, e poi possiamo andare a fare paddle-boarding» disse Brian.

Regan rise. A Brian piaceva tenersi occupato. «Poi voglio sdraiarmi al sole e leggere. E forse dovrei chiamare Sheena per vedere come va all'albergo.»

Brian le fece un cenno con il dito. «Niente lavoro. Siamo qui per divertirci.»

«Hai ragione. Mi chiedo come stiano Darcy e Austin a Londra.»

Brian la guardò accigliato.

«Ero solo curiosa» disse lei ridacchiando. «Dai, marito, facciamo quella passeggiata.»

Una volta fuori, l'aria tropicale la avvolse, invitandola a rilassarsi. In spiaggia, si tolse i sandali e accettò la mano che Brian le porse prima di mettere piede sulla sabbia. Camminarono fino alla riva del mare e rimasero in piedi tra i bordi spumosi delle onde, sentendo l'acqua scorrere intorno alle loro caviglie e poi defluire.

«Vedendo il movimento infinito delle onde, mi sento di essere una parte così piccola dell'universo» disse Regan. «Da quanto tempo tutto questo è qui? Per quanto tempo rimarrà?»

«Siamo fortunati, io e te, a vivere insieme in questo

momento» disse Brian.

Regan lo guardò in faccia, provando un'ondata di amore per lui. «Non avevo capito che fossi così romantico.»

Brian le lanciò un'occhiata imbarazzata. «Ora che l'hai scoperto, suppongo di dovertelo dimostrare.» Tirò fuori una scatolina da una tasca laterale dei suoi boxer.

«Cos'è?» chiese Regan, facendo un passo indietro per la sorpresa.

«Il gioielliere dove ho comprato le nostre fedi mi ha aiutato a scegliere questo. Volevo che fosse un ricordo perfetto di ciò che signifìchi per me.» Tolse il coperchio della scatola e gliela porse.

Su uno sfondo di velluto turchese era adagiata una collana, una catenina a cui era appeso il simbolo bianco-oro di un'onda. Sotto la cresta dell'onda, scintillava un enorme diamante.

«Brian, è bellissima! Grazie» disse Regan, mettendosi una mano sul cuore, stupita dal suo regalo.

Un sorriso illuminò gli occhi di Brian. «L'onda simboleggia tutte le nuotate che hai fatto con me per aiutarmi a guarire. Ti amo tanto, Regan.»

«Ti amo anch'io.» Regan non riuscì a fermare le lacrime che le si formarono negli occhi quando tirò fuori la collana dalla scatola e gliela porse con dita tremanti. «Mi aiuti?»

Brian le agganciò la collana al collo e fece un passo indietro per guardarla. «È perfetta!» e la abbracciò.

Regan appoggiò la testa contro il suo petto sodo. Brian non avrebbe mai saputo quanto fosse grata di aver trovato un amore così dolce con lui.

Tornando al cottage nella proprietà di Kenton in limousine, Regan si accoccolò accanto a Brian. La loro breve luna di miele era stata favolosa, ma quel momento sulla spiaggia con Brian a guardare le onde quando le aveva spiegato le ragioni del regalo che le aveva fatto sarebbe rimasto con lei per sempre.

«Si torna a lavorare, eh?» disse Brian.

Regan sorrise e annuì. «Ho molto da fare prima della nostra prima celebrazione del matrimonio in albergo.»

«E io spero che abbiamo venduto un altro paio di case» disse Brian. «Bett e Taylor sono una bella squadra.»

Regan si tirò su a sedere. «Taylor lavora sicuramente molte ore. Perché pensi che faccia così?»

Brian scrollò le spalle. «Chi lo sa? Sarà tipico del settore immobiliare.»

Regan accantonò il pensiero quando la limousine attraversò i cancelli della proprietà di Kenton e si fermò accanto al cottage.

L'autista si affrettò ad aprirle la porta. Quando Regan mise piede a terra, si sentì tornare alla realtà. Lei e Brian avevano molto lavoro davanti a loro. Dopo che Brian ebbe pagato l'autista con una lauta mancia, entrarono in casa. Sembrava che fossero stati via per diversi giorni, non due. Il suo pensiero andò a Darcy. Londra era molto lontana dalla costa del Golfo della Florida.

CAPITOLO 41
DARCY

Darcy si strinse il cappotto mentre lei e Austin si dirigevano a piedi verso Kensington Palace. Dopo aver visto il Big Ben, gli autobus a due piani e i particolari taxi neri di Londra, le sembrava di essere in un libro di fiabe. Vedere tutte queste cose nelle foto o nei film non rendeva giustizia a una città che voleva visitare da sempre. Guardò Austin e sorrise.

«Pensa! La principessa Diana, Kate, William e Harry hanno percorso queste stesse strade» disse, sprizzando entusiasmo.

Austin rise. «Sicuramente le hanno percorse in auto, con o senza chaffeur.»

Molto più tardi, dopo aver visitato il palazzo, entrarono al Brown's Hotel per il tè pomeridiano che avevano prenotato.

«È una cosa che i miei genitori organizzano per i loro piccoli gruppi» spiegò Austin. «Ho già preso il tè qui una volta e so che ti piacerà.»

Furono accompagnati a un tavolo e da quel momento Darcy si perse in sogni fantasiosi di lord e gentildonne che ogni pomeriggio prendevano il tè nei loro castelli.

Tovaglie inamidate, delicate porcellane, panini, frutta, dolci e altre prelibatezze erano per lei sinonimo di regalità. Darcy era entusiasta di tutto questo.

«Una bella differenza rispetto alla Florida, eh?» disse Austin, con tono divertito.

Darcy rise. «Una differenza reale. Vorrei che le mie sorelle potessero vedermi ora. Gli manderò un messaggio con un selfie.»

«Un altro?» la prese in giro Austin.

Darcy non riuscì a nascondere il sorriso. «Condividerò con loro il più possibile del mio viaggio. Chi sa se tornerò mai più qui?»

«Se accettassimo di rilevare l'azienda dei miei genitori, potresti tornare qui centinaia di volte.»

Darcy non gli rispose. Avevano promesso di non prendere alcuna decisione fino a dopo la luna di miele. Inoltre, voleva pensare che questo viaggio fosse solo suo, con l'uomo che amava con tutto il cuore.

Una volta sazi, lasciarono l'albergo e si diressero da Harrods. Darcy sperava di prendere qualche oggetto da portare in Florida. Era strano come continuassero a venirle in mente le sue sorelle. Si disse di non preoccuparsi di loro e dell'albergo, ma non poteva fare a meno di chiedersi come stessero andando le cose.

CAPITOLO 42
SHEENA

Sheena era nell'ufficio dell'hotel in attesa che arrivasse l'ispettore edile quando squillò il telefono.

«Sheena? Sono Sally. Oggi non mi sento bene e non posso darti il cambio. Mi dispiace. Spero di poter venire in ufficio domani.»

«Non preoccuparti. Troveremo una soluzione. Guarisci e, se tutto va bene, ci vediamo domani.» Quando Sheena riattaccò, la sensazione di ottimismo che aveva proiettato nella conversazione scomparve per via della delusione. Aveva appena messo un annuncio sul giornale per cercare un aiuto per l'ufficio, ma avevano bisogno di qualcuno subito. D'impulso chiamò Lynn e le spiegò la situazione.

«Posso aiutare per qualche ora questa mattina. Ma più tardi accompagnerò Patrick a casa sua, a The Villages. Vuole che rimanga per aiutarlo a sistemarsi. Ho un'amica lì che mi ospiterà per la notte.»

«Cosa? Mi vuoi dire che papà parte oggi? Pensavo che si fermasse per altri due giorni.» Sheena si sentì come se qualcuno l'avesse schiaffeggiata. Si portò una mano alla guancia.

«No, partiamo oggi pomeriggio. Non credo che tornerà per un po', ma è meglio che tu gli parli. Quando mi vuoi in ufficio?»

«Puoi venire adesso?» chiese Sheena. Doveva parlare con suo padre. La sera prima aveva rifiutato l'invito a cenare con lei e la sua famiglia. Era perché era stato con Lynn?

Quando Lynn si presentò in ufficio, Sheena le spiegò rapidamente le procedure e si diresse verso l'Edificio Airone per vedere suo padre.

Lungo la strada, vide Patrick che si rilassava in piscina e svoltò bruscamente attraversando il cancello per entrare nell'area della piscina.

«Ciao, papà!» disse piano, sperando di non disturbare gli altri ospiti dell'albergo.

Lui aprì gli occhi e le sorrise. «Ciao, tesoro.»

Sheena si sedette su una sedia vuota accanto a lui. «Ho appena parlato con Lynn. Ho saputo che oggi ci lascerai e che lei verrà con te.»

«Sì, ho deciso che è ora di sistemare la mia casa a The Villages. Lynn mi accompagnerà e mi aiuterà a metterla in ordine.»

«E starà da un'amica?»

Patrick le sorrise come uno scolaretto birichino. «A meno che non riesca a convincerla a restare con me.»

Un senso di protezione la travolse. Sapeva quanto poteva essere affascinante suo padre, quanto era stato solo, ma non voleva vedere Lynn soffrire. «Papà...»

Patrick si sollevò su un gomito. «Lo so, lo so. Vuoi che stia attento. Ma alla mia età bisogna muoversi in fretta. Lynn mi piace molto. Io le piaccio. Vogliamo vedere dove ci porterà questa cosa. Tutto qui.»

«Ma, papà, l'hai appena conosciuta.»

Patrick fece uno sbuffo disgustato. «Pensi che non lo sappia? Ma come ho detto, stiamo solo cercando di capire se tutti questi sentimenti sono reali o meno. È quella cosa della chimica, capisci? C'è, eccome. E la povera Lynnie è sola da un po' di tempo.»

Lynnie? Sheena aprì la bocca per dire altro, poi la chiuse. Suo padre aveva sessantotto anni e si comportava come se ne stesse per compiere diciannove. «Non farle del male, papà. Ok? Stavi per sposare Regina.»

Lui le rivolse uno sguardo fisso. «Come ho detto, io e Lynn ci piacciamo in un modo che non ho mai provato prima.» Sollevò una mano. «Con questo non voglio mettere tua madre in cattiva luce.»

«No, no» disse Sheena. «Ho capito.» Aveva capito molte più cose sul matrimonio dei suoi genitori di quanto lui sospettasse.

«Be', le tue sorelle potrebbero non capirlo, quindi apprezzerei molto se tu non ne parlassi.»

«Papà, sapranno dove sei andato e con chi. Non ho intenzione di avere segreti con loro.»

«Hai ragione. È solo che non voglio che Lynnie soffra.»

Alle sue parole, Sheena si rilassò. Dopotutto, suo padre stava pensando a Lynn.

A quel punto arrivò Regan. «Ciao, sono tornata. Ehi! Che succede?»

«Ciao, tesoro. Vieni a parlare con me» disse Patrick.

«Ci vediamo dopo, papà. Buon viaggio.» Sheena si alzò e gli diede un bacio sulla guancia, poi si rivolse a Regan. «Ciao! Vado a controllare le cose al bar della piscina e poi torno in ufficio. Parliamo.»

Sheena stava rientrando in ufficio quando Regan apparve al suo fianco.

«Che succede? Papà e Lynn?»

Sheena scrollò le spalle. «Andiamo sul lungomare. Parleremo di questo e poi dovremo discutere di altre cose.»

Arrivarono all'area erbosa accanto alla baia e si sistemarono sulle sedie una di fronte all'altra.

«Papà mi ha detto che lui e Lynn si frequentano, che fanno sul serio» disse Regan, accigliata. «Com'è possibile? Si sono appena conosciuti e ora vanno insieme a The Villages?»

«So quanto sei sorpresa. Anch'io lo ero. Quando ho parlato con lui, papà mi ha detto che è molto preoccupato di non ferire Lynn parlando molto del loro viaggio insieme» disse Sheena. «Onestamente, non ho mai visto niente di simile alla radiosa felicità che ha sul viso. Forse, come dice lui, ha trovato quello che ha sempre voluto.»

«Ma la mamma...»

«Lui e la mamma sono stati fedeli, ma non credo che il loro amore fosse simile a quello che ho io con Tony, o a quello che tu hai con Brian.»

Regan rimase in silenzio per un momento. «Ok, non dirò più niente né a papà né a Lynn sul loro viaggio. Di cos'altro volevi parlare? Come vanno le cose all'hotel? So che sono passati solo un paio di giorni, ma sembra che io sia stata via un'eternità.»

«Sto aspettando che l'ispettore dia l'agibilità per le venti stanze dell'ultimo piano dell'Edificio Airone. Dovrebbe arrivare in mattinata.»

«Aspetta un attimo!» disse Regan. «Quelle stanze non sono pronte. Tony deve fare un sopralluogo per conto proprio, televisori e telefoni devono essere collegati e i quadri devono essere ancora appesi.»

«L'ho scoperto e me ne sono occupata io, ma non sono comunque elementi critici per un'agibilità. Non possiamo perdere entrate per piccoli dettagli come questi» disse Sheena.

Regan le rivolse uno sguardo avvilito. «Pensi che non stia facendo un buon lavoro?»

«No, credo che tu abbia avuto molto da fare e sono intervenuta per aiutarti.»

«Spero che tu non abbia fatto pasticci con le suite. Ho tutto sotto controllo.» Il viola negli occhi di Regan si fece più scuro. «Tu fai il tuo lavoro e io farò il mio.»

Dopo aver gestito l'albergo nel modo migliore possibile da sola, Sheena sentì una vampata di rabbia scaldarle le guance. «Apprezzo il tuo ringraziamento per aver fatto il tuo lavoro, Regan. Non è una questione di ego, ma di lavorare insieme per il successo dell'hotel.»

Tenendo a freno la rabbia, Sheena si alzò dalla sedia e si diresse verso l'ufficio, talmente frustrata da voler pestare il terreno a ogni passo.

«Aspetta!» gridò Regan.

Sheena rallentò ma continuò a camminare.

Regan la raggiunse. «Senti, mi dispiace. Non volevo reagire in modo brusco. Immagino che avrei dovuto chiedere il tuo aiuto quando ho capito che stavo rimanendo indietro.»

«Sarebbe stato utile. Ogni stanza che resta incompiuta significa una perdita di introiti. Tra l'altro, siamo in overbooking per il nostro primo ricevimento di nozze, anche contando le venti stanze al piano superiore.»

Regan spalancò gli occhi. «Tutte e quaranta le stanze?»

«Sì. Dobbiamo sperare che due persone disdicano, o che almeno una suite venga realizzata entro diciotto giorni. Ho aspettato che tu tornassi. Ora che sei qui, dobbiamo parlare insieme con Tony e Brian per assicurarci che le loro squadre siano al lavoro ogni giorno. Hanno quasi finito, ma abbiamo bisogno che finiscano il lavoro in almeno una delle suite, in modo da poter posare le piastrelle del pavimento. Poi potremo spostare mobili ed elettrodomestici e dare gli ultimi ritocchi decorativi.»

«Ok, venite a cena a casa mia stasera e ne parleremo. Adesso è meglio che faccia qualche telefonata.»

Mentre Regan correva verso l'ufficio, Sheena la guardò piena di sgomento. Con Regan e Darcy che avevano i loro progetti, le fu chiaro che il suo lavoro all'hotel sarebbe diventato molto più difficile.

Quella sera, Sheena e Tony attraversarono il cancello della proprietà di Kenton e si fermarono davanti al cottage.

«Spero che Regan sia una cuoca brava come te» brontolò Tony. «Ho fame e sono stanco.»

«Cenare qui è un bel modo di fare la nostra riunione di lavoro» disse Sheena. «Regan è stata gentile a invitarci. Stamattina abbiamo avuto una piccola discussione e lei è impaziente di occuparsi di nuovo della ristrutturazione delle stanze.»

Tony scese dall'auto e guardò la casa di Kenton. «Bella casa, eh?»

«Regan me l'ha fatta vedere. È bellissima all'interno.»

«Questo cottage sarebbe felice di averlo chiunque» disse Tony, studiandolo.

Brian uscì per salutarli. «Mi sembrava di avervi sentito arrivare. Benvenuti nel nostro piccolo angolo di paradiso.»

Diede una pacca sulla spalla a Tony e diede a Sheena un bacio sulla guancia.

Regan apparve al fianco di Brian. «La cena è in forno, ma andiamo a sederci nel patio. È sempre bello lì finché il sole non tramonta.»

In cucina, Brian porse a Tony una birra fresca. «Cosa possiamo offrirti, Sheena?»

«Solo un bicchiere d'acqua. Non ne bevo mai abbastanza apparentemente» rispose lei.

Brian le preparò un bicchiere d'acqua e porse un bicchiere di vino rosso a Regan. «Bene, ora godiamoci l'aria aperta.»

Regan li condusse fuori. Era troppo nuvoloso per vedere un tramonto chiaro, ma il cielo aveva una leggera sfumatura arancione tra le nuvole.

«Di che cosa dobbiamo parlare?» chiese Tony dopo essersi seduto e aver bevuto un sorso di birra.

Regan lanciò un'occhiata a Sheena e si schiarì la gola. «Sheena e io abbiamo bisogno che concordiate di completare il lavoro sulle suite. Non si può rimandare oltre. Come dice Sheena, ogni stanza vuota significa mancanza di introiti. E queste stanze sono vuote perché la vostra parte di lavoro non è stata completata.»

Nel silenzio che seguì, Sheena disse. «Oggi ho visitato le camere. Le pareti delle stanze principali e delle camere da letto sono tinteggiate, ma la nuova modanatura di cui abbiamo parlato dev'essere installata e verniciata. Inoltre, le piastrelle per i pavimenti devono ancora essere posate nelle cucine e nei bagni, così che poi si possano installare i servizi igienici, i lavandini e le vasche, e gli elettrodomestici della cucina possano essere posizionati e collegati.»

Regan studiò il foglio che aveva in mano. «Inoltre, gli impianti elettrici, compresi i ventilatori a soffitto, devono essere collegati in tutte le stanze. E, dopo che avrete completato il vostro lavoro, dev'essere posata la moquette, per la quale non siete responsabili voi. Poi si potranno fare tutte le rifiniture finali. Ho dimenticato qualcosa, Sheena?»

«Queste suite sono tutte dotate di nuovi climatizzatori, ma i termostati non sono incassati a muro, sono solo appesi a dei fili. È questo il tipo di lavoro di rifinitura che dev'essere fatto. Noi, più di altri, sappiamo quanto siete impegnati, ma abbiamo bisogno del vostro aiuto. Con un matrimonio che si terrà tra poco più di due settimane, non possiamo rovinare tutto.»

Tony e Brian si guardarono.

«Be', accidenti» disse Brian. «Sembri uno dei nostri clienti.»

«Questa è una di quelle volte in cui il rapporto che abbiamo con voi deve avere il suo peso» disse Sheena. «Giusto, Regan?»

Lei guardò gli uomini e annuì. «A proposito, ho appena saputo che inizierò a lavorare con un altro cliente al Ventura Village. Congratulazioni!»

«Grazie.» Tony si schiarì la gola. «Per quanto riguarda il lavoro all'hotel, se a Brian va bene, domani metto insieme una squadra e la porto in albergo per accelerare i lavori.»

«Ok. Credo sia meglio. Voglio godermi il mio nuovo status di marito.»

Tony guardò Sheena e sorrise. «Anch'io. Mi piace poter andare a letto con mia moglie.»

Si fecero tutti una bella risata.

Essendo diventato buio, rientrarono in casa.

In cucina, Sheena si sedette e si divertì a guardare Regan preparare e servire il pasto. Era un piacere essere ospite per una volta. Lei e Tony non avevano ancora molto tempo prima di dover portarsi dietro un bambino o di dover rimanere a casa.

Più tardi, quella sera, rientrando nel loro complesso residenziale, Sheena notò la decappottabile di Taylor nella casa campione. «Tony, fermati. Voglio controllare una cosa nell'ufficio di Regan. Credo che il campione di moquette di cui parlavamo prima sia lì.»

Tony frenò e si fermò davanti alla casa.

«Vai pure. Io resto qui.»

Sheena scese dall'auto, percorse il vialetto e bussò alla porta. Voleva anche vedere cosa faceva Taylor. Qualcosa non quadrava.

Dalla finestra Sheena vide che l'ufficio vendite era vuoto. Dopo aver provato se la porta era chiusa a chiave o no, la aprì ed entrò.

Si avviò verso l'ufficio di Regan sul retro della casa quando sentì un rumore al piano superiore. Chiedendosi se dovesse chiamare, esitò. Una mano le toccò la spalla. Sobbalzò e si girò di scatto.

«Per l'amor di Dio, Tony, mi hai spaventata. Pensavo che saresti rimasto in macchina.»

«Ssshh!» Tony le fece cenno di dirigersi verso le scale.

Mentre salivano silenziosamente al piano di sopra, Sheena sentì altri rumori e capì improvvisamente cosa stava succedendo.

Tony continuò a salire e ora, Sheena lo sapeva, anche lui aveva capito.

In cima alle scale, si diressero verso la camera da letto principale e sbirciarono all'interno.

Taylor giaceva nuda sul letto.

«Dai, sbrigati! Hai pagato solo per un'ora» disse all'uomo in piedi accanto al letto, anche lui nudo.

«Io non lo farei, se fossi in te» disse Tony, con voce bassa e arrabbiata.

«Ma che cazzo!» L'uomo si voltò verso di loro, con gli occhi spalancati per la sorpresa.

«Vestiti» gli disse Tony.

Nauseata da ciò che stava accadendo nella casa che Tony e Brian avevano costruito con amore, Sheena si girò dall'altra parte.

«Assicurati che Taylor si vesta mentre io chiamo la polizia» disse Tony.

«No! Non i poliziotti!» gridò Taylor.

Tony la ignorò mentre l'uomo si vestiva frettolosamente. La vena pulsante alla tempia indicava quanto fosse furioso.

L'uomo uscì di corsa dalla stanza. Tony lo seguì, gridandogli di fermarsi.

Sheena rimase sulla soglia della porta mentre Taylor si rialzava in piedi e cercava i suoi vestiti sparpagliati per terra.

«Mi dispiace. Senti, non succederà più.»

«Tutte le sere in cui dicevi di lavorare fino a tardi, succedeva questo?» le chiese Sheena.

Taylor strinse gli occhi. «Che ne sai tu della fatica di arrivare a fine mese? Tu hai tutto. Un uomo bello e ricco, una famiglia, un hotel, tutto. Mio marito non mi ha lasciato niente. Tutto per una mia scappatella.»

«Non era una sola, vero?» chiese Sheena, conoscendo la risposta.

Taylor iniziò a piangere. Sheena conosceva molte donne che avevano avuto problemi dopo un divorzio, ma non erano affatto come questa donna. Ora Sheena capiva perché Taylor era andata dietro a Tony e poi a Brian. Pensava che fossero ricchi.

Era quasi ridicolo. In un cantiere, ciò che sembrava buono sulla carta poteva evaporare in fretta.

Brian e Regan arrivarono proprio mentre un poliziotto stava portando via Taylor. Il motivo addotto per arrestarla era effrazione e violazione di domicilio e, sebbene sapessero che era possibile che le accuse non reggessero, era un modo come un altro per allontanarla dalla proprietà e dalle loro vite.

Tony e Brian controllarono tutte le stanze per verificare che non ci fossero danni o che non fosse stato rubato niente. Sheena e Regan controllarono in entrambi gli uffici. Una cassetta per le piccole spese conteneva un dollaro e nient'altro. Sheena trovò un assegno di cento dollari intestato alla Lortay Enterprises nascosto in una busta con su scritto "privato" in uno dei cassetti della scrivania.

«Lortay Enterprises?» disse Regan quando Sheena glielo mostrò. «Taylor non poteva inventarsi un nome falso migliore?»

«Tra i suoi punti di forza non c'è il cervello» disse Brian, raggiungendole.

«Mi sa che siamo stati tutti ingannati da Taylor» disse Tony scuotendo la testa.

Sheena lo fulminò con lo sguardo. «Nooo. Ha ingannato metà di noi. Io e Regan non ci siamo mai fidate di lei.»

«È vero» disse Regan. «Non mi è mai piaciuta, ma non pensavo che avrebbe fatto una cosa del genere.»

«Bene, abbiamo imparato la lezione» disse Brian. «La prossima persona che assumeremo per assistere Bett dovrà avere l'approvazione tua e di Sheena.»

Piccoli passi, pensò Sheena. Ci volevano piccoli passi per creare un buon rapporto di lavoro. Ma loro quattro stavano cominciando a formare una bella squadra per il Ventura Village, LLC.

CAPITOLO 43

DARCY

Vive la Paris! Darcy sollevò il bicchiere di vino in segno di saluto ad Austin. Seduta in un piccolo bistrot di quartiere non lontano dal loro albergo, Darcy pensava che Parigi fosse meravigliosa come aveva sperato. Dopo aver trascorso un paio di giorni a visitare la città, era pronta a trascorrere una serata tranquilla con una cena semplice.

«Che cosa ti è piaciuto di più oggi?» le chiese Austin. Era commovente vedere il piacere che traeva dall'eccitazione della moglie.

«Be', il Louvre era spettacolare come mi aspettavo. Ma non potevo credere che il quadro della Monna Lisa fosse così piccolo. E giuro che quando mi muovevo per la sala, il suo sguardo mi seguiva.»

Austin ridacchiò. «Lo dicono in tanti.»

«Tutte quelle opere famose di Leonardo da Vinci, Rodin, cose come la Venere di Milo e tutto il resto. Non potevo credere di essere io a vederle davvero. Hai idea del regalo speciale che mi hai fatto?»

Lui allungò il braccio e le diede una stretta alla mano. «E il regalo che tu hai fatto a me? È inestimabile.»

«A volte devo darmi un pizzicotto per sapere che tutto questo è reale: tu, il viaggio, tutto. Se morirò e andrò in paradiso, voglio riempire il mio pezzetto di paradiso con il vino, il pane e il formaggio francesi e le opere d'arte che ho visto qui.»

Austin sorrise. «Dovremmo goderci ogni giorno e ogni

notte che abbiamo qui.»

E le rivolse uno sguardo penetrante che arrivò fin nel più profondo del suo animo, dove aveva iniziato a conservare quei momenti preziosi.

CAPITOLO 44
REGAN

«Un'altra cartolina» disse Regan, sventolandola per farla vedere a Sheena. «Questa volta è Roma.»

Sheena sorrise. «Sono felice che si stia divertendo così tanto. Pensa a tutte le cose interessanti che ha visto e che potrà inserire nei suoi romanzi.»

«Lo so. Tutto questo nel giro di due settimane. Ancora una settimana e sarà a casa. Giusto in tempo per dare una ripulita dopo il matrimonio che si terrà questo weekend. Com'è andato l'incontro con Nicole e la wedding planner?» chiese Regan. Di lì a soli cinque giorni si sarebbe svolto il primo matrimonio all'hotel e lei era nervosa quanto Sheena.

Dopo la riunione di un paio di settimane prima, le squadre di Tony e Brian avevano fatto la loro parte e le suite erano pronte per posare la moquette. Ora spettava a lei controllare che il resto venisse fatto in tempo. Avrebbe poi sistemato i mobili, appeso i quadri e aggiunto altri tocchi decorativi.

I bollettini meteo indicavano pioggia durante la settimana, ma giornate serene nel weekend. Regan pregò che avessero ragione. Tutta la cerimonia era incentrata su attività all'aria aperta.

«Sembra che stia arrivando un po' di pioggia» disse Sheena. «Meglio così. Ce la toglieremo di mezzo.»

Sheena si rivolse alla donna che avevano recentemente assunto per l'ufficio. Jeanne Nance era un'insegnante in pensione che viveva nel quartiere di Rosa e Paul, ed era perfetta. Donna robusta e gioviale, che aveva insegnato per anni all'asilo, Jeanne era una fonte di energia positiva quando si muoveva per l'ufficio e accoglieva gli ospiti con un'allegria contagiosa. Insegnarle i programmi informatici era tutta un'altra faccenda, che però stavano lentamente risolvendo.

«Ti va bene se ti lasciamo sola per un po', Jeanne?» chiese Regan. «Voglio verificare lo stato dei preparativi per il nostro matrimonio all'aperto.»

Jeanne rivolse a entrambe un sorriso. «Me la caverò qui. Voi due andate a svolgere i vostri compiti altrove.»

Regan scambiò un'occhiata divertita con Sheena.

Una volta fuori, si diressero al gazebo. La wedding planner aveva suggerito di far passare dei fiori di seta bianchi e delle mini luci attraverso il reticolo alla base del gazebo. Avevano pagato Meaghan e due sue amiche per fare questo lavoro noioso.

Il traliccio a tre sezioni, ricoperto di coloratissime bouganville, era piantato nel terreno e sarebbe stato lo sfondo perfetto per la sposa e la sua piccola festa.

Il molo era finito ma anche se le tavole da paddle erano state ordinate, non sarebbero arrivate prima di due giorni. I kayak, invece, erano sistemati nelle rastrelliere appena costruite.

Regan e Sheena si fermarono a guardare l'hotel per avere una visione completa della tenuta. Le piante circondavano gli edifici ed erano posizionate strategicamente per creare colore, ombra e interesse. Gli edifici brillavano per le attenzioni ricevute. L'aggiunta del capanno adibito a bar della piscina e del ristorante Gavin aggiungevano un aspetto raffinato al complesso.

«Accidenti! Sembra molto diverso dal posto che abbiamo visto la prima volta» disse Regan.

«A volte mi chiedo cosa ne penserebbe Gavin. Aveva le sue idee su ciò che voleva, ma credo che abbiamo superato anche quelle. È davvero bello. Raffinato e piacevole.»

«Sono d'accordo» disse Regan. «È perfetto. Come dice il nostro slogan... è un tesoro tranquillo.»

«Forza, ragazza» disse Sheena prendendola a braccetto. «Andiamo a vedere cosa succede da Gracie. Ho sentito che Bebe sta provando un nuovo design per la torta nuziale. Sai cosa significa!»

Regan sorrise. «Torta!»

Nella quiete che seguiva la chiusura del ristorante di Gracie, i membri dello staff normalmente si rilassavano all'interno del ristorante. Quel giorno, quando Regan e Sheena li raggiunsero, erano seduti ai tavoli a mangiare i resti degli esperimenti della torta di Bebe.

Poco dopo, Rocky entrò di corsa. «Ehi, gente! Sembra che un brutto temporale si stia dirigendo verso di noi. Ho bisogno di aiuto per mettere via gli arredi del patio e della piscina.»

Regan fu sorpresa quando Sam, un uomo taciturno, cominciò a parlare. «Rocky, rilassati. Non dovrebbe piovere seriamente fino a domani.»

«Be', questa volta si mette male. E me lo sento nelle ossa.»

Regan si fidava dell'istinto di Rocky su una cosa del genere. Rocky aveva trascorso un paio d'anni a girare in barca con Gavin alla ricerca di oro e, sebbene assomigliasse a un pirata con il suo orecchino d'oro e i suoi riccioli scuri, era un uomo di buon senso.

Regan e Sheena si affrettarono a seguire gli altri all'esterno.

Nuvole scure si erano addensate nel cielo a ovest. In pochi istanti si alzò un forte vento che trasformò le nuvole in una massa ribollente. Poi, come un dito puntato dalle nuvole, una colonna di vento turbinoso si diresse verso la riva.

«Una tromba d'acqua!» gridò Rocky. «Tornate dentro.»

Per quanto fosse affascinante osservare quel fenomeno, Regan si affrettò ad agire. La voce di Rocky era più di un avvertimento: era piena di paura.

Tornato all'interno del ristorante, Rocky ordinò: «State lontani dalle finestre. Andate nel corridoio.»

«Mio Dio! È come i tornado dove vivevo» disse Maggie, tenendo Clyde per la mano. Lui mugolava sommessamente.

«Sono stato sorpreso da una di queste trombe d'acqua una volta» disse Rocky. «Di solito rimangono in mare, ma quando si avvicinano così tanto alla riva, possono essere molto pericolose.»

I lampi, il rombo dei tuoni e lo scroscio della pioggia sul tetto li tenevano rannicchiati all'interno. A un certo punto, l'intero edificio tremò, mentre sembrava che un treno merci passasse ad alta velocità.

Poi, con la stessa rapidità con cui era arrivata, la tempesta si attenuò.

Sheena rivolse a Regan uno sguardo preoccupato mentre seguivano Rocky all'esterno.

Regan rimase a bocca aperta alla vista del parco. I fiori d'ibisco erano ridotti a ciuffi sminuzzati. Il terreno era punteggiato da fronde di palme. Il tetto di paglia del capanno del bar aveva dei buchi. Alcune tegole del tetto dell'edificio principale giacevano a terra come gabbiani annegati.

«Che disastro!» disse Sheena a Regan. «Sarà meglio controllare come stanno gli ospiti e il resto della tenuta. Tu inizia il giro e io vado in ufficio.»

In piscina, diverse sedie erano finite in acqua, c'erano sedie a sdraio sparse ovunque e due ombrelloni si erano rovesciati. Tutto il resto sembrava a posto. I cespugli fioriti intorno al Gavin erano in pessime condizioni.

Quando si avvicinò al lungomare, il cuore di Regan si fermò alla vista del traliccio. Sembrava che una creatura gigantesca lo avesse calpestato, facendolo a pezzi e distruggendo i rampicanti in fiore che lo ricoprivano.

Il gazebo aveva resistito al vento e alla pioggia, ma i cespugli alla sua base avrebbero dovuto essere sostituiti prima del matrimonio.

Petey, il pavone, si diresse verso di lei malconcio come le piante.

«Ehi, Petey» disse Regan. «Anche a te piove addosso?» Di solito se ne stava appollaiato su uno dei rami più alti degli alberi.

Lei non attese la risposta, ma si affrettò a tornare in ufficio.

«Come vanno le cose?» chiese Sheena.

«Poteva andare peggio. Ma dovremo chiamare i giardinieri. La nostra non è l'unica proprietà colpita qui intorno, e avranno un sacco da fare.»

«Va bene» disse Sheena. «E chiamerò Tony per vedere se può controllarci il tetto. Non vogliamo che ci siano infiltrazioni che rovinino gli appartamenti della gente di Gavin.»

«È meglio controllare l'Edificio Airone. Chiederemo a Bernice di far fare un giro delle stanze al personale delle pulizie per raddrizzare e asciugare i mobili e controllare le camere. Sembra che la palazzina delle suite e il ristorante Gavin siano indenni. Manderò una squadra della gente di Gavin in piscina per dare una mano lì intorno.»

Sheena tirò fuori il telefono. «Adesso chiamo Tony.»

Dopo aver fatto le sue telefonate, Regan aiutò Jeanne a gestire le richieste degli ospiti dell'hotel. La maggior parte erano facili da gestire, come sostituire i mobili del patio rotti. Fortunatamente, nessuna delle porte scorrevoli di vetro era stata danneggiata.

Quando fu libera di tornare fuori, Tony era già arrivato. Era accanto a Sheena e Rocky a fissare il tetto.

«Prendo la scala e vado a dare un'occhiata» disse. «Potrebbe essere necessario solo sostituire qualche tegola. Una volta terminata l'alta stagione turistica, potremo rifare il tetto dell'intero edificio senza infastidire gli ospiti.»

«Ok» disse Sheena. «Mi sembra un buon piano.» Si girò verso Regan. «A te com'è andata?»

«Jeanne e io abbiamo iniziato a stilare un elenco di stanze che necessitano della sostituzione dei mobili da giardino. Bernice sta facendo fare un sopralluogo in tutte le stanze a quattro persone del suo staff. Ripuliranno le verande e le porte scorrevoli dove necessario.»

«Ci costerà un bel po' di straordinari, ma ne varrà la pena. E i giardinieri?»

Regan scosse la testa. «Non sono riuscita a contattarli. Come hai detto tu, probabilmente sono sommersi di chiamate.»

«Ci riprovo io dopo. Dobbiamo far tornare le cose alla normalità, o quanto di più vicino alla normalità sia possibile, per quando arriveranno gli invitati al matrimonio.»

Regan e Sheena si guardarono sgomente. «Credo che prima non avrei dovuto dire quanto fosse tutto perfetto.»

«Sono cose che capitano. Non è colpa tua.»

Regan guardò Sheena allontanarsi in fretta, grata che la sorella maggiore fosse nei paraggi. Quando aveva visto tutti i danni, avrebbe voluto scoppiare a piangere.

CAPITOLO 45
SHEENA

Sheena riattaccò il telefono con un sospiro. Odiava gli scontri, ma aveva imparato che negli affari per ottenere qualcosa bisognava fare la voce grossa. E con il primo matrimonio in arrivo di lì a poco, era più che disposta a strillare più forte del solito. Di conseguenza, i giardinieri avevano accettato di presentarsi l'indomani per fare una valutazione e per ripiantare ciò che era necessario entro la fine del giorno lavorativo successivo.

Aprì la porta dell'ufficio per dirigersi verso l'edificio principale, quando notò una folla di persone che circondava qualcuno disteso a terra. Una scala era caduta sul marciapiede dietro l'edificio.

Tony! Il battito cardiaco di Sheena accelerò per stare al passo delle sue gambe, che avevano trovato un'improvvisa scarica di adrenalina.

Regan la vide e la chiamò: «Abbiamo già chiamato l'ambulanza. È caduto dal tetto, ma dice che si riprenderà.»

Con il cuore che le batteva ancora all'impazzata, Sheena si inginocchiò accanto a Tony. «Dove sei ferito? Dimmi.»

«Non riesco a respirare e mi fa male il fianco» rispose lui a fatica per il dolore. «Quella maledetta scala mi è scivolata via da sotto i piedi.»

A Sheena tornarono in mente le lezioni dei corsi di infermieristica del liceo. *Costole rotte? Polmoni perforati?*

«Resta immobile fino all'arrivo dei soccorritori» disse Sheena con una calma che non provava.

«Sapevamo di non doverlo spostare» disse Rocky, facendosi da parte.

«Grazie. Avrebbe potuto peggiorare le cose» disse Sheena, stringendo la mano di Tony per incoraggiarlo.

Sembravano essere passate ore, non minuti, prima che finalmente arrivasse la squadra di soccorso. Dopo aver controllato i parametri vitali, l'uomo che sembrava essere il responsabile si rivolse a lei. «Non sembra essere in pericolo di vita. Naturalmente lo porteremo in ospedale e lo faremo controllare. Sospetto contusioni, graffi e un paio di costole rotte. E dovranno assicurarsi che le costole non abbiano perforato i polmoni.»

«Ok, vado a prendere la macchina. Vi seguirò in ospedale.»

«Ti accompagno io, Sheena» disse Regan, mettendole un braccio intorno alle spalle. «È troppo stressante per te guidare.»

«Grazie» disse Sheena. Aveva iniziato a tremare per la paura e non riusciva a smettere.

Molto più tardi, Sheena era seduta sul sedile posteriore della jeep di Regan con Tony accanto a lei. Le radiografie avevano confermato che Tony aveva un paio di costole rotte, ma i polmoni erano a posto. Gli avevano dato qualcosa per il dolore, gli avevano consigliato di stare tranquillo per un paio di giorni e gli avevano detto di tenere puliti i profondi graffi che aveva sul fianco destro.

«Vi porto a casa» disse Regan.

«Grazie, sarebbe fantastico» rispose Sheena. «Possiamo ritirare i nostri veicoli in albergo più tardi. È stata una giornata impegnativa.»

«Il tetto può essere rabberciato temporaneamente» disse Tony, con la voce un po' impastata per via delle medicine. «Poi lo rifaremo completamente a maggio, quando la vostra attività rallenterà.»

«Mi sembra una buona idea» disse Regan. «Ho chiamato Brian e gli ho detto cos'è successo. Ti manda a dire di stare tranquillo e di non preoccuparti di nulla al lavoro.»

«Oh, me la caverò» disse Tony, agitandosi sul sedile.

«Pensa a rilassarti» disse Sheena. «Non tornerai al lavoro prima di un giorno o due.»

Tony imprecò piano e si appoggiò al sedile.

Sheena fissò fuori dal finestrino chiedendosi cos'avrebbe fatto se Tony si fosse fatto male seriamente. L'attività di idraulico non presentava i pericoli del lavoro edile. Ma poi, si disse che chiunque poteva farsi male in qualsiasi momento. Brian si era ferito gravemente in un incidente in moto, non al lavoro.

Tre giorni dopo, Sheena si trovava in ufficio con Regan in attesa che arrivasse il primo degli invitati al matrimonio. Avevano lavorato tutti insieme per rendere la proprietà di nuovo presentabile. Il traliccio sul lungomare era stato completamente ricostruito; erano state fatte piccole riparazioni al gazebo e il tetto dell'edificio principale era stato riparato in via provvisoria. Purtroppo, anche se le piante erano state sostituite, il nuovo giardino sembrava proprio nuovo. Nel tentativo di aggiungere colore e morbidezza al traliccio, erano stati aggiunti fiori di seta ai rampicanti che si attorcigliavano alle sue doghe.

«Preghiamo che i nonni di Lea Webster capiscano quanti danni può fare una tempesta» commentò Regan. «Hanno chiamato due volte per verificare i nostri progressi.»

«Ho cercato di rassicurarli» disse Sheena, «ma sono nervosi su ogni piccolo dettaglio. Spero che Lea sappia quanto le vogliano bene i suoi nonni.»

«È stata una buona idea metterli in una suite. Con Lea nella Suite Nuziale dell'Edificio Airone che condivide con la sua damigella d'onore, eliminando due delle tre camere ora in overbooking, siamo messi meglio.»

«Sì, una stanza in meno di cui preoccuparsi. Se necessario, chiederemo ai genitori di Lea di condividere la loro suite con Mary Lou e Bill e faremo loro uno sconto.»

Gli occhi di Regan brillarono. «Chi l'avrebbe mai detto che ci saremmo trovati nella situazione di overbooking? Le altre suite dovrebbero essere finite tra una settimana, e allora potremo affittare anche quelle stanze.»

Sheena ricambiò il sorriso di Regan, ma non poteva fingere di non avere le dita gelate per l'apprensione. Questo evento, il loro primo matrimonio, era super importante. Uno dei redattori della rivista mondana avrebbe fatto parte del team di fotografi che avevano chiamato per Lea. Il matrimonio sarebbe stato anche un banco di prova per Nicole e la sua capacità di gestire questi eventi per l'hotel. Nicole era una gran lavoratrice, ma oltre al marketing, era in grado di gestire spose isteriche e le loro feste di matrimonio?

Prima che Sheena potesse preoccuparsi ulteriormente, nell'ufficio entrarono Mary Lou e Bill Webster.

«Benvenuti» disse Sheena sorridendo. «Sarà un bel fine settimana per voi e vostra nipote.»

«Spero di sì» disse Mary Lou, con uno sguardo preoccupato. «Avevamo deciso di venire qui, ma sua madre voleva che prenotassimo un albergo più grande sulla costa orientale della Florida. Ma Lea ha deciso che le piaceva di più l'idea del Salty Key Inn.»

«È una mezza ribelle» disse Bill, sorridendo con affetto, «ma entrambi vogliamo che abbia il matrimonio dei suoi sogni.»

«Sta per sposare un giovane di un'importante famiglia impegnata in politica, il che ha messo in agitazione sua madre. Ma io la capisco. Anche lui e la sua famiglia meritano un bel matrimonio» affermò Mary Lou.

«Credetemi, faremo del nostro meglio per accontentarvi in ogni modo possibile» assicurò subito Sheena.

«Potete chiamare Sheena, o me, o la nostra coordinatrice, Nicole Coleman, in qualsiasi momento» disse Regan. «Vi abbiamo assegnato una suite nuova di zecca senza costi aggiuntivi.»

Gli occhi di Mary Lou si illuminarono di gioia. «Oh, che bello! Lea e la sua amica Caro condividono la suite nuziale. Giusto?»

«Oh, sì» confermò Sheena. «È tutto organizzato.»

Nicole arrivò mentre Mary Lou e Bill stavano per lasciare l'ufficio. Sheena fece le presentazioni.

Nicole tese la mano e fece un sorriso caloroso. «Dopo avervi parlato così spesso al telefono, è un piacere conoscervi finalmente.» Guardò Sheena e Regan. «Sarò lieta di accompagnarli io in camera.»

Regan consegnò le chiavi della suite. «Alloggeranno nella suite 101. Vi raggiungo lì.»

Dopo che Nicole se ne fu andata con i Webster, Regan si rivolse a sua sorella. «Oh, oh. Sembra che questo sarà un matrimonio molto impegnativo. Vado a controllare che i biscotti e le noci che abbiamo ordinato siano in camera, insieme alla bottiglia di champagne e al vassoio di formaggi.»

«Grazie» disse Sheena. «Cercherò di ricavare un'ultima stima del numero di prenotazioni certe per le camere. Sembra che la madre di Lea non voglia condividere la suite con nessun altro.»

Nel tardo pomeriggio Sheena riuscì a confermare tutte le prenotazioni tranne una. Lasciò un messaggio e riattaccò il telefono, sperando che i signori Abbott, chiunque fossero, non potessero venire in Florida.

Alzò lo sguardo dalla scrivania e vide una giovane donna che si dirigeva verso l'ufficio. La bionda, di bassa statura, indossava pantaloncini di jeans strappati e una canottiera nera che lasciava intravedere le spalline del reggiseno di colore viola acceso. Orecchini pendenti e un piccolo e delicato anello al naso completavano l'immagine di disinvolto disprezzo per il conformismo.

Sheena controllò la lista delle prenotazioni, ma ebbe la forte sensazione di sapere già chi fosse.

Quando la donna entrò, Sheena colse l'occasione e disse: «Ciao, Lea! Benvenuta al Salty Key Inn!»

Il sorriso che apparve sul bel viso di Lea era pieno di soddisfazione. «Immagino che i miei nonni siano già qui, eh?»

Sheena rise. «Mi hanno detto che saresti arrivata. Siamo felicissimi di averti qui e di ospitare il giorno più bello della tua vita. Tua nonna ha detto che tua madre voleva che il matrimonio si tenesse altrove. Perché hai deciso di celebrarlo qui?»

«Questione d'immagine» disse Lea. «Molti matrimoni si basano sull'immagine. Mi piace l'idea che il Salty Key Inn sia un luogo semplice, attraente e tranquillo. Il mio fidanzato, Dirk Bowen, è il figlio del senatore Chuck Bowen della Pennsylvania. Per questo mia madre pensa che avremmo dovuto scegliere un posto più elegante e prestigioso. Per fortuna, Dirk non è rimasto colpito da questa idea, esattamente come me. Sa quanto le persone possano essere false e ipocrite con lui per via del suo famoso padre.»

Sheena fece del suo meglio per non mostrare il suo sgomento. Di recente si era diffusa la voce che il senatore Chuck Bowen sarebbe stato scelto come candidato alla presidenza del suo partito. Anche nel migliore dei casi, il Salty

Key Inn non poteva essere definito affascinante e ora, dopo la tempesta, aveva perso un po' del lustro che avevano dato alla tenuta di recente.

«Né i tuoi genitori né i suoi arriveranno prima di domani. Giusto?» chiese Sheena, con la mente che girava a mille.

«Sì. I miei saranno qui in mattinata e quelli di Dirk arriveranno domani pomeriggio.»

Quando Regan tornò in ufficio, Sheena le presentò Lea.

Regan sorrise. «Abbiamo messo i tuoi nonni in una delle nostre nuove suite. Credo che ne sarai contenta. E tu alloggerai nella Suite Nuziale, anch'essa appena completata.»

«Bene. Caro Parsons, la ragazza con cui divido la stanza, arriverà a breve, ma tanto vale che io mi sistemi.»

Regan le sorrise. «Ok, ora ti ci porto.»

Dopo che se ne furono andate, Sheena si accasciò su una sedia, immersa nei suoi pensieri. Sapeva che l'orgoglio poteva essere una cosa terribile, ma in questo caso poteva essere utile. Prese il telefono e chiamò Rocky.

Dopo aver parlato con lui e aver ottenuto il suo consenso, riattaccò e fece una lista di tutto ciò di cui avrebbero avuto bisogno.

Poi chiamò Bernice.

«Che cosa stai facendo?» chiese Regan, entrando in ufficio.

«Dobbiamo fare dei cambiamenti» disse Sheena con tono cupo. Spiegò la situazione dei genitori di Lea e della famiglia del suo fidanzato. «So che stiamo aspettando alcuni mobili e articoli speciali per le altre suite, ma voglio che altre due siano pronte entro domani a mezzogiorno. Chip ha completato i collegamenti telefonici ed elettronici dell'edificio la scorsa settimana. Ho appena parlato con Rocky per chiedergli di far arrivare dei televisori e Bernice è pronta a inviare le squadre di pulizia. Dobbiamo prendere dei mobili per sostituire quelli che abbiamo ordinato, ma che non abbiamo ancora ricevuto.

È qui che entri in gioco tu, Regan. Tu andrai a fare shopping.»

Regan si acciglio. «Non stai esagerando? Il padre di Dirk è famoso. E allora?»

«In gran parte si tratta di orgoglio Sullivan da parte mia, ma, Regan, pensa alla pubblicità che questo matrimonio farà all'hotel. Non ha prezzo!»

Le labbra di Regan si incurvarono in un sorriso raggiante. «Ok, allora mi divertirò a farlo. E, cara sorella, se ti sembra che abbia speso troppi soldi, puoi addebitarne una parte alle pubbliche relazioni.»

Sheena rise allo sguardo di sfida che Regan le lanciò. «Fai quello che puoi per fare dei buoni affari, e pagheremo qualsiasi cifra per una consegna immediata. Ma tutto dev'essere pronto per la festa di nozze entro domani a mezzogiorno. Metteremo i genitori di entrambi gli sposi in quelle suite.»

«Va bene» disse Regan. «Mi occuperò della mia parte.» Si girò per andare via e poi si voltò di nuovo verso Sheena. «Perché non decoriamo i nostri due golf cart e li mettiamo a disposizione degli ospiti del matrimonio?»

«Ottima idea» disse Sheena. «Chiederò a Sam e Clyde di lavorarci. Tu prendi il furgone e parti. E mandami le foto di quello che compri.»

Di fronte alla prepotenza della sorella, Regan aggrottò la fronte e salutò.

Sheena sapeva di sembrare una sorella maggiore esigente, ma era arrivato il momento di tirare fuori tutte le carte.

CAPITOLO 46
DARCY

Darcy passeggiava per la tortuosa strada acciottolata mano nella mano con Austin. Finché fosse vissuta, rifletté, avrebbe ricordato questo viaggio di nozze. Aveva visto tante cose che aveva sempre desiderato visitare, provato nuove cose da mangiare e sperimentato una vita di lusso che non aveva mai conosciuto.

Aveva trovato qualcosa da amare in ogni città: Londra, Parigi, Madrid, Roma, ma l'opportunità di trascorrere tre notti nella campagna toscana fuori Firenze era qualcosa che lei e Austin stavano assaporando come un pasto gourmet. Vedere luoghi e sperimentare culture diverse era un'ottima cosa, ma vivere tra la gente in un piccolo villaggio era, secondo Darcy, il modo in cui voleva viaggiare nel resto del mondo. E aveva così tante altre cose da vedere. Pensando all'opportunità che li attendeva quando avessero cominciato a gestire l'attività dei genitori di Austin, si sentiva fremere il polso di felicità. Rilevarla sarebbe stato un sogno che si realizzava.

«Ti sta piacendo molto, vero?» disse Austin, stringendole la mano e sorridendole.

Darcy gli restituì il sorriso e gli diede una stretta alla mano. «Mi sono divertita come non mai. E condividere tutto questo con te lo rende perfetto.»

«Allora, stai seriamente pensando di accettare l'offerta dei miei genitori di rilevare la loro attività?» chiese lui, guardandola negli occhi.

«Penso di sì. E tu? È qualcosa che vuoi fare?»

Austin aggrottò la fronte. «Non riesco a decidere. Accettare il lavoro sarebbe eccitante e divertente, ma anche estenuante e noioso.»

Darcy si voltò verso di lui sorpresa. «Noioso? Come puoi dire una cosa del genere?» e gli diede una gomitata scherzosa. «È meglio che non ti annoi con me.»

Lui rise. «Mai. Te lo prometto.»

Darcy pensò alle sue sorelle. Regan stava avviando un'attività in proprio e Sheena era più che in grado di gestire l'hotel da sola. Sarebbe stata una sciocca a non approfittare di un'offerta per viaggiare come quella. Avevano sempre alloggiato in alberghi di prima classe e le visite guidate erano state eccellenti.

«Aspettiamo di arrivare a casa prima di prendere qualsiasi decisione in merito» disse Austin.

Darcy sorrise e annuì. Avrebbe aspettato a dirglielo, ma aveva già deciso.

Mentre passava un vicino, gli disse con orgoglio in italiano: «*Buonasera.*»

Quel saluto aveva un suono decisamente migliore in italiano.

CAPITOLO 47

REGAN

Regan studiò l'assortimento di divani che aveva davanti, ponderando le sue scelte. Passò mentalmente in rassegna le possibili combinazioni di colori. Le pareti delle suite erano state dipinte di un beige morbido e caldo. I tappeti erano di una tonalità che vi si intonava, in linea con il tema della spiaggia informale. Passò le mani sul tessuto di due divani, apprezzandone la consistenza robusta ma morbida e i motivi. Nei toni caldi del verde mare, sarebbero stati bene con il resto degli arredi. Li segnò come possibilità sulla sua lista.

Da quella sezione, si affrettò verso il punto in cui erano esposte diverse sedie. Il problema degli articoli in vendita era che erano messi a casaccio. Regan doveva mettere insieme gli arredi delle due suite per farli sembrare ben coordinati. Alla fine optò per delle sedie imbottite rivestite di un turchese chiaro con un sottile disegno di corallo marino che aggiungeva interesse e un tocco di rosso al suo tema. Decise subito di trovare dei cuscini corallo e turchese da mettere sui divani. Sheena le aveva dato carta bianca per fare ciò che voleva.

«Come va?» le chiese una commessa avvicinandosi. «È qui da molto.»

«Credo di aver trovato quello che volevo. Ho solo bisogno che mi promettiate che li consegnerete al mio hotel stasera.»

«Come richiesto, ho domandato al mio capo» la rassicurò la donna. «Ha detto che se potete prendere le consegne dopo le sei e pagare gli straordinari all'autista e al suo assistente, vi accontenterà.»

«Quello non sarà un problema» disse Regan. «Ho scelto due divani e due sedie. Ora mi servono tavolini e lampade. Il resto lo abbiamo già.»

Le girava la testa mentre usciva dal negozio di mobili. Mentre aveva ancora in mente colori e modelli, si affrettò a recarsi in un negozio della catena Bed, Bath & Beyond per comprare copriletti e biancheria da letto da coordinare con i nuovi acquisti.

Più tardi, con il furgone pieno di lenzuola, cuscini e oggetti decorativi, Regan tornò in albergo. Forse si trattava di orgoglio Sullivan, ma aveva fatto del suo meglio per fare scelte sagge che riflettessero buon gusto. Come le aveva detto una volta Mo, il buon gusto non era questione di quanti soldi si spendevano, ma di qualità di quello che si comprava e di come si riusciva a coordinare tutto con ogni interno per ottenere un risultato piacevole da guardare.

Quando Brian la raggiunse alla palazzina delle suite quella sera, lei stava appendendo dei quadri nel corridoio al piano terra.

«Lavori fino a tardi, vero?» Le diede un bacio che le fece venire voglia di lasciare il lavoro e portarlo a casa.

Lei sorrise. «Sheena ha avuto l'idea di spostare i genitori degli sposi nelle suite. Sembra che il padre dello sposo sia il senatore Chuck Bowen. Pensa che ci farà molta pubblicità quando si saprà che suo figlio si è sposato qui.»

Brian annuì pensieroso. «Sono d'accordo. È un buon modo per mettere in mostra il posto. Forse riusciremo anche a ricavarne qualche vantaggio per il Key Hole.»

«Mi assicurerò che abbiano dei coupon extra nelle loro stanze» gli disse Regan, appendendo l'ultima delle vecchie fotografie dei primi giorni dell'hotel. Fece un passo indietro per assicurarsi che fosse appesa nel modo giusto.

«Quando sarai pronta per andare a casa, o dobbiamo vederci al Key Hole?»

Regan controllò l'orologio. «Dammi quindici minuti e arrivo. Voglio controllare il personale di Bernice. Stanno per finire di pulire le stanze.»

«Va bene» disse Brian. «Ci vediamo tra poco. Questo mi darà la possibilità di parlare con il nostro nuovo manager. Finora tutto bene, ma non fa male tenere d'occhio le cose al bar.»

Regan entrò in una delle suite appena completate e si guardò intorno con attenzione. Come aveva sperato, i mobili acquistati di recente avevano l'aria di essere lì da sempre. Il loro stile casual nascondeva tessuti, colori e motivi di qualità che si integravano perfettamente con le pareti e la moquette. Continuò a studiare la suite. In un angolo del soggiorno si trovava una grande pianta finta. Una ciotola di vetro riempita di conchiglie e sormontata da piante aeree abbelliva il tavolino. Le lampade sui tavolini erano fatte di legno intagliato che le facevano sembrare pezzi di legno alla deriva. Le stampe incorniciate di scene subacquee risaltavano sul colore caldo delle pareti. Sì, funzionava. Controllò i due bagni e le due camere da letto. Anche lì sembrava tutto in ordine e coordinato. Normalmente le suite erano occupate da famiglie o da soggiorni di lunga durata, ma per occasioni come quella le suite offrivano uno spazio flessibile ai partecipanti a eventi di gruppo.

Sheena apparve sulla porta proprio mentre Regan era pronta ad uscire. «È tutto a posto qui?»

«Tutto a posto. Mi vedo con Brian per la cena al Key Hole e poi vado a casa a dormire» disse Regan, sospirando. «Se ospitare un matrimonio sarà sempre così, avremo entrambi bisogno di tutto il riposo possibile.»

«Ho appena finito di decorare i golf cart con Sam e Clyde. Domani mattina ne consegneremo uno ai nonni di Lea e terremo l'altro per il senatore Bowen e sua moglie.»

«Come ti sembrano?» chiese Regan, prendendo Sheena a braccetto.

Sheena si voltò verso di lei con un sorriso. «Adorabili. Sono felice che tu ci abbia pensato. Sarà un tocco di classe per portare la sposa e gli ospiti alla spiaggia.»

Fuori dall'edificio, Regan si fermò un attimo con Sheena a guardare la gente che entrava e usciva dal Gavin.

«Domani ricontrolleremo i preparativi per la cena di prova. Spero che i Bowen saranno soddisfatti del ristorante» disse Sheena.

«Sarei scioccata se non lo fossero. Il Gavin è diventato il posto migliore per mangiare qui sulla costa, batte persino il Key Pelican.»

«Giusto, giusto» disse Sheena. «Non so perché sono così preoccupata per questo matrimonio.»

«Forse perché è il primo che facciamo qui all'hotel?» disse Regan, e risero entrambe.

Ma anche mentre ridacchiavano insieme, Regan sapeva che non c'era niente da ridere. Una cattiva recensione da parte di qualcuno di importante poteva rovinare la loro reputazione.

CAPITOLO 48
SHEENA

Sheena si sentiva afflitta dalla stanchezza mentre si dirigeva verso casa. I quindici minuti di viaggio le sembravano un'eternità. Forse perché sapeva cosa l'aspettava: figli rumorosi e affamati che chiedevano di essere nutriti, un marito fisicamente stanco che aspettava un pasto e il mucchio di biancheria che non aveva fatto al mattino.

Pensando ai mesi a venire, quando avrebbe avuto un neonato da accudire oltre a quei tre, Sheena si chiese se sarebbe stata in grado di gestire l'hotel da sola. Poi si ricordò che avrebbe avuto l'aiuto delle sorelle e si disse di smettere di preoccuparsi. Darcy sarebbe tornata a casa tra due giorni, subito dopo la fine della festa di nozze. Allora, forse, lei stessa avrebbe potuto prendersi un po' di tempo libero.

Appena Sheena entrò in casa, Michael la salutò con: «Quando si cena? Ho fame.»

Meaghan seguì Tony nell'ingresso. «Cosa c'è per cena?» chiese. «Ricordati che stasera ho una riunione di cheerleader.»

«Ciao, tesoro.» Tony le diede un bacio. «Sei in ritardo.»

I tre si allinearono davanti a lei come uccellini affamati che cinguettavano in attesa che la madre desse loro da mangiare.

Sheena scacciò la frustrazione. «Che ne dite di ordinare qualcosa da asporto? Pensavo di prendere del cinese.»

«Ancora? L'abbiamo ordinato la settimana scorsa» disse Meaghan.

«L'alternativa è che sia tu a cucinare la cena» disse Sheena più bruscamente di quanto avesse voluto.

Lo sguardo sorpreso di Tony si trasformò in compassione. «Giornata dura, eh? Il cinese da asporto va bene. Meaghan e Michael possono andare a prenderlo insieme.»

«Ma...» iniziò Michael, ma si fermò davanti allo sguardo severo di Tony.

Tony tirò fuori il menu da asporto da un cassetto della cucina e si affrettarono a ordinare quello che volevano.

Mentre i ragazzi andavano a prendere le loro ordinazioni, Tony accompagnò Sheena fuori in veranda. «Siediti. Sembri esausta.»

Sheena si lasciò cadere su una poltrona e fece un lungo sospiro. «È il matrimonio. Stiamo cercando di rendere tutto perfetto per gli sposi, soprattutto perché abbiamo scoperto che il padre dello sposo è il senatore Chuck Bowen.»

Tony inarcò le sopracciglia. «Accidenti! Non mi stupisce che tu sia nervosa. Ho appena visto una sua intervista al telegiornale. Sta seriamente pensando di candidarsi come presidente.»

«Sì. Ecco perché per noi è fondamentale che il suo soggiorno all'hotel sia piacevole. Regan e io abbiamo aperto altre due suite oggi, in modo che i Bowen e i genitori della sposa possano soggiornarvi.»

«E il resto delle suite?»

«Non potremo aprirle prima di una settimana o poco più. Stiamo aspettando che ci venga consegnata la merce in arretrato. Siamo riusciti a prendere i mobili del patio dalla nuova veranda della gente di Gavin, ma non possiamo chiedergli di farne a meno per molto tempo. Non sarebbe giusto. Ho detto ai nostri fornitori che annulleremo l'intero ordine se non avremo una risposta entro i prossimi due giorni. Ma era una minaccia vana. Abbiamo ottenuto quei mobili a un prezzo così buono che non possiamo rimpiazzarli.»

Tony le rivolse uno sguardo pensieroso. «So quanto sei determinata a fare le cose per bene, ma ricordati che il Salty Key Inn è un posto tranquillo, senza pretese, dove tutti sono i benvenuti. Che importa se un giorno Chuck Bowen potrebbe diventare presidente? Mi hai detto fin dall'inizio che tutti gli ospiti devono essere trattati allo stesso modo.»

Sheena si sentì spalancare gli occhi. «Hai ragione. Ogni ospite dev'essere trattato come se fosse speciale, non solo uno o due.» Gli sorrise con affetto. «Grazie per avermelo ricordato.»

Lui sorrise. «Mi dicevi sempre la stessa cosa quando avevo la mia attività di idraulico.» Si chinò e la baciò. «Funzionerà. Ora andiamo a mangiare. Sento i ragazzi che entrano dalla porta.»

Seduta al tavolo della cucina con la sua famiglia, Sheena si disse che, per quanto fosse impegnata con l'hotel, non doveva essere troppo occupata per godersi la sua famiglia. Michael aveva saputo di essere stato accettato all'Università di Miami e ci sarebbe andato l'anno successivo. Meaghan lo avrebbe seguito tre anni dopo. Sheena guardò Tony e cercò di immaginare come sarebbe stato il loro nuovo bambino. Michael era stato un bambino tranquillo, facile da intrattenere con un semplice giocattolo. Meaghan era stata una bambina esigente e attiva che sapeva esattamente cosa voleva e quando.

Meaghan interruppe i suoi pensieri. «Il ballo di primavera è tra due settimane. Ho davvero bisogno di un vestito nuovo. Possiamo andare a fare shopping domani, mamma?»

Sheena scosse la testa. «Che ne dici di lunedì, dopo il matrimonio in albergo?»

Meaghan fece il broncio. «Ahh, ultimamente si parla sempre dell'hotel. E io?»

Sorpresa dal vecchio egoismo di Meaghan, Sheena disse:

«Prometto di portarti a fare shopping lunedì. Darcy tornerà in città e io chiederò un giorno libero.»

«Ok.» Gli occhi di Meaghan, nocciola come i suoi, brillarono di eccitazione. «Credo che Rob mi chiederà di andare al ballo con lui e voglio essere carina.»

Sheena sorrise. «Sei sempre bella, tesoro.» Si rivolse a Michael. «Tu vai al ballo? È anche per i diplomandi, vero?»

Michael scrollò le spalle. «Non siamo in molti ad andarci. E poi non ho interesse a chiedere a nessuna di uscire.»

Sheena lo studiò un attimo. Capiva la sua cautela. Non era passato molto tempo da quando aveva pensato di stare per diventare padre con una persona che ora non gli piaceva affatto.

Dopo cena, Sheena si alzò e si stiracchiò. «A chi tocca pulire?»

Meaghan aggrottò la fronte. «A me.»

«Grazie» disse Sheena. Andò in lavanderia e fissò la pila di vestiti sporchi. *Forse più tardi. Adesso vado a letto.*

Mentre si sistemava a letto, Sheena sapeva che avrebbe potuto costringersi a fare il bucato. Ma l'idea era di agevolare la famiglia ad affrontare la transizione che sarebbe avvenuta con l'arrivo di un nuovo bambino. Se Meaghan pensava che l'hotel le rubasse attenzione, cosa pensava che avrebbe fatto un fratellino?

Non aveva idea di che ora fosse quando Tony si infilò nel letto accanto a lei e la attirò contro di sé.

«Sei sveglia?» le sussurrò all'orecchio.

«Ora sì» disse lei, voltandosi verso di lui.

Le sue labbra incontrarono le sue in un bacio morbido e dolce che le fece capire quanto fosse stanca. «Hai esagerato. Forse è il momento di allentare un po' il lavoro in albergo.»

Sheena si girò verso di lui. «Sai che non posso farlo. A me è stato affidato il compito di supervisionare l'hotel. Lo zio Gavin voleva che fossi io la responsabile. Non posso deludere né lui né nessun altro.»

Le labbra di Tony si incurvarono. «Mi piace quando ti infiammi per qualcosa, ma, Sheena, non è sbagliato rallentare.»

«Mi preoccupa la prima impressione. Domani arriveranno i due gruppi di genitori, poi le cose si calmeranno e potrò scrollarmi di dosso il nervosismo.»

Tony le prese il viso tra le sue ampie mani. «Sei la miglior proprietaria d'albergo che io conosca. Ora torna a dormire.»

Lei si rannicchiò contro il suo corpo e chiuse gli occhi.

Quando la mattina dopo arrivò alla reception, il suo nervosismo notturno le sembrò insensato. Il cielo era azzurro, c'erano circa ventisette gradi e gli ibiscus e le bouganville appena piantati alzavano le loro teste colorate al sole. E le previsioni del tempo pronosticavano tempo simile nei giorni a venire.

Jeanne le sorrise da dietro il banco di registrazione. «Non ti aspettavo così presto.»

Sheena sorrise. «È un giorno importante. Ci sono molti ospiti in arrivo. Il senatore Bowen e sua moglie arriveranno più tardi, ma i genitori della nostra sposa dovrebbero arrivare a metà mattinata. Voglio assicurarmi che trovino tutto in ordine.»

«Il check-in non è prima delle tre.»

«Normalmente sarebbe così, ma per le famiglie degli sposi abbiamo promesso un check-in anticipato e i genitori della sposa alloggeranno in una delle suite, che è nuova di zecca e libera. Se tu ti occupi della reception, io vado a parlare con

Bernice per vedere come gestire le pulizie.»

Sheena lasciò l'ufficio e si diresse all'Edificio Airone, dove Bernice aveva allestito un piccolo ufficio in una sezione di quella che era, essenzialmente, una stanza di servizio.

All'arrivo bussò alla porta.

«Avanti» disse una voce musicale da contralto.

Sheena aprì la porta e sorrise quando vide Bernice alla sua scrivania. Bernice Richmond, la cugina di Mo Greene, era una versione più piccola di lui, con bei lineamenti, occhi luminosi e un'energia accattivante.

«Ciao, Sheena! Siediti. Cosa posso fare per te?»

Sheena si sedette su una sedia di legno davanti alla scrivania di Bernice. «Volevo avvisarti che ieri abbiamo approntato due suite e spiegarti quanto sia importante che tutto sia perfetto. La tua squadra ha finito ieri sera, ma ho pensato che tu e io dovessimo controllare quelle stanze insieme. Dobbiamo anche assicurarci che le stanze vengano pulite non appena vengono liberate. Per accogliere gli invitati alla nostra prima festa di nozze, abbiamo concesso un check-in anticipato.»

«Sì, ho ricevuto il promemoria e ho previsto una persona in più per tutto il fine settimana.»

Sheena le rivolse un sorriso riconoscente. «Grazie. Non so cosa faremmo senza di te.»

La risatina sommessa di Bernice era musicale. «O io senza di te! Tra l'hotel, il Gavin, il ristorante di Gracie e il Key Hole, hai fatto sì che i miei affari partissero alla grande.»

«Mo e Regan hanno fatto bene a convincerti ad avviare la tua azienda. Quante persone ci sono ora nel suo staff?»

«Compresi gli altri hotel che stiamo seguendo? Trentacinque.» La nota di orgoglio di Bernice era meritata. «E prima o poi mi occuperò anche della casa di Kenton.»

«Fantastico.» Sheena si alzò. «Sei sicura di avere tempo

per noi?»

Bernice le sorrise. «Oh, sì. Per il Salty Key Inn? Qualsiasi cosa.»

Mentre si dirigevano verso la palazzina delle suite, Sheena e Bernice parlarono dei loro figli. La figlia di Bernice, Mercy, era una delle bambine più carine che Sheena avesse mai visto. Aveva la pelle scura della madre, un'intelligenza vivace e una dolcezza naturale che piaceva a tutti.

«Come si trova Mercy alla scuola materna?» chiese Sheena. «E sei contenta della tua tata?»

Bernice rise. «Immagino che Mercy finirà per dirigere tutta la scuola tra un paio di mesi. È la leader della sua classe, questo è certo. Grazie al cielo, l'insegnante adora Mercy e sa indirizzarla bene. E anche la tata che ho assunto è bravissima con lei.»

«Maggie mi ha chiesto se può aiutarmi con il bambino in arrivo. Mi fa molto piacere, ma non voglio fare nulla che possa turbare Gracie.»

«Da quanto ho sentito, non sarà un problema. Considerato che Lynn esce dal gruppo, Gracie ha iniziato ad assumere altre persone per il ristorante.»

Sheena si fermò di scatto e affrontò Bernice. «Aspetta! Cos'hai detto? Lynn sta lasciando il gruppo?»

Bernice le lanciò un'occhiata strana. «Non lo sai?»

«So cosa?» chiese Sheena, stringendo gli occhi. Le sorse un sospetto.

Bernice esitò e spostò il peso da un piede all'altro.

«È mio padre, vero?» disse Sheena.

Bernice sembrava a disagio. «Mi dispiace. Forse non avrei dovuto dire nulla. Ho incontrato Lynn da Gracie e mi ha detto che si trasferisce a The Villages.»

«Capisco» disse Sheena, furiosa per il fatto che Patrick non gliel'avesse detto e che avesse dovuto sentirlo prima dal personale dell'hotel.

«Senti, non voglio creare problemi» disse Bernice, mettendole una mano sul braccio.

«Non è colpa tua, Bernice. Sono solo delusa che mio padre non me l'abbia detto.» Sheena inspirò e si concesse un sorriso. «Ma sono felice per lui e Lynn.

«Anch'io» disse Bernice.

Sheena decise di non affrontare la questione con Patrick finché non avesse avuto la possibilità di parlare con le sorelle. Avrebbero avuto le stesse preoccupazioni che aveva lei. Forse di più.

«Pronta?» chiese Bernice.

«Ok, vediamo cosa si può fare per migliorare le tre suite completate.»

Più tardi, dopo aver stilato un elenco di ulteriori oggetti da aggiungere alle suite, come saponi, lozioni, asciugamani extra e articoli per la cucina, Bernice e Sheena si separarono per andare nei loro uffici.

Sheena si presentò da Jeanne, lasciò un biglietto per Regan e si diresse al negozio per comprare altri articoli da cucina per le suite.

CAPITOLO 49
REGAN

Regan aprì gli occhi, si girò su un fianco e si accoccolò contro il forte corpo di Brian. Il calore che emanava era più che benvenuto nella frescura della stanza climatizzata.

Brian si girò verso di lei e la attirò tra le sue braccia.

Con la testa appoggiata sul suo petto, Regan inspirò il suo familiare profumo virile e sorrise. Il matrimonio era più bello di quanto sua madre le avesse fatto credere. Aspettare l'uomo giusto non era sempre stato facile, ma ne era valsa la pena. Il legame che aveva creato con Brian era tutto ciò che aveva sempre sperato, e anche meglio. La fiducia tra loro era reale. Lei si era fidata di lui per imparare cosa fosse l'amore fisico e lui si era fidato abbastanza da aprire il suo cuore all'amore profondo che lei era disposta a dargli.

Il sole non era ancora sorto, ma si alzò dal letto. Le giornate di Brian erano lunghe e cominciavano presto.

«Ehi, dove stai andando?» mormorò Brian, alzandosi su un gomito e lanciandole un'occhiata assonnata.

«Ho pensato di sorprenderti con una bella colazione calda» rispose lei, resistendo all'impulso di scostare un ricciolo biondo e bruno dalla sua fronte. Aveva una missione da portare a termine.

Regan arrivò all'hotel e trovò una fila di ospiti in attesa di essere registrati. Con le guance arrossate, Sheena era dietro la scrivania insieme a Jeanne.

«Grazie a tutti per la pazienza» stava dicendo Sheena. «Non ci aspettavamo così tanti arrivi tutti insieme.»

Regan si avvicinò alla scrivania, si sporse in avanti e disse sottovoce a Sheena. «Accompagno io gli ospiti nelle loro stanze. Chi abbiamo?»

Lo sguardo di Sheena scivolò sulla coppia in fondo alla fila. «Credo che quelli siano i genitori di Lea. Puoi andare a parlare con loro? Ci vorranno diversi minuti prima che riesca a registrarli.»

Con un sorriso smagliante in volto, Regan gli andò incontro. «Credo che voi siate i genitori della sposa.»

«Sì, Ron e Julia Webster» disse la donna vestita in modo fin troppo elegante. Si era spruzzata troppa lacca sui capelli, un'acconciatura inadatta all'umidità della Florida. «Devo dire che sono già delusa dall'hotel.»

Regan osservò il disagio sul volto di Ron e si chiese se fosse sempre Julia a dirigere lo spettacolo. Osservò l'abito estivo di pizzo di Julia, i diamanti ai lobi delle orecchie, la borsa griffata di grandi dimensioni sulla spalla ed ebbe la netta impressione che Julia volesse fare colpo sulla gente. Sfortunatamente, il suo guardaroba non riusciva a mitigare l'espressione di malcontento sul suo volto. Le linee tra le sopracciglia erano profonde. Regan aveva la sensazione che si ammorbidissero di rado. Non c'era da stupirsi che Lea fosse una piccola ribelle.

«Lea e i suoi nonni si sono ambientati bene» disse Regan. «Speriamo che il vostro soggiorno sia piacevole. Vi sistemeremo in una delle nostre nuove suite.»

Julia si raddrizzò e le fece un cenno di approvazione. «Andrà benissimo. Ha idea di dove alloggeranno i Bowen?»

«Accanto a voi, nello stesso edificio.»

A questa notizia, gli occhi di Julia si illuminarono. «Molto bene. Conoscete Chuck ed Evelyn e ormai siamo quasi una famiglia».

«In un certo senso» disse Ron, guadagnandosi un'occhiataccia da parte di Julia. «Dirk è arrivato?»

«Non ne sono sicura. Dovrò controllare alla reception. Oh, ecco, voi siete i prossimi. Scusatemi, devo accompagnare alcuni ospiti nelle loro stanze.»

Regan lasciò i genitori di Lea un po' scombussolata. Era altamente probabile che Julia Webster avrebbe creato problemi. Era pretenziosa come pochi. C'era da avere paura all'idea di incontrare Chuck ed Evelyn Bowen.

Dopo aver accompagnato due coppie alle loro stanze dell'Edificio Airone, Regan tornò in ufficio in tempo per accompagnare Ron e Julia Webster alla loro camera.

Passando davanti alle verande delle suite, incrociarono i genitori di Ron.

Mary Lou salutò con la mano. «Ciao, Ron, Julia! Sono felice che siate arrivati. Vi piacerà molto qui, e il tempo è perfetto.»

«Grazie, mamma. A presto» disse Ron.

Julia non disse nulla, ma proseguì la marcia dietro a Regan.

Regan salutò con la mano. «Ci vediamo dopo!»

Quando entrarono nella palazzina, Regan non riuscì a nascondere l'ansia rispetto alla reazione che Julia avrebbe avuto vedendo la suite. Tutti dicevano che aveva talento, ma quella vecchia sensazione infantile di essere considerata stupida aleggiava ancora nella sua mente di tanto in tanto.

«Eccoci qui» disse Regan, facendo scorrere la chiave magnetica nella fessura e girando il pomello della porta. Consegnò a Ron due tessere e fece un passo indietro.

Vedendola dal punto di vista di un ospite, Regan apprezzò i colori e gli accenti tropicali della stanza.

«Grazie, è fantastica» disse Ron. «Che ne dici, Julia?»

Regan attese la sua risposta con il cuore in gola.

«Carina, per un posto di questo tipo. Vediamo le camere da letto.» Julia li lasciò da soli ed entrò in una delle camere da letto.

Ron le rivolse uno sguardo dispiaciuto. «Magari non sembra, ma Julia è contenta. Te ne accorgeresti se non lo fosse.»

Regan annuì. «Fatemi sapere se avete bisogno di qualcos'altro. Come sapete, i vostri genitori sono nella stanza accanto.»

Alla reception, Regan e Sheena si scambiarono uno sguardo preoccupato.

«Spero che i Bowen siano più malleabili dei genitori di Lea» disse Sheena. «Julia Webster sarà molto difficile da accontentare.»

«Non me ne parlare» disse Regan, sedendosi su una sedia. Non era ancora mezzogiorno e voleva già andare a casa. «Ci dev'essere un modo per registrare le persone più velocemente.»

«Ho già chiamato Chip» disse Sheena.

Un uomo alto e occhialuto con indosso un paio di pantaloni color kaki e una camicia abbottonata a righe blu si avvicinò al bancone. La brezza del mare gli scompigliava i capelli rossi, ma lui non sembrava farci caso mentre parlava al cellulare.

Terminò la telefonata ed entrò in ufficio.

«Salve» disse Regan, ammirando i suoi occhi azzurri e le increspature di espressione gioviale agli angoli delle palpebre.

«Sono qui per il matrimonio Webster-Bowen» disse l'uomo.

«E lei è...?»

Una figura si precipitò in ufficio e gli corse tra le braccia. «Dirk! Sei qui!»

Regan e Sheena si guardarono e risero.

«Ciao, Lea!» disse Regan, ancora ridacchiando. Guardò Lea e Dirk che si scambiavano un bacio e sapeva che, per quanto Julia Webster potesse essere difficile, Lea e Dirk sarebbero stati bene.

Ma più tardi, quel pomeriggio, Regan ebbe pensieri diversi quando incontrò i genitori di Dirk. Era chiaro che nessuno dei due era entusiasta di partecipare al matrimonio.

Ascoltandoli interagire, Regan capì che era Chuck a prendere le decisioni e che Evelyn faceva in modo di compiacerlo. Forse era così che si faceva carriera in politica, ma a Regan non piaceva.

Dopo averli accompagnati alla loro suite, Regan chiese se poteva fare qualcosa.

«Questo hotel ha un furgone?» chiese Chuck. «Ho bisogno di un passaggio al Don. Devo incontrare un mio collega.»

«Non fare tardi» avvertì Evelyn. «La cena di prova inizia con un cocktail alle sei.»

Chuck la zittì con lo sguardo. «Ce l'ho segnato in agenda, Evie. Non c'è bisogno che me lo ricordi.» Si rivolse a Regan. «Si può occupare del furgone per me? Mi vedo fuori con un autista tra cinque minuti.»

«Certo» disse Regan, sollevata che il furgone fosse disponibile e in buone condizioni. «La accompagno io stessa.»

Mentre Regan si affrettava a tornare alla reception, si rese conto che in futuro avrebbero dovuto avere degli autisti a disposizione. Sapeva che Michael avrebbe colto al volo l'occasione di guadagnare un po' di soldi, ma non potevano contare sulla sua costante disponibilità.

Regan prese Sheena da parte e le parlò del trasporto di Chuck Bowen. «Dovremo trovare qualcuno che lo venga a prendere. Non posso essere io. Sto aiutando Nicole a organizzare la cena.»

«Ok, ci penso io. Si rende conto che la cena inizia alle sei?»

Regan fece una smorfia. «Sì. L'ha detto chiaro e tondo a sua moglie. Non vorrei vivere con uno come lui. Immagino che si debba essere disposti a pagare quel prezzo per il tipo di fama che vuole.»

«Non c'è da stupirsi che Dirk sia attratto da una persona come Lea. È uno spirito libero e, a quanto pare, non ha paura di difendere ciò che vuole.»

«Ho la sensazione che farà meglio a continuare a essere forte, perché entrambi i genitori sono persone difficili e i matrimoni tirano fuori il meglio e il peggio delle persone.» Un brivido le attraversò le spalle dopo quelle parole presaghe di sventura.

«Dobbiamo far funzionare questo matrimonio a qualunque costo» disse Sheena.

«Vorrei che Darcy fosse qui. Lo farebbe sembrare una sfida divertente» commentò Regan. Non aveva dubbi sul fatto che la serata e il giorno successivo sarebbero stati difficili.

CAPITOLO 50
SHEENA

Sheena, con indosso il suo miglior abito premaman, se ne stava in disparte a osservare Evelyn e suo figlio Dirk che salutavano gli invitati all'ingresso della sala da pranzo privata al secondo piano del Gavin. Era stata allestita per fare stare a loro agio i quaranta ospiti. Un barista stava servendo rinfreschi da un bancone a un'estremità della stanza e la maggior parte delle persone si stava radunando lì.

Chuck non si era ancora presentato. Sheena sapeva, attraverso una serie di messaggi con Michael, che Chuck lo aveva fatto aspettare in furgone al Don per oltre un'ora.

Lea entrò nella stanza con i suoi genitori. Dirk le prese la mano e la attirò a sé, mentre Evelyn la guardava con interesse.

«Sono così felice di essere qui» disse Julia, la madre di Lea, a Evelyn. «È così emozionante far parte della vostra famiglia.»

L'espressione di sorpresa sul volto di Evelyn si trasformò rapidamente in un sorriso di facciata. «Sì, siamo stati sorpresi quanto voi dalla notizia del matrimonio. Ma speriamo di accogliere Lea nella nostra casa e nei nostri cuori.»

Dirk salvò il momento imbarazzante dando a Julia un bacio sulla guancia e rivolgendosi a Ron. «È una bellissima serata. Sono contento di rivederla, signore.»

Quando Mary Lou e Bill Webster entrarono nella stanza, sia Lea che Dirk andarono da loro. Osservando l'affetto sui volti di tutti e quattro, Sheena capì chi aveva sempre sostenuto l'amore tra Lea e Dirk.

Pochi istanti dopo, l'apparizione di Chuck Bowen fece

concentrare tutti gli occhi su di lui. Sorridendo, disse: «Benvenuti alla mia festa!»

Seguirono alcune risatine nervose.

Evelyn si mise al suo fianco e si rivolse alla folla. «Benvenuti alla nostra festa in onore di Dirk e Lea.»

Sheena scambiò uno sguardo con Regan, che aveva seguito Chuck nella stanza.

La voce di Chuck risuonò ancora una volta. «Sì, assolutamente! Brindiamo a loro!»

La conversazione nella stanza riprese normalmente, ma Sheena sentì Chuck dire a Evelyn in tono sommesso: «Non mi piace essere corretto davanti a un gruppo di persone. Capito?»

«Scusa» disse Evelyn, e si rivolse agli ospiti con un sorriso come se avesse pronunciato parole d'amore.

Allora è così che si fa pensò Sheena, detestando ancora di più il senatore, poi si avvicinò a Mary Lou e Bill che stavano parlando con Lea.

«Sheena, che bella festa» disse la nonna di Lea.

«Grazie. Il ricevimento di nozze sarà altrettanto bello.» Sheena sorrise, anche se avrebbe voluto poter mettere in guardia Lea dal tipo di famiglia a cui si stava legando.

«I miei nonni non sono forse i migliori?» disse Lea, raggiante. «Sono le persone di cui io e Dirk ci fidiamo di più e che ci permettono di essere noi stessi.» Lanciò un'occhiata ai Bowen. «Dirk non è affatto come loro.»

«E tu non sei come tua madre» disse Mary Lou. Si mise una mano sulla bocca. «Scusa, non avrei dovuto dirlo. Dev'essere il vino a parlare.»

«O la verità» mormorò Bill mentre Julia si avvicinava.

«Un'occasione così bella con i Bowen» disse Julia felice. «Non vedo l'ora di raccontare ai miei amici quanto siano adorabili.» Sorrise a Lea. «Ti sei sistemata bene, cara.»

Un repentino cipiglio rovinò i lineamenti delicati di Lea.

«Scusatemi. È meglio che vada a salvare Dirk. Sembra in difficoltà.»

«Speriamo che Lea impari a vestirsi in modo più adeguato» disse Julia. «Niente anelle e cose simili...» la sua voce si spense.

«È adorabile così com'è» disse Mary Lou con un'inconfondibile irritazione nella voce.

Julia lanciò un'occhiata alla figlia dall'altra parte della stanza. «Se si desse una regolata, assomiglierebbe a mia madre, pace all'anima sua.»

Sheena rivolse a Mary Lou uno sguardo comprensivo. «C'è qualcosa che posso fare? Abbiamo preparato tutto per il matrimonio e il ricevimento, ma se avete bisogno di qualcos'altro, fatemelo sapere. Siamo felici di avervi qui.»

Sentendosi come se stesse lasciando un agnello accanto a una leonessa, Sheena le lasciò sole per andare parlare con Casey, che stava dicendo qualcosa al barista.

Dopo essersi accertata che tutto fosse in ordine, Sheena decise di andare a casa. Casey l'aveva rassicurata che la sua presenza non era necessaria ed essendo un venerdì sera, Meaghan e Michael sarebbero stati impegnati con i loro amici e Tony sarebbe stato a casa a rilassarsi.

Mentre andava a casa sua, Sheena pensò alle complicazioni di un matrimonio. A volte, come nel caso di Lea e Dirk, sembrava improbabile che le due famiglie sarebbero mai diventate unite. Ma sapeva quanto l'arrivo di un bambino potesse cambiare le cose. Era stata fortunata che i genitori di Tony fossero stati gentili e affettuosi con lei e la sua famiglia fin dall'inizio.

La mattina dopo, di buon'ora, Sheena era in cucina a sorseggiare il caffè quando squillò il cellulare. Era *Regan.*

«Ciao! Che succede?»

«Sono malata» disse Regan. «Dev'essere stato qualcosa che ho mangiato, ma stamattina non posso venire al lavoro. Proverò nel pomeriggio, ma non prometto niente. Mi dispiace.»

«Qualcosa che hai mangiato ti ha fatto star male? Dimmi che non è stato qualcosa servito agli ospiti della cena di prova.»

«Non lo so. Io e Nicole abbiamo mangiato degli avanzi. Forse non avremmo dovuto.»

Sheena combatté il panico che aveva iniziato a gelarle le ossa. «Controllerò che tutti gli altri stiano bene. Prego di sì. Spero che tu ti rimetta presto. Avremo bisogno di te al matrimonio.»

Sheena terminò la chiamata e telefonò a Nicole. «Ciao! Sei pronta per oggi?» chiese Sheena, sforzandosi di usare un tono allegro.

«Non mi sento bene. Spero di rimettermi abbastanza per andare in albergo, ma non posso lasciare il mio appartamento senza sapere se o quando darò di stomaco.»

«Anche Regan sta male. Cosa pensi che sia stato? Il cibo della cena di prova?»

«Non abbiamo mangiato niente del cibo preparato per loro. Solo gli avanzi della cucina.»

«Oh, mio Dio! Gli altri membri dello staff li hanno mangiati?»

«Non ne sono sicura. Casey sta bene. È uscito prima per andare al lavoro.»

«Tieniti in contatto con me e fa' il possibile per raggiungere l'hotel. Sei importante per noi, Nicole.» Sheena sapeva che avrebbe dovuto essere più comprensiva, ma aveva paura. Come avrebbero fatto a far sì che questo fosse il matrimonio perfetto di cui il Salty Key Inn aveva bisogno per affermare la sua reputazione come location per matrimoni?

All'hotel, Sheena presidiò la reception. Jeanne l'avrebbe sostituita nel pomeriggio, ma per il momento le era stato affidato il compito di rispondere alle domande, di assicurarsi che le attività in piscina e in spiaggia fossero supervisionate e che l'area sportiva in riva al mare fosse operativa.

Come previsto, gli amici dell'Università del North Carolina di Dirk e Lea arrivarono dall'aeroporto di Tampa con due furgoni separati. Il loro entusiasmo era contagioso. Ben presto all'hotel ci fu un fermento di attività alla baia, in piscina e persino sul campo da bocce. Michael, che si occupava degli sport acquatici, le telefonò per dirle che servivano più tavole da paddle e che due kayak non erano sufficienti per tutta quella gente.

Il bar della piscina si riempì di gente che incrementò l'allegro chiasso prematrimoniale. Sheena si assicurò che i loro ospiti abituali non fossero infastiditi da tutta questa attività. Apparentemente, però, a tutti piacevano i ricevimenti di nozze.

Nel tardo pomeriggio la situazione si calmò. Sheena ne approfittò per mangiare il pranzo che aveva preso prima da Gracie. Né Regan né Nicole si erano presentate, ma ognuna di loro aveva chiamato per dire che avevano difficoltà a venire.

Mentre Sheena finiva l'ultimo panino nell'ufficio sul retro, sentì una voce che chiamava qualcuno dal banco della reception, così si alzò per andare a vedere chi era.

Julia Webster la affrontò con un'espressione arrabbiata. «Ho cercato Nicole e non l'ho trovata. Pensavo che sulla spiaggia dovessero essere allestite delle sedie per tutti gli invitati al matrimonio.»

Sheena trattenne un sospiro. «Nicole non si sente bene e io

la sostituisco. Quando ho parlato con Lea questa mattina, mi ha detto che non ce n'era bisogno. Sarà una breve cerimonia con il gruppo riunito intorno all'altare.»

«Considerato chi sta per sposare, penso che dovrebbe essere una cerimonia molto più dignitosa» disse Julia. «Mi sarei aspettata che lo sapeste e lo capiste.»

«Il nostro compito è fare quello che ci è stato chiesto. Questo ricevimento di nozze viene condotto secondo le indicazioni della sposa e di sua madre.»

Julia strinse le labbra. «Sapevo che avremmo dovuto andare da un'altra parte.»

Anche a Sheena sarebbe piaciuto, ma si trattenne dal dirlo.

«Parlerò con Mary Lou e vi farò sapere» sbuffò Julia, voltandosi e uscendo dall'ufficio a passi decisi.

Qualche istante dopo, Sheena ricevette una telefonata. «Sono Mary Lou Webster. Sheena? Voglio che tu sappia che ci atterremo al nostro progetto iniziale di non avere sedie alla cerimonia nuziale. Io e Lea abbiamo deciso che è quello che volevamo.»

«Va bene» disse Sheena. «Posso fare una domanda personale?»

«Sì, fai pure» disse Mary Lou.

«C'è un motivo per cui tu e Lea avete escluso Julia dai piani? E dovremmo ignorare i suoi suggerimenti?» Nel silenzio che seguì, Sheena si chiese se si fosse spinta troppo in là.

«Julia e Lea hanno litigato pesantemente per l'organizzazione del matrimonio e Lea è arrivata a minacciare di sposarsi in segreto. In preda al panico, Julia ha chiesto il mio aiuto. Bill e io abbiamo deciso che l'unico modo per far funzionare le cose sarebbe stato quello di occuparci del matrimonio con il contributo di Lea e Dirk. Rispettiamo i loro desideri e siamo entusiasti di ciò che abbiamo concordato noi quattro. Sono certa che comprendiate quanto siano difficili alcune situazioni familiari.»

«Oh, sì» le assicurò Sheena. «Volevo solo sapere come gestire al meglio le cose.»

«Grazie» disse Mary Lou. «Lo apprezzo molto. Vale la pena lottare per questi due ragazzi.»

Mentre Sheena conduceva gli ospiti alla spiaggia per la cerimonia, fu raggiunta da Regan. Sembrava insolitamente pallida, ma era comunque incantevole con il suo abito color lavanda chiaro perfetto per un matrimonio.

«Mi dispiace di non essere potuta venire prima. Come va?» chiese a Sheena.

«Abbiamo avuto diversi problemi, ma credo che ora sia tutto in ordine. Nicole è tornata e lei e Casey si stanno assicurando che il ricevimento sia allestito come si deve.»

«Bene» disse Regan sorridendole. «Sei bellissima con quel vestito nuovo.»

«Grazie.» Quando l'aveva indossato, era rimasta sconcertata dal modo in cui il suo corpo riempiva il vestito premaman blu scuro a tre mesi dall'arrivo del bambino.

Gli invitati si riunirono tutti accanto allo stesso altare portatile che era stato usato per il matrimonio di Darcy. Dirk e suo padre si trovavano accanto ad esso, a fianco al ministro. Osservando la scena, Sheena ripensò al matrimonio di Darcy. Era stato meraviglioso vedere sua sorella così felice, così innamorata. Le tre settimane trascorse da allora erano volate. Sapeva dalle numerose cartoline che Darcy le aveva inviato e dai suoi post su Facebook quanto fosse stato fantastico il viaggio di nozze, ma sperava che, una volta tornata Darcy, sarebbe stata pronta a ricominciare a lavorare all'hotel.

Regan la afferrò per il braccio e sussurrò: «Ecco la sposa!»

Sheena alzò lo sguardo e vide Lea che veniva verso di loro come un folletto, con un sorriso sbarazzino e commosso al tempo stesso. Tra le ciocche di capelli biondi, che ondeggiavano giocosamente nella brezza, spiccava una piccola tiara. L'abito da sposa bianco le arrivava solo alle caviglie. Con la scollatura a cuore e il corpetto senza maniche, era splendido nella sua semplicità.

A Sheena vennero le lacrime agli occhi. Aveva sperato in un matrimonio perfetto per quei due, e anche se le cose non erano andate sempre lisce, questo momento e questa coppia erano perfetti.

CAPITOLO 51
DARCY

Darcy uscì dal terminal dell'aeroporto ritrovandosi nell'aria calda e umida all'esterno e inspirò l'aroma salmastro con un senso di soddisfazione. Come le aveva detto Austin, gli piaceva viaggiare, ma gli piaceva sempre tornare a casa.

Ora lei si voltò verso di lui. «Stai bene?»

Lui le mise un braccio intorno alle spalle. «Eccome. Dov'è il furgone che dovrebbe venirci a prendere?»

Darcy aggrottò la fronte. «Non lo so. Pensavo che le mie sorelle sarebbero state qui ad accoglierci.»

«Faccio una chiamata» disse Austin.

Mentre lui telefonava all'hotel, Darcy si strinse al petto la sua nuova borsa. *La pelle italiana era così morbida.*

Austin si voltò verso di lei con uno sguardo preoccupato. «Ci viene a prendere mio nonno. Non c'è nessuno all'hotel che potrebbe farlo.»

Darcy si sentì gli occhi spalancarsi. «È tutto a posto? Fammi chiamare Sheena.»

Darcy digitò il numero di Sheena e sentì un messaggio in segreteria. «Sono Sheena. Mi dispiace, non posso rispondere. Lasciatemi un messaggio e vi richiamerò appena possibile.»

Darcy chiuse la chiamata e telefonò a Regan. Arrivò un messaggio simile.

«Ok» disse Darcy al telefono. «Ho provato a chiamare il numero di Sheena e ora il tuo, Regan. Sono preoccupata per voi. Chiamami. Siamo all'aeroporto di Tampa in attesa di un passaggio.»

Chiuse la chiamata e si rivolse ad Austin. «Spero che non ti dispiaccia, ma voglio che tuo nonno ci accompagni in albergo invece di portarci all'appartamento. Sono preoccupata per le mie sorelle. Rispondono sempre alle telefonate.»

«Ok, tesoro, vediamo cosa succede all'hotel, beviamo qualcosa e ceniamo prima di andare all'appartamento e crollare.»

Lei sorrise e gli strinse affettuosamente il braccio. «Grazie per la comprensione.»

Erano fuori dal terminal con i loro bagagli quando arrivò il nonno di Austin che li accolse con un sorriso caloroso. Bill Blakely era tra le persone preferite di Darcy.

Scese dall'auto e gli andò incontro. Abbracciando Darcy, disse: «È bello riavervi a casa, ragazzi. Mi siete mancati, sapete.»

Darcy rise. «Aspetta che ti parliamo del nostro viaggio. Abbiamo visto tutto!»

Bill e Austin si diedero una pacca sulla schiena. «Avete fatto buon viaggio, allora?»

Austin sorrise. «Ottimo.»

Caricarono i bagagli in macchina e partirono.

«Dobbiamo andare in albergo» spiegò Austin. «Né Sheena né Regan hanno risposto al telefono e Darcy è preoccupata per loro. Se ci accompagni all'hotel, ti offriamo la cena.»

Bill annuì di buon grado. «Sembra una buona idea.»

Come aveva fatto durante il suo primo viaggio al Salty Key Inn, Darcy aprì il finestrino dell'auto accanto a lei per inspirare il dolce profumo di casa. All'epoca non aveva saputo cosa aspettarsi da quel primo viaggio, ma ora non vedeva l'ora di vedere l'hotel che lo zio Gavin aveva immaginato.

Mentre varcavano il cancello, Darcy ebbe un sussulto. Nel vialetto c'erano due auto della polizia con i fari lampeggianti, luci rosse e blu che significavano guai. Davanti alle auto della polizia era parcheggiata un'ambulanza bianca con le luci rosse sul tetto accese e il portellone posteriore aperto.

«Fermati!» gridò Darcy. Bill frenò di colpo. Prima che l'auto si fermasse del tutto, Darcy saltò fuori e iniziò a correre.

Una folla si era radunata intorno a un uomo disteso a terra su una barella.

Vedendo le sue sorelle tra il gruppo di persone, si precipitò da loro. «Che cos'è successo? Chi è?»

Sheena si voltò verso di lei con gli occhi umidi e le guance sbiancate. «È il senatore Bowen. È collassato dopo essere andato a nuotare. Stanno cercando di rianimarlo, ma non reagisce.»

«Non credo che ce la farà» sussurrò Regan, fissando la figura inerte a occhi spalancati.

«Oh, mio Dio! Il senatore Bowen?» disse Darcy, capendo chi fosse. «È sua moglie quella accanto a lui?»

«Sì» disse Sheena. «Era in spiaggia quando è successo.»

Austin si avvicinò a Darcy e le mise un braccio intorno alle spalle. Lei si affrettò a raccontargli cos'era successo.

«Ok, state tutti quanti indietro!» ordinò uno dei poliziotti. «Lasciate spazio ai soccorritori. Lo portiamo in ospedale. La polizia ci sta liberando la strada.»

Mentre il personale medico sollevava la barella con sopra il senatore e la caricava nel retro dell'ambulanza, Sheena si precipitò a fianco della moglie. «Vuole che vi accompagni in ospedale?»

«Sarebbe gentile» disse Evelyn. «Ho bisogno di stare con lui. E dovremo tenerci in contatto con Dirk. Me lo può andare a chiamare?»

«Sì» disse Sheena. «Faremo in modo che lui e Lea ricevano il messaggio. Non credo che il loro volo per le Barbados sia già partito.»

Sheena fece cenno a Regan e Darcy di raggiungerla.

«Regan, chiama Dirk e Lea e raccontagli quello che è successo. Riferisci anche che accompagno Evelyn al Tampa General Hospital e chiedigli di raggiungerci là.»

Regan si rivolse a Darcy. «Aiuta a dividere la folla. Non vogliamo pubblicità. Se i giornalisti scoprono quello che è successo, accorreranno sulla scena a frotte.»

Regan si affrettò ad allontanarsi, lasciando Darcy a gestire la folla curiosa.

L'ambulanza partì a sirene spiegate, insieme alle due auto della polizia. Sheena ed Evelyn la seguirono nel furgone dell'albergo.

«Che bel ritorno a casa!» disse Austin, rivolgendo a Darcy uno sguardo preoccupato.

«È meglio che mi metta al lavoro.» Si addentrò tra la folla di persone accalcate. «Il senatore è in buone mani. Perché non continuate a fare quello che stavate facendo? Vi terremo informati.»

«E se morisse?» chiese un'anziana. «Cosa accadrebbe alla scena politica?»

Darcy scosse la testa. «Non voglio nemmeno pensarci. Continuiamo a sperare, d'accordo?»

Mentre le persone iniziavano ad andare per la loro strada, le si avvicinò un uomo. «Ciao, Darcy. Sono Jim Waters del *Tampa Bay Times*. Ho sentito che ci sono stati dei problemi con il senatore Bowen. Che cos'è successo?»

Per quanto capisse la posizione di chi doveva riferire la notizia, Darcy scosse la testa. «Sinceramente non ne sono sicura. Sono appena arrivata. Dammi il tuo biglietto da visita e ti chiamo domani.»

«Sai che non posso aspettare fino a domani» disse lui, rivolgendole uno sguardo implorante.

«Te lo direi se potessi, ma tutto quello che so è che sta andando in ospedale. Forse lì potrai saperne di più. Mi dispiace.»

Scossa dalla scena, dal cambiamento d'orario e dallo shock per quello che era accaduto, Darcy si mise la testa tra le mani.

«Stai bene?» chiese Austin, avvicinandosi.

«Mi riprenderò. Ora devo vedere cosa posso fare per aiutare Regan.»

«Dirò a mio nonno di lasciare me e i bagagli al nostro appartamento, di prendere la mia macchina e di tornare a prenderti.»

«Grazie, forse è meglio così.» Alzò il viso per ricevere il bacio di Austin. Sembrava passata un'eternità dal viaggio a Londra.

CAPITOLO 52
SHEENA

In preda all'ansia, Sheena era insieme a Evelyn Bowen nella sala d'attesa del reparto di chirurgia. Nella mente continuava a rivedere la scena dei soccorritori che cercavano di rianimare Chuck. Non era sicura di quanto avessero aspettato quando si avvicinò un medico in camice verde.

«Mi dispiace molto, signora Bowen. Abbiamo cercato di salvare suo marito, ma non ci siamo riusciti.»

Evelyn scoppiò in lacrime.

Sheena le mise le braccia intorno al corpo tremante. Alzò lo sguardo verso il medico. «Che cos'è stato? Il cuore?»

Lui scosse la testa. «Aneurisma cerebrale. Non c'era davvero niente da fare. E se può essere di conforto alla famiglia, non sarebbe sopravvissuto bene.»

Dirk e Lea entrarono di corsa nella stanza.

Evelyn gridò e si alzò in piedi traballando quando Dirk tese le braccia verso di lei.

Lea rimase in disparte a guardarli, con le lacrime agli occhi. Dirk la tirò a sé e si strinsero a piangere tutti e tre insieme.

Più tardi, quando le emozioni si furono calmate, Sheena chiese cosa poteva fare per aiutare.

Evelyn si raddrizzò subito. «Dovremo redigere un comunicato stampa. Me lo può fare lo staff di Chuck a Washington, se lei gli fornisce i fatti. Puo chiamare l'ufficio?»

«Sì, posso, ma avranno bisogno anche di una dichiarazione del medico. D'accordo?»

Evelyn si rivolse a Lea e Dirk. «E vogliamo che si dica che

eravamo in Florida per un'occasione molto felice.»

«Grazie» disse Lea con un filo di voce. Per la cerimonia si era tolta l'anello dal naso e non l'aveva sostituito, rendendo il suo aspetto molto più consono a questa famiglia impegnata in politica.

Il medico che era rimasto in silenzio e in disparte si fece avanti. «Perché non andiamo nel mio ufficio? Possiamo occuparci di tutto lì.» Lanciò un'occhiata a Sheena. «Può dire allo staff del senatore di chiamarmi qui in ospedale. Mi troveranno col cercapersone.»

Avvicinandosi a Evelyn, Sheena la abbracciò a lungo. «Mi dispiace molto per la vostra perdita. Se c'è qualcosa di più che posso fare, basta chiedere. Non appena tornerò in albergo, chiamerò lo staff del senatore come richiesto.»

Evelyn frugò nella borsa, tirò fuori un blocchetto di carta e una penna e scrisse un numero. «Se ne occuperà Steve.» Gli occhi le si riempirono. «Grazie mille per l'aiuto.»

«Sì» disse Dirk. «Grazie di tutto. Anche per la cerimonia di nozze.»

Lui e Lea si scambiarono uno sguardo triste, poi Evelyn, accompagnata dai novelli sposi, lasciò la stanza.

Quando Sheena entrò nel parcheggio dell'hotel, vide che una piccola folla si attardava ancora fuori dal ristorante di Gracie. Un camion di una stazione televisiva locale si fermò accanto a lei.

Con i nervi a fior di pelle, Sheena scese dal suo furgone e si affrettò verso la reception.

«Aspetti!» la chiamò una giovane donna.

Sheena accelerò il passo. La pubblicità a questo punto poteva aiutarli o danneggiarli, e lei voleva che fosse corretta nei confronti della famiglia del senatore.

Regan e Darcy erano in ufficio quando Sheena irruppe dalla porta. «Devo fare una telefonata allo staff del senatore. Dov'è Nicole? Abbiamo bisogno di averla qui, subito.»

«La chiamo» disse Regan. «Che cos'è successo?»

Sheena si voltò verso di loro, la sua emozione troppo forte per essere ancora trattenuta. «Il senatore Bowen è morto.» Le lacrime le rigarono le guance. «È morto per un aneurisma cerebrale.»

«Oh mio Dio! È terribile!» disse Regan. «Stamattina sembrava così rilassato, persino felice.»

«Quando il pubblico scoprirà che è morto qui al Salty Key Inn, cosa significherà per l'hotel?» disse Darcy.

«Ecco perché abbiamo bisogno di Nicole» disse Sheena. «Abbiamo bisogno di aiuto per proteggere la reputazione dell'hotel. Non è di lusso, ma non possiamo permettere che la stampa faccia credere che non sia un bel posto. Sapete quanto possono essere critici.»

Sheena andò nell'ufficio sul retro, chiuse la porta e digitò il numero che le aveva dato Evelyn. Quasi subito si udì una voce maschile.

Sheena spiegò chi era e perché stava chiamando.

«Va bene, ce ne occupiamo subito. Dite che possiamo chiamare il medico all'ospedale?»

«Sì, al Tampa General Hospital. Sta aspettando la vostra telefonata. E, Steve, Evelyn voleva farvi sapere che lei e Chuck alloggiavano al Salty Key Inn per un motivo molto felice. Ieri il loro figlio, Dirk, ha sposato Lea Webster qui sulla spiaggia.»

«Ah, bel tocco. Farò in modo di inserirlo. Grazie, Sheena. Se abbiamo bisogno di qualcos'altro, la chiamerò.» La sua voce si incrinò. «Chuck era un uomo eccezionale. Un tipo alla mano.»

«Sì, così sembrava» disse Sheena. «Ci dispiace molto che la sua vita sia finita in questo modo. Vi preghiamo di porgere le nostre condoglianze a tutto il personale.» Sentendosi svuotata, Sheena si sedette sulla sedia, incapace di muoversi. La vita era una sorpresa dopo l'altra.

CAPITOLO 53
SHEENA

Sheena e le sue sorelle non avrebbero mai potuto immaginare l'effetto che la storia della morte di Chuck Bowen avrebbe avuto sull'hotel. Quando si seppe che aveva soggiornato lì per il matrimonio del figlio, sembrò che tutte le giovani fidanzate della costa orientale volessero sposarsi al Salty Key Inn.

Dovendosi concentrare sul marketing, Nicole assunse una wedding coordinator a tempo pieno, che sia Sheena che lei concordarono di supervisionare. Nell'ambito di un programma più ampio, Sheena stipulò accordi speciali con fornitori e prestatori di servizi come fioristi, fotografi e così via. Regan si occupò dei nuovi ammodernamenti delle suite e delle sale, assicurandosi che i temi fossero realizzati con stile coerente in tutte le aree. Darcy aggiornò il sito web e collaborò con i fotografi per presentare video, album fotografici e storie personali per le spose e le loro famiglie,

Sul lungomare, a Michael fu affidato il compito di aggiungere attrezzature sportive e di presidiare l'area del molo, con l'assistenza di altri. Il gazebo fu ristrutturato per avere una maggiore flessibilità nell'illuminazione e fu cablato per trasmettere musica. In diverse aree ombreggiate lungo il perimetro della tenuta insieme ad altri fiori tropicali e palme furono aggiunte comode sedie a sdraio a disposizione di piccoli gruppi di conversazione.

L'hotel non fu l'unica attività a subire cambiamenti. Il Key Hole Bar elaborò menu e offerte speciali per gli addii al celibato oltre a colazioni personalizzate del "mattino dopo" per gli invitati al matrimonio. Bebe dedicava ora molto del suo tempo alla progettazione e alla preparazione di torte nuziali, il che significava che era necessario assumere nuovo personale per il ristorante di Gracie. Casey al Gavin assunse una event manager che lavorava a stretto contatto con Nicole e con la wedding coordinator. Si occupava anche di piccoli eventi che andavano dalle feste di compleanno, agli anniversari, alle riunioni di vecchi compagni di scuola, man mano che sempre più persone scoprivano il Gavin e l'hotel.

Il personale part-time che gestiva il bar della piscina veniva impiegato anche per guidare il furgone dell'hotel quando necessario.

Dopo un matrimonio, alla fine di maggio, Sheena si trovò in ufficio con le sue sorelle per esaminare i loro risultati.

«Sembra che finalmente i matrimoni siano diventati una routine» disse Regan.

«È stato necessario lavorare tutte insieme per riuscirci» disse Sheena, passandosi una mano sulla pancia gonfia.

«Non avevo intenzione di dirvelo, ma ora lo farò» disse Darcy. «Quando sono tornata in Florida dall'Europa, avevo tutte le intenzioni di dirvi che avrei lasciato l'attività all'hotel. A me e ad Austin era stata offerta la possibilità di rilevare l'attività dei suoi genitori, e io ero d'accordo. Poi, con la morte del senatore Bowen, tutto è cambiato. E ora so che non potrei mai lasciare il Salty Key Inn. È lì che voglio stare... con voi.»

Sheena osservò il modo in cui gli occhi di Regan si stavano riempiendo di lacrime e sentì i propri fare altrettanto. Gli ultimi mesi erano stati estenuanti ed esaltanti allo stesso tempo. Non ce l'avrebbe mai fatta senza le sue sorelle.

Sollevando il bicchiere d'acqua, Sheena disse: «Alle sorelle Sullivan!»

Non le importava che le lacrime le scendessero lungo le guance. Anche le sue sorelle stavano piangendo.

CAPITOLO 54
SHEENA

Sheena e le sue sorelle erano in ufficio una mattina quando Rocky bussò alla porta e la aprì. Sorprese nel vederlo, restarono ammutolite.

«Ho una triste notizia» disse Rocky, continuando a rimanere sulla soglia della stanza, apparentemente a disagio. «Be', in realtà non del tutto triste, insomma...»

«Che cosa stai cercando di dire?» chiese Sheena con un filo di voce, non abituata a vedere Rocky così commosso.

«È Duncan. È morto stamattina» rispose con gli occhi lucidi di lacrime. «Povero ragazzo, non aveva una vita vera, ma era il figlio di Gavin, maledizione, e ora è come perdere Gavin di nuovo.»

«Com'è successo?» chiese Sheena.

«Credo che alla fine il suo cuore abbia ceduto. È un miracolo che sia vissuto così a lungo.»

«Gli faremo un funerale, vero?» chiese Regan. «So che sei tu il responsabile, ma credo che Gavin vorrebbe che la sua famiglia e i suoi amici offrissero a Duncan un bel funerale e una bella sepoltura.»

Rocky emise un lungo sospiro. «Hai ragione. Ed Elena è d'accordo.»

«Cosa ne sarà di lei?» chiese Sheena. Elena Garcia e la sua famiglia si erano presi cura di Duncan per tutta la sua misera vita. Incapace di parlare o di sentire e senza braccia e gambe normali, non era mai stato in grado di ringraziarla per tutto quello che aveva fatto per lui, tanto meno di sorridere, ridere o giocare.

«Elena se la caverà. Le è già stata data la casa in cui ha alloggiato Duncan e abbastanza denaro da non dover mai preoccuparsi.»

«Ne sono felice» disse Darcy. «È uno dei miei angeli.»

Lui spostò il peso da un piede all'altro. «Vorrei il vostro permesso di donare il cervello di Duncan alla scienza. Un gruppo di medici ha osservato la sua vita, chiedendosi come abbia fatto a vivere così a lungo. Gavin voleva farlo, ma non ha mai firmato i documenti per l'autorizzazione. Ora posso farlo io. Cosa ne pensate?»

Sheena sentì un brivido da capo a piedi, però rivolse a Rocky uno sguardo fermo. «Se aiuta altre persone, credo che dovremmo farlo. Darebbe un senso alla vita di Duncan.»

Darcy e Regan la guardarono e diedero silenziosamente il loro assenso.

«Potrebbe essere molto importante per la medicina» disse Darcy.

Rocky tirò su col naso. «Grazie. Speravo che la vedeste così. Vi farò sapere quando ci sarà il funerale. Lo direte voi a vostro padre?»

«Certo» disse Sheena. «Vorrà partecipare anche lui. Dopo tutto, Duncan era suo nipote.»

Dopo che Rocky se ne fu andato, Darcy si alzò in piedi con aria determinata. «Sheena, puoi chiamare tu papà? Io voglio scrivere qualcosa per la cerimonia di Duncan.»

«E io vedrò di organizzare un ricevimento da Gracie» disse Regan. «Vogliamo che sia un'occasione davvero bella.»

Rimasta sola, Sheena pensò al miracolo della vita. Automaticamente, si accarezzò la pancia rotonda con gratitudine. Tutti gli esami avevano dimostrato che il suo bambino era normale e che sarebbe nato da un giorno all'altro.

###

Sheena e le sue sorelle aiutarono Rocky a organizzare il servizio funebre di Duncan. Invece di tenerlo al chiuso, decisero di celebrare la funzione all'aperto, nel gazebo. Lì, il sole e la brezza fresca avrebbero dato l'impressione di un senso di libertà per lo spirito dell'uomo che era stato legato in modo così crudele dalla sua vita sulla terra.

Il prete che aveva sposato Darcy e Regan accettò di occuparsi della semplice funzione.

In quella giornata soleggiata e calda di inizio giugno, si ritrovò nel gazebo con un piccolo gruppo di familiari e amici riuniti intorno a lui. Lesse alcuni passi della Bibbia e poi si fece da parte.

Darcy, con i suoi riccioli rossi mossi dalla brezza estiva, estrasse un foglio di carta.

«Molti di voi conoscono le mie storie sugli angeli e le hanno anche lette. Come potrei lasciarmi sfuggire l'opportunità di parlarvi di un altro angelo?»

«Duncan Patrick Sullivan ha lottato per venire al mondo così come ha lottato ogni giorno con la vita. Non era una persona normale. Non aveva braccia o gambe normali, era sordo e non poteva parlare. Quando l'ho visto per la prima volta, mi sono sentita stordita dall'incredulità e, sì, dall'orrore. Le domande si susseguivano nella mia mente. Come faceva a vivere in quel modo un essere umano? Qual era il suo scopo? Perché era successo? Io, naturalmente, non avevo risposte in quel momento.

«Ma una visita silenziosa dopo l'altra, per lo più insieme a Rocky, vedevo non l'essere che avevo incontrato per la prima volta, ma l'anima, se vogliamo, all'interno dell'uomo. Ci sono state volte in cui mi ha guardato per una frazione di secondo, una volta in cui un angolo del suo labbro si è contratto in quello che speravo fosse un sorriso. Duncan ha vissuto, signore e signori. Non era una vita che nessuno di noi avrebbe voluto, ma Gavin, per amore, si assicurò che suo figlio fosse ben accudito. Se Duncan non era in grado di mostrare affetto, tuttavia lo ha conosciuto attraverso le cure gentili di Elena e della sua famiglia e le visite fedeli di suo padre, Rocky, e di altri membri della famiglia. Ora ha la possibilità, credo, di essere libero dalle costrizioni della sua vita, di poter camminare, parlare e ridere. Inoltre, tutte le informazioni che lo riguardano saranno condivise con medici professionisti e scienziati, dando la possibilità di una vita migliore ad altri.»

Darcy aveva gli occhi pieni di lacrime. «La sua vita aveva un senso? Oh sì. Pensate a come ci ha riuniti tutti. Le nostre famiglie si sono unite, quella di Gavin e la nostra. Non saprò mai perché il suo dono ci è stato fatto in un modo così tormentato, ma so che il cielo mi ascolta.»

Alzò il viso e gridò: «Che tu sia benedetto, Duncan Sullivan. Ora sei libero!»

Sheena fu sorpresa come gli altri dal forte grido di angoscia di Darcy. Poi, mentre i familiari assorbivano le sue parole, chinarono il capo in lacrime.

Più tardi, mentre Sheena attraversava il parco dell'albergo con Tony e i ragazzi per raggiungere gli altri da Gracie, emise un gemito. «Oh no!»

Davanti a lei, Michael e Meaghan si girarono e videro il bagnato che si stava formando sui sandali di Sheena.

«È il bambino?» chiese Meaghan, con aria inorridita.

«Mi si sono rotte le acque!»

Michael sbiancò in viso. «Sta arrivando adesso?»

«Tieni duro! Ti portiamo all'ospedale» disse Tony. Anche il suo viso aveva perso un po' di colore.

Sentendo il trambusto, Regan e Darcy si avvicinarono a

Sheena e Tony.

«Qual è il problema?» chiese Regan.

«Oh mio Dio! È il bambino» disse Darcy.

Tony lanciò a Darcy un mazzo di chiavi dell'auto. «Porta il furgone all'ingresso. Io aiuterò Sheena a salirci. È meglio che voi ragazzi restiate qui per ora. Vi chiameremo appena possibile.»

«Mi dispiace. Non voglio interrompere la riunione di famiglia» disse Sheena, come se potesse controllare la decisione del bambino.

«Oh, tesoro! Fa male?» chiese Regan, afferrandole il braccio libero.

«Non tanto quanto farà male tra poco» mormorò lei, fermandosi per riprendere fiato mentre un'ondata di dolore la travolgeva.

Quando si avvicinarono al parcheggio, Tony le lasciò il braccio per aprirle la portiera.

Darcy girò intorno al furgone. «Buona fortuna per tutto.»

Quando Sheena non riuscì a trattenere un lungo e basso gemito, Darcy le rivolse un piccolo sorriso di incoraggiamento. Non aveva mai voluto fare l'infermiera come Sheena. Cose come il sangue e il dolore la turbavano.

Tony si mise al volante, lanciò a Sheena uno sguardo preoccupato e disse: «Tieni duro! Non mettiamo al mondo il nostro bambino nel furgone.»

Sheena fece una smorfia mentre un'altra fitta di dolore la colpiva. «Allora, sbrigati!»

Annebbiata dalla preoccupazione e dal dolore, Sheena intravide Tony curvo sul volante, mentre superava le auto più lente, suonando il clacson. Era quasi ridicolo, ma Sheena era preoccupata quanto lui.

Le apparve alla vista l'ingresso del pronto soccorso dell'ospedale. Mentre Tony correva dentro a cercare aiuto, lei riuscì a uscire dall'auto. Arrivò un'infermiera che spingeva una sedia a rotelle. Sheena vi sprofondò con gratitudine e si aggrappò alla sedia mentre veniva frettolosamente trasportata all'interno. Secondo i suoi calcoli, i dolori erano durati solo due o tre minuti.

Tony restò indietro ad aiutare a compilare i moduli mentre l'assistente portava Sheena al reparto maternità.

Sheena era stata sistemata in una sala parto e indossava un camice da ospedale appositamente progettato per le future mamme quando arrivò Tony.

«Come stiamo andando?» chiese Tony.

Quando un'altra fitta di dolore la colpì, Sheena disse: «Stiamo tenendo duro. Vuoi sostituirmi?» *Sapeva di sembrare crudele, ma "stiamo" al plurale? Sul serio?*

Tony le rivolse un'occhiata imbarazzata. «Ok, ho capito. Ma sono qui per incoraggiarti.» Le prese la mano e le diede un bacio sulla guancia.

Rabbonita, Sheena gli strinse la mano il più possibile, mentre affrontava la successiva ondata di dolore.

Più tardi, una delle infermiere controllò i suoi progressi e disse: «Ci manca poco, tesoro. Oh, si vede la testa del bambino. Ci siamo!»

Sheena fu squarciata da un'altra fitta di dolore e tra le urla, sentì una voce dire: «Afferratela per le spalle e vediamo cos'abbiamo.»

«È un maschio!» gridò Tony. «Abbiamo un maschio!»

Raggiante, anche se aveva ancora le lacrime sulle guance per il dolore, Sheena disse: «Fatemi vedere il mio bambino!»

Con il cordone ombelicale ancora attaccato, il bambino le fu appoggiato sulla pancia e Sheena vide il viso rosso e corrucciato tipico dei Sullivan. Lacrime di gioia si mescolarono a quelle precedenti. Gavin Patrick Morelli guardava la madre con occhi scuri e pieni di meraviglia.

Tony chiamò Michael e Meaghan per dare la notizia e gli chiese di venire in ospedale per vedere il loro nuovo fratellino.

Quando i bambini arrivarono, il bambino e Sheena erano già puliti. Il piccolo Gavin era ben sveglio dopo aver cercato di prendere il latte dalla mamma. Avvolto in una coperta, era sdraiato sulla schiena e guardava con curiosità ciò che lo circondava.

«Ohhh, posso tenerlo in braccio?» chiese Meaghan, fissandolo con soggezione.

Sheena glielo porse e Meaghan lo tenne stretto.

«Ha tutte le dita delle mani e dei piedi?» chiese Michael con esitazione.

«Sì, è perfetto. Anzi, Michael, ha le spalle larghe come te e papà.»

«E avrà i capelli ramati come noi, mamma» disse Meaghan, sorridendole. Gli toccò delicatamente le ciocche di capelli sulla testa. «Ha già un po' di rosso.»

«Vedremo» disse Sheena, restituendole il sorriso.

«Ora, posso tenerlo in braccio?» chiese Michael.

Sheena sorrise, commossa dalla sua richiesta, e lo osservò mentre prendeva il bambino da Meaghan, maneggiando Gavin come se fosse una bambola di porcellana sul punto di rompersi. Guardandolo con il bambino, Sheena capì che un giorno sarebbe stato un buon padre. Lui le lanciò un'occhiata e Sheena capì il dolore sul suo volto. Meaghan gli diede una piccola pacca sul braccio.

«Quando torni a casa?» chiese Meaghan.

«Probabilmente domani. Non tengono le madri in ospedale a lungo come facevano quando ho avuto voi due.»

Tony sorrise alla sua famiglia. «Chiediamo a un'infermiera di fare una foto della nostra nuova famiglia. Non sembra vero che questo piccolo sia finalmente qui con noi.»

«Sembrerà vero quando urlerà di notte» disse Michael.

«Sono contento che la mia camera da letto sia al piano di sopra.»

Sheena rise. «Ci saranno altri modi in cui potrai aiutare, Michael.»

«Lo so» rispose lui.

Dopo che Michael e Meaghan se ne furono andati a cenare, Tony si sedette accanto a Sheena sul letto con in braccio Gavin, che dormiva profondamente. Con delicatezza, gli passò un dito sulle guance e poi lo sollevò per dargli un bacio.

«Sono contento di averlo avuto, Sheena» disse. «Siamo in una situazione migliore di quando eravamo più giovani e alle prese con la mia attività di idraulico.»

«Sì, voglio godermi questo bambino. Mi sembra giusto che si chiami Gavin.»

Sentirono bussare alla porta. Entrarono Paul e Rosa, avevano tra le braccia un orsacchiotto blu e un mazzo di rose gialle.

«Abbiamo ricevuto il messaggio. Siamo qui per vedere il nostro nuovo nipotino» disse Rosa. «Muoio dalla voglia di tenerlo in braccio.»

Tony le porse il bambino.

Paul si mise al suo fianco e entrambi sorrisero con orgoglio mentre studiavano il piccolo Morelli.

Gli occhi di Rosa si riempirono di lacrime. «È un bambino così bello, una combinazione di voi due.»

«Sì, un bel maschietto. E anche grande» disse Paul. «Tre chili e mezzo, come Michael.»

Regan e Darcy bussarono ed entrarono nella stanza.

«Vediamo quel bambino!» disse Regan.

«Stai bene?» chiese Darcy, abbracciando Sheena.

«Sto bene» disse Sheena sorridendo. «È stato un parto molto più veloce degli altri due.»

«Tutti quelli che hanno partecipato al funerale di Duncan

sono impazienti di vedere il nuovo arrivato» disse Regan.

«E a tutti noi piace il fatto che tu l'abbia chiamato Gavin. Sembra davvero perfetto.»

«Bebe sta preparando una torta in suo onore, Maggie gli sta facendo una coperta a maglia, Gracie e Sally hanno già messo insieme un cesto di regali per Gavin da parte degli altri amici dello zio Gavin» disse Darcy.

Patrick Sullivan e Lynn entrarono nella stanza. «Dovevo vedere il mio nuovo nipote» disse Patrick. «Ho sentito che gli avete dato il mio nome.»

«Il tuo e quello di Gavin» lo corresse Sheena. «Il suo nome completo è Gavin Patrick Morelli, quindi abbiamo fatto gli onori a entrambe le famiglie.»

Patrick le sorrise. «Mi sembra una buona idea. Credo che mio fratello sarebbe molto contento.»

«Mi piace che sia Gavin che Patrick, due bravi uomini, abbiano un omonimo» disse Lynn.

Sheena scambiò uno sguardo divertito con le sorelle. Lynn era innamorata pazza del loro papà.

Quando Gavin iniziò a piangere, nella stanza si ammutolirono tutti.

«I bambini sono davvero un miracolo» disse Regan con un filo di voce. «Sono così felice di questo nuovo membro della famiglia.»

Sheena sorrise e avvicinò il bambino a sé, sentendo il suo profumo e il calore del suo corpo. Pensò alla gente di Duncan e Gavin all'hotel e a come erano entrati a far parte della sua famiglia e disse una silenziosa preghiera di ringraziamento per tutto ciò che le era stato dato.

Come aveva detto Darcy, erano tutti un'unica famiglia. Col tempo, alcuni se ne sarebbero andati e altri si sarebbero aggiunti. Ma di tutti i doni che Gavin e suo figlio Duncan avevano dato a tutti loro, trovare la famiglia era, e avrebbe continuato a essere, un tesoro incommensurabile.

\# \# \# \# \#

Grazie per aver letto *Alla scoperta della famiglia*. Se ti è piaciuto questo libro, ti chiedo la cortesia di aiutare altri lettori a scoprirlo lasciando una recensione su Amazon, Goodreads o sul tuo sito preferito. Lo apprezzerei molto.

L'autrice

Judith Keim, autrice bestseller *di USA Today*, è un'autrice ibrida che si autopubblica ma pubblica anche con un editore. Scrive romanzi commoventi su donne che affrontano sfide inaspettate, le affrontano con grinta e trovano amore e felicità lungo il cammino. I suoi libri più venduti si basano, in parte, su molti dei luoghi in cui ha vissuto o che ha visitato e sulle persone interessanti che ha incontrato, creando personaggi credibili e ambientazioni realistiche che i suoi numerosi e fedeli lettori adorano. Ama ricevere messaggi dai suoi lettori e apprezza il loro entusiasmo per le sue storie.

Judith Keim ha trascorso l'infanzia e la giovinezza a Elmira, New York, e ora vive a Boise, Idaho, con il marito e i loro due bassotti, Winston e Wally, e altri membri della sua famiglia.

Fin da piccola è stata attratta dall'idea di scrivere storie. I libri erano sempre presenti, in fase di lettura, pronti per tornare in biblioteca o sul punto di essere scoperti. Tutti i membri della sua famiglia condividevano le informazioni tratte dai libri durante le loro chiacchierate, creando così un ricco bagaglio di conoscenze e una vivida immaginazione.

"Spero che questo libro ti sia piaciuto. Se così fosse, ti prego di aiutare altri lettori a scoprirlo lasciando una recensione su Amazon, Goodreads, Bookbub o sul sito di tua scelta. E ti prego di dare un'occhiata agli altri miei libri e alle altre serie in lingua originale:

Hartwell Women
The Beach House Hotel
Fat Fridays Group
Chandler Hill Inn
Seashell Cottage
Desert Sage Inn
Soul Sisters at Cedar Mountain Lodge
Sanderling Cove Inn
The Lilac Lake Inn

TUTTI I LIBRI IN LINGUA ORIGINALE SONO DISPONIBILI IN AUDIO su Audible, iTunes, Findaway, Kobo e Google Play! È così divertente sentire questi personaggi che prendono vita!"

Judith Keim può essere contattata sul sito www.judithkeim.com

E per mettere "Mi piace" alla sua pagina autore su Facebook e tenervi aggiornati sulle novità, andate su: http://bit.ly/2pZWDgA

Per ricevere notifiche su nuovi libri, seguitela su Book Bub: https://www.bookbub.com/authors/judith-keim

Iscriviti alla mia newsletter e ricevi un racconto gratuito. Le mie newsletter sono brevi e divertenti, con omaggi, ricette e le ultime notizie imperdibili su di me e sui miei libri. Benvenuti! Ecco il link:

https://BookHip.com/RRGJKGN

Judith Keim è anche su Twitter @judithkeim, LinkedIn e Goodreads. Passa a salutarla!